グリエダ＝アレスト
「このような茶番劇を
開いてくださり
後輩として
大変興味深いものでした」
セルフィル＝ハイブルク

ジェイムズ＝エルセレイム
マリル
アリシア＝セイレム
「はぁ……やりすぎだ」
バルト＝ハイブルク

全てが流行りのドレスと正反対。
嘲笑されても不思議はないのに
誰もが彼女、
グリエダ＝アレストに
魅了されてしまう。

ハイブルク家三男は小悪魔ショタです

The third son of the Heiburg family is a little devil shota

1

デンセン

イラスト／ごろー＊

GC NOVELS

Contents

The third son of the Heiburg family
is a little devil shota

1

Story by Densen, Illustration by Goro

第一章　婚約破棄のおかげで婚約者ができました

転生者が全員チートだと思うなよ。

ハイブルク公爵家三男セルフィルである俺の今生《こんじょう》の口癖である。

俺は現代日本からの転生者。

ちょっとお酒を飲み過ぎて、便器に頭を突っ込み体勢が悪くて窒息死。

目覚めたら違う世界で公爵家の三男坊。

前世に未練がなかったとは言えないが勝ち組だーっと赤ん坊になった俺は天井に向けて両手を上げた。

そう思ったら明らかな中世貴族社会に絶望することになる。

俺、セルフィルは二番目の側室の子供、父親のハイブルク公爵は典型的な女性蔑視のクズ野郎で一度俺を見て女なら政略に使えたものをと言ったきり会いに来ることはなかった。

現代日本人の俺からしてみればありえない状況だ。

少女にしか見えない今生の母が悲しそうにセルフィルを抱きしめた時に、前世のおっさんが守ると誓った。

それから六歳になるまでに調べると魔力はあるけど身体強化ぐらい、不思議な力は宿っていない、助言してくれるサポートシステムもアイテムボックスもない。あと頭脳も天才にはなっていなかった。

公爵家三男のほぼ役立たずに転生しただけ。ただし顔だけはかなり良かった。母が可愛い系美人だったからだろう。

なので上の兄姉に媚を売った。ついでに使用人たちにも優しくして味方に。

そして公爵夫人、第一側室も兄姉から入り込み、公爵の愚痴を聞き全てを肯定して好印象を得、家族を道具として扱う旦那で父親は必要かと囁いた。

数年後、愛人に病気をうつされた父親公爵は隠居、地元の領地のどこかにいる。どこにいるのかは公爵夫人から秘密だと聞いた。超怖い、けど公爵夫人は少しきつめの顔の美人なので大好き、あと巨乳。

まともな長兄が十六歳で家督を継げる年齢だったので爵位を継ぎ、前公爵夫人がサポート。長兄に上との交渉は任せて武力面で自由にできる環境が欲しくないかと次男には囁いた。そして、第一側室の産んだ次男は公爵家が持つ子爵領を年齢が達すれば継ぐことに。

前公爵夫人に第一側室、第二側室の俺の母は前公爵がクズということで仲良くなるように調整、子供たちの利益の配分が綺麗にできているのもあるが姉妹のように仲が良い。

前公爵夫人が産んだ姉も先王弟との婚約となり、ハイブルク公爵家は安泰となった。

でそれを七年で成した俺セルフィル＝ハイブルクは。

「アリシア！　お前は王太子である私の婚約者でありながら聖女マリルに陰湿ないじめをしていたな。そんな女を王太子妃にはできんっ！　今ここで婚約を破棄する！　そして私ジェイムズ＝エルセレウムは聖女マリルを新たな婚約者として迎える！」

婚約破棄の現場にいた。

＊

十三歳になった俺は王立学園中等部に入学し、高等部最上級生の卒業パーティーに参加している。

同級生が数人しか参加していないパーティー、ほとんど親しくもなく卒業生のパートナーとして来ている子達ばかりなので一人で参加している俺とは挨拶ぐらいしか会話しない。

なのでほぼ自由に壁の花どころか花を飾る花瓶を置く花台並みに気配を消し、椅子を用意して給仕係に料理を取りに行かせて一人食事に舌鼓を打って満足している。

国内の最高の食材で作られた料理は公爵家でも頻繁には食べられない。それを食しつつ宮廷楽団の最高の演奏を聴けて、俺は最高の贅沢を満喫していた。

まあ自分の役目と公爵家の目的を忘れかけていたことを除けばだが。

ハイブルク家は公爵であり三男で十三になっても婚約者もおらずにフラフラしている俺でも上位貴族として絶対に参加しなければならない行事がいくつかある。

今回の卒業パーティーもその一つ、いずれ公爵家を出ていかなければならない身では社交の場で相手を見つけなければならなかった。

なのに食事を楽しんでいる俺。

家庭の問題を解決した俺はすでに独身人生を楽しもうとしていた。ぶっちゃけるとその内に結婚できるさという現代日本の感覚。

それで前世では結構な年になっても独り身だったことを少し忘れかけている俺だ。

ワインを頼んだら年齢で止められ、がっかりしていた耳にここ最近よく聞く不快な声が入ってきた。

一応、エルセレウム王国の第一王子の顔と声ぐらいは覚えている。

名前はすぐに忘れるけど、側近の連中もイケメンだろうが一人の女を囲っている時点で覚える必要のない連中だ。

「あ~あ、お約束しちゃったよ」

茹でて殻を剥いてある海老に白いソースが掛かっている料理を指で摘み一口にする。

公爵家の侍女長に見られていたら一時間は絞られる行為だ。だが会場の全員の視線が一か所に集まっているのでここぞとばかりにやった。

酸味のあるソースがプリプリの海老に合う、なぜ手で食べると美味しいのだろうか。

「そんなっ、私はそんなことはしておりませんっ。それに婚約を破棄だなんて嘘でございましょう!?」

手に付いた油は……。

うん、飾りの布で拭き拭きと証拠隠滅だ。

服で拭ったら侍女長の小言が倍になるしな。

「はっ、知らないふりをしても無駄だ。お前がしていた行為を見ていた者がいるのだっ。皆セイレム公爵家の脅しにも屈せずに証言すると言ってくれている」

王子が呼ぶと五人の男女が出てきた。

「私は噴水の前で聖女様の背を押しているところを見ましたっ」

一人の女子を皮切りに次々と出てくる悪事、しかし大半が公爵家に勤める下位貴族の子女達から聞いた女性のイジメよりも遥かにお優しいものであった。

馬鹿な王子が上昇志向高すぎの女に騙された茶番劇は宮廷楽団の調べほどの興味も持てない。今断罪されかけているのはハイブルク公爵家と対立しているセイレム公爵家の娘である。古臭い貴族体質で毎回嫌がらせをしてくる家なので貴族社会では知らないものはいないほどだ。

だから見捨てる。

「私はその女が聖女様の背中を押して階段に落としたのを見ていますっ」

「はっ？」

見捨てるはずだった、最後に発言した女がいなかったら。

ガシャン！

勢いよく立ったせいで膝の上に置いていた皿が落ちて会場中に響き、注目がこちらに向く。

これから一仕事しなければならないので丁度良かった。

「大事な中で音を立てて申し訳ありません」

前公爵夫人に鍛えられた一礼をする。

はっはっはっ見ろっ。母譲りの童顔ショタ美少年を、メイドと執事に何度も襲われかけた魔性の貌《かお》を。

「すみませんが中央の現場まで道を空けてもらえませんでしょうか」

ニコリと笑うと人波が割れて婚約破棄現場までの花道ができる。ほとんどが年上で十三歳にしては低い身長の俺には人が壁のよう。

つい前世の癖で手刀を切りながら行きかけたが、胸を張って進んだ。

「何者だ」

王子がアリシア嬢の横に立った俺に発言を許す。

上の者から声を掛けないと発言も許されないのは面倒臭いと思うがまあそれは横に置いとい

て。

「ハイブルク公爵家三男のセルフィルと申します。名代としてまいりました」

腰から曲げての一礼、この意味がわかっていたらまだ救いがあるのだが。

体を上げると王子は聖女を抱きしめて傲慢とも言える目線で見ていた。

「まずはご卒業おめでとうございます」

ええ、卒業パーティーの中で一番の地位を持つ王子への挨拶が俺の仕事の一つでした。ハイブルク公爵家の名代で出席しているのに忘れていたよ、てへぺろ。

「そしてこのような茶番劇を開いてくださり後輩として大変興味深いものでした」

「茶番劇だと」

王子の眉がピクリと動く。

「貴様っ！　いくら公爵家の者としても失礼だぞっ！」

王子の側近……ごつい身体だから騎士団長の息子かな？　あとの敵意剥き出しなのは確か宰相と大司教と大商人の息子だっけ。

「ええ、茶番劇です。アリシア＝セイレム様は何者ですか？　公爵令嬢でいずれ王妃になられるお方ですよ」

青褪めているアリシア嬢へ向いて微笑みかける。

大丈夫ですよ～、中身日本人のおっさんが助けてあげますから。

前公爵第一側室が書いた美少年がおっさん達を虜にしていく小説のモデルとなった魅惑の笑顔で安らいでください。

さっきは見捨てようと思っていたけど。

「何を言っているっ！　私が王になる」

「はい、結構ですがセイレム公爵が娘を虚仮《こけ》にされて殿下を支持するとでも？」

場がピシリと凍った。

よしその間にアリシア嬢には退場してもらおう。

この後のお話には彼女はいない方がいい。

「情がないならご自身とセイレム公爵家のために婚約破棄を受け入れてください。ハイブルク公爵家の名にかけて悪いようにはいたしません」

こそこそと横にいるアリシア嬢にだけ伝える。

「……ジェイムズ＝エルセレウム第一王子殿下、セイレム公爵の娘アリシアは婚約破棄をお受けいたします。ただし私は国王陛下に誓い、マリル様に危害を加えるようなことはしておりませんっ！」

こちらの言葉に目を見開くアリシア嬢、だけどすぐに王太子妃教育で培われた知識と矜持でこちらを上回る宣言をしてくれた。

ざわつく会場、そりゃそうだ国王陛下の御名に誓うということは嘘を吐いていたと判断された場合はかなり重い罰になる。

「嘘よっ！　私は確かに階段から突き落とされたのよっ」

聖女、逆ハーかました性女らしき女が騒ぐがアリシア嬢は揺るがない。

「さて王に誓いを立ててまで無実と宣言したアリシア様を屋敷まで送ってくださる方はいらっしゃいませんか？」

会場の男たちは動かない。

いまだ完全に落ちていく王子とアリシア嬢を天秤にかけているようだ。ここで動けばセイレム公爵に近づけるチャンスなのに、あとセイレム公爵派の連中はダメだ、自分のところの姫がピンチなのに何もしないなんて下手すると派閥を追い出されるぞ。

「私が送ろう」

ハイブルク公爵派閥の奴から適当に選ぼうとしたら綺麗な声が聞こえてきた。

聞こえた方を見ると、長身の長い銀髪を後ろでまとめた美青年がやって来た。

周りの女性陣がホウッと息を漏らすほど恰好いい。

今の自分とは正反対の青年に少し嫉妬する。

大丈夫まだ成長期、背は伸びるはずだ。

「お願いできますか？」

「任せてくれ」

やだっ超美声に惚れちゃいそう。

青年は深く紅い目でこちらを見てくる。

そっちの気はありませんから、小説ではよくイケメンにア――ッ！　されているけど好きなのは女性なので。

「ありがとうございますセルフィル様」

アリシア嬢が礼をしてくる。

「いえいえアリシア様はこれからお父上を説得してくださいね。上手くいかないとハイブルク家も危機に陥るので」

クスクス笑うアリシア嬢、うんうん美少女は笑う方がいい。

彼女を青年に預ける。

彼はすぐに会場の入り口にアリシア嬢を誘導し始めた。

「ま、待てっ！　そいつは罪人だ！　捕まえろっ」

「セイレム公爵派閥の人達ーっ、ここでアリシア嬢をかばわなかったらあなた達は終わりですよー」

流れに追いついていなかった王子が再起動して会場を見張っていた騎士達に命令するが、俺も人壁を召喚する。

会場が混乱している間にあの青年は上手く連れ出してくれた。

「この者が手引きしたのですっ！　こいつを捕えなさい」

えと確か宰相の息子だったたっけ？

そいつの命令で俺の方に騎士団長の息子が鼻息荒く近寄ってきて。

「ガアッ⁉」

「ご無事ですかセルフィル様」

「うん」

ハイブルク派閥の男共が騎士団長の息子を床に這いつくばらせた。

愚かだよね～、俺の一言でセイレム公爵派閥が動いたのに、ハイブルク派閥が俺のために動かないわけないじゃないか。

「なっ⁉　お前は王族に反抗する気か！」

聖女を抱きしめながら唾を飛ばす王子。駄目だこいつ。

「いいえ？　襲ってきた暴漢から私の家の派閥の者が助けてくれただけですよ。最初にご挨拶申し上げましたよ、私はハイブルク公爵代理でここにいるって。たかだか宰相の息子に唆されて襲ってきた騎士団長の息子に、公爵代理が襲われるのを放置するような者はハイブルクにはおりませんよ」

まあ王子の命令でも動いただろうけど。

本当にこいつら国の中枢になる連中か？　確かに王は頂点だがその下には幾つもの派閥があ

ってそれをまとめているのが公爵、侯爵、辺境伯の上位貴族だぞ。

これで宰相の息子はハイブルク公爵家を完全に敵に回した。騎士団長の息子は完全にアウト。

「おいそいつの手を使いものにならなくしろ」

「はっ」

俺の命令に派閥の男の一人が押さえつけられた騎士団長の息子の手に踵を踏み下ろす。

「っ―――!!」

頭も押さえつけられているのでまともに叫び声も出せないようだ。

ここでようやく会場が静まる。全員が俺セルフィル＝ハイブルクを見ていた。

「今さらですが代理としてこういう物を渡されています」

ポケットから出したのはハイブルク公爵家の紋章のピアスだ。耳に穴がないので着けていないが当主が代理に権限を持たせる時に渡す重要なものである。

王子は少しひるむが聖女は理解していない。

宰相の息子は崩れ落ちた。ハイブルク公爵派閥を敵に回したのがわかったのかな。

大司教と大商人の息子は顔が青褪めているだけだけど、お前らも聖女の傍にいる時点で敵だぞ。

まあこいつらは後回しだ。用事があるのは。

「ガーネット子爵令嬢出てこい」

用があるのは最後に告発した女だ。

ガタガタ震えながら王子達の後ろから出てくる女。

ハイブルク派閥の家の娘だ。

「『私はその女が聖女様の背中を押して階段に落としたのを見ていますっ』だったか？」

ガーネット子爵令嬢は何も答えない。

「おいっ！　ガーネット子爵令嬢、勇気を出せ」

「彼女はウチの派閥の者です。殿下は口をおひかえください」

馬鹿王子を黙らせる。

さすがに派閥に口を出すのは王家でもそう簡単にはできない。そのくらいは知識にあったようだ。

「答えろ。セイレム公爵令嬢は国王陛下の御名に誓いを立てたぞ。お前も真実なら国王陛下に誓え」

ハイブルク派閥の連中から殺気が漏れ出している。そのくらいこのガーネット子爵令嬢はやらかした。

先代王弟に公爵家から姉が嫁いだので王太子妃のレースにはハイブルク公爵家は関わることを辞退していたのだ。

それなのにガーネット子爵令嬢はセイレム公爵家に喧嘩を売るような真似をしたのである。

もしセイレム公爵が怒り狂えば国が割れるのだ。

「誓いを立てなければお前の家はハイブルク公爵家が取り潰す」

彼女は誓いを立てた。聖女に唆されて嘘を吐いたと。

＊

「やり過ぎだ」

「やり過ぎましたか」

あの卒業パーティーから一週間後にハイブルク公爵家当主、長兄に執務室に呼び出された。

ガーネット子爵令嬢が誓いを立てたことで王子の婚約破棄計画は瓦解した。だって残りの証言者達も嘘だったと喋り始めたんだもの。

「宰相、騎士団長は職を辞した。その息子達は領地で幽閉だ」

「あれ、辞めたんですか？　優秀なんだからこき使わないと」

「辞めてはいるが後継が育つまではその補助をすることになっている」

「辞めるのが責任を取ると思われても駄目ですよね」

ジロリと睨まれた。

後継を作るまでが責任です。あと幽閉って大概数年で亡くなるよね。

「大司教は司祭に落とされ、息子は神父見習いになり反省が見られれば見習いが外れるそうだ」

神に仕える者が聖女に手を出しちゃ駄目でしょ。やるなら権力を持ってから裏で。

「商人は家族と共に逃亡したが国境近くで捕まった」

「処刑ですか」

「ああ」

さすが貴族社会、平民には容赦がないな。

「偽証していた奴等はどうしましたか」

「全員平民に落とされる」

生きているから『まし』ではない。

貴族でぬくぬくと暮らしていてあんな穴だらけの策に乗る連中だ。すぐに裏道か川でお亡くなりになるだろう。

「ガーネット子爵令嬢の家は」

「子爵から爵位の返上があった」

うん、潰してはいない。

自分から望んで返上だからしょうがないね。ガーネット子爵令嬢はどっかの娼館行きかな、元気に生きていって欲しい。

「聖女は教会で生涯神に仕えることになった」

「死ぬまで飼い殺しですか」

一応魔法がある世界なので何か貴重な魔法でも使えたのだろう、たぶん回復魔法とかかな。

「第一王子殿下は……」

「あ、あいつずっと自分が王太子と思っていましたよ」

「アリシア嬢と婚約が続いていれば卒業後になれたがな。セイレム、我がハイブルクも支持しないと表明したからそう遠くないうちに神に仕えることになるだろう」

「おお、愛する人と同じ道を行くことになるなんて良いことじゃないですか」

たぶん去勢されるだろうし聖女とは一生会えないだろうけど。

ハァーと息を吐く長兄。

手で来い来いとされたので近づいた。

「お前はどうして問題を起こすかなぁ」

先ほどまでの厳格なイメージが抜けた長兄。

公爵から兄として接することに変更したみたい。

「いや、十三歳の僕にこれ以上どうしろと？」

「ほら前世の知識を使って」

「貴族なんていない社会だったから無理ですよ」

自分に前世の知識があることは公爵家の者は全員知っている。

中身がおっさん精神なのは教えていないが。だって産んだ我が子がおっさんて嫌でしょ？

だからなんとなくうろ覚えの知識があると教えていたのである。

微妙な現代日本の知識でも役には立つもので公爵家の資産は長兄が公爵になってからは常に右肩上がりだ。

「私は後始末で三日まともに寝ていないんだぞ。あの魔窟《まくつ》の中で三日」

「長兄は苦労人ですもんね」

まだ二十五歳の長兄は王城では新参者、下に見る連中が多いらしい。前公爵夫人の息子で英才教育と現代日本の無駄知識を受けているのに愚かな連中だ。数年後には長兄に頭を下げる羽目になるだろうに。

「セイレム公爵が別人かと思うぐらいに私に好意的でな」

「おおよかったじゃないですか」

ハイブルク公爵家に反対しまくりのセイレム公爵が長兄に接触してくるとは、アリシア嬢は父親に愛されていたようで嬉しいことだ。

「セイレム公爵は王に対し第一王子殿下の有責を理由に婚約破棄を突き付け、なぜか私にアリシア嬢を嫁がせると宣言してな……」

「それはそれはおめでとうございます？」

「昨日アリシア嬢に会ってきた」

「いい子だったでしょう？　こちらの意図をすぐにわかってくれて本当に助かりました」

まさか国王陛下の御名への誓いを立ててくれるとは思いもしなかった。おかげで後が楽になったので判断力と決断力のある才女なんだと思う。

「あの王子は彼女にいったい何の不満があったんだ？　少し話しただけでも素晴らしい女性だったぞ」

「すぐに身体を許してくれる方がよかっただけでは？」

「子供がそういうことを言うな」

正直に答えただけなのに酷い。

「まあこれでハイブルクとセイレムは足並みを揃えられるということで、よかったよかった」

「王家がお前を寄越せと言ってきている」

「処刑なのでは？」

一応俺は公爵家の者だけど所詮三男坊、しかも長兄が公爵を継いでいるので予備としてもあまり必要がない存在だ。

そんな奴が公爵代理の権限を持っていたとしても、第一王子を貶める行為をしたのだ。王家は恥をかかされたので最低でも俺に報復しないと気が済まないだろう。

「お前を処刑したらハイブルクと王家の戦争になるな」

「おや王家は僕のことを知っているようで使い潰す気かな〜」

「ハイブルクとアリシア嬢を助けたお前に恩を感じているセイレムからの圧力を受けて処刑なんて馬鹿なことは言わなかったがな」

それでも寄越せというのは処刑と変わらないのでないかと思うけど。

「寄越せというのもほとんど無効にしてきた。セルフィルが場を収めなければ第一王子ではなく王家にセイレムの恨みが現状より遥かに強く向かっていたと脅してな。私が弟を売ると思っているのか」

「流石《さすが》です長兄、でもかなり王と側妃には恨まれていますよね」

王は第一王子を溺愛していると聞いている、その王子の母親は王の寵愛を受ける側妃だ。

側妃の生家は伯爵家、生まれた第一王子の後ろ盾としては伯爵家はかなり心もとないので、セイレム公爵家のアリシア様が婚約することになったのだ。

親の心子知らずを親子で表したお馬鹿親子である。

自分の息子の知能指数ぐらい調べておけよ王。

あと側近連中、公爵令嬢を陥れるなんてことは止《や》めろよ。王子は助かってもお前らはセイレム公爵に殺されるから。

「恨まれてもな。お前が場をかき乱さなかったら下手すると内乱が起きていたかもしれないのも気づいていない連中だ」

長兄は頭がいいからつい前世の知識から得た貴族社会の末路や、資本主義、社会主義についてなどいろいろと教えたので無能な今の王を嫌っている。

アリシア嬢は前世の知識がないからこそ無能王に宣誓できたんだね。

なのでハイブルク公爵家では王に宣誓なんてしません。

「毒殺で死んだことにします？」

それぐらいしか思いつきません。犯人を王家に仕立て上げれば……長兄が王になれるんじゃねえの？

「それをしたら私の仕事が増えるではないか。お前を寄越すのを拒否したら最終日にあの無能王が王命を出してきてな」

王命、それはよほどのことがない限り覆すことのできないものだ。

「お前が学生の間に婚約相手ができなかった場合は第二王女殿下に入り婿することになる」

「それもう詰んでませんか？」

ただでさえ幼少の頃からの婚約者がいない三男坊である。長兄のように結婚しようかなと呟いたら月に何十枚もくる釣書が数倍に膨れ上がることはない。

「婚約を申し込んでも断られますよね」

「王から睨まれるのが平気ならな、ついでに公爵家と侯爵家まではお前と婚約できないことになっている」

「取り込むか報復する気満々ですか」

上位貴族の公爵や侯爵なら、やらかした王子を次代の王に据えようとする王家に睨まれてでもハイブルク公爵家との縁と恩を売りたい家もあったのに先を越されて潰されてしまった。当然上位貴族が寄親の貴族もダメだ。婚約できる爵位の中で一番上位の伯爵も自派閥を持っている者もいるだろうが、王家に逆らえるほどの力はないだろう。

「毒殺か馬車落下で死亡したことにして公爵領に逃げ込みましょうか」

王家に婿入りは絶対に嫌なので三十六計逃げるに如かずだ。ハイブルク公爵領なら俺一人が身を隠すくらいどうとでもなるしね。

「待て待て、そんなにあっさりと貴族の地位を捨てるな」

「えー、公爵の三男坊で王とその寵愛を受けている側妃に睨まれて婚約なんてできるはずないでしょう」

「母上がいたらどうにかなったのだがな、すでに大半の家に王命は告知されている」

「ちなみにハイブルクとセイレムの派閥からは」

「どちらもダメと釘を刺された。それにその場にいた貴族達も反対側にまわってな。セイレムとの繋がりが強くなり過ぎるからだろうが」

そのついでにハイブルク派閥からもダメという話になったらしい。うーん、少しでも他家の貴族の力を削ぐ機会があれば即行動するのは権力を持つ者の性質なのだろうか。

「一応聞いておきますけど暗殺はないですよね？」

「そこはこちらから、というよりセイレム公爵が釘を刺した。ハイブルクが条件を受け入れたのだから娘の恩人を暗殺などした場合はどうなるかわかるよなとな」

「わお、最高の脅しですね」

「もちろんその時はハイブルクが真っ先に王城に攻め込むがな」

「愛されてますよね～」

「ハイブルク公爵家は父を除いて全員が大切な家族だと思っている変な一族だからな。要のお前が不幸になった場合。家族全員、いや公爵家に仕える者達全員が報復に行くだろう」

嬉しいことを言ってくれる長兄だ。

母親のために画策したことが、今ではハイブルク家を一致団結に塗り替えてしまった。

「まあ頑張って嫁探しをしてみます」

「母上をこちらに呼び戻す。それまではのらりくらりしていろ」

「母さんには秘密にしといてください」

「それは当然のことだ」

前公爵夫人について行った母親はまだ若い、というよりまだ二十八歳の女性だから心配をかけたくない。そして長兄の初恋の相手でもある。

自分が死んでも大切にはしてくれるだろう。側室にはあんまりして欲しくないけど。

「ま、あと五年ありますからどうにかしてみますよ」

＊

「甘かったわ～」

ハイブルク家三男セルフィル大ピンチです。

久しぶりに学園に登校したら誰も顔を合わせてくれない。

こちらから声を掛けたらヒィッと悲鳴を上げられて逃げられた。

「予想以上に王命の影響力は強かった……」

上位貴族は普通に挨拶してくれるのだけど下位貴族は化け物を見たという風に逃げてしまう。

おかげで婚約者探しどころかお話もできていない。

長兄にはあと五年と言われたが、王家派連中の嫌がらせのせいでどうしようもなくなっていた。

長兄も動いてくれてはいるけど若い公爵だと舐められている上に、ハイブルク家の女性陣が王都にいないことで貴族の繋がりの半分が使用不能なのだ。

前公爵夫人が王都に戻ってくるのは早くてひと月先、その間に王家が根回しをするには十分である。

「これは死ぬしかないか」

「ずいぶんと不穏なことを言っているね」

「はひぃっ」

昼の休憩時間、俺以外の生徒は昼食を摂りに食堂やカフェテラスに向かっている。なので気を抜いて自分の今の状況を紙に書いてた。

そこにいきなり声を掛けられれば驚くのも無理はないだろう。

声の方を振り向くと、長身で長い銀色の髪を後ろでまとめた美青年が立っていた。

少し線が細いけど男子の制服がよく似合っている。

「あ、卒業パーティーの時の」

「あの時以来だね」

フフッと笑う美青年はかなり絵になっていた。

いいかなと隣の席を見るので、手でどうぞどうぞと勧める。

「セイレム公爵には恩を売れましたか？」

「いきなりだな。私は馬車までアリシア様をお送りしただけだよ。私を知っていても親しくない者が一緒に乗れば不安しか感じないだろうし」

座った彼に図々しく聞いてみたら軽く流されてしまった。

肩をすくめる姿を見るにそこまで年上でもないようだ。それに学園にいるということは生徒で、着ている制服は高等部のものである。

「会場に戻った時には魔王みたいに君が君臨していたが……。その後の自分のことはどうしようもなかったみたいだね」

「あっ」

書いていた紙を取り上げられ見られる。

「王家に睨まれ王家派に監視され、二つの頼れるはずの公爵派閥も先に潰された上での婚約者探し。で、卒業までに見つからなかったら君を強く恨んでいる王家に婿入りか。終わっているね」

「うぐっ」

第三者視点から冷静に言われると自分の逃げ道があまりないというのがよくわかる。

「ん？　結構重要なことを書いてあるメモを見られているのに落ち着いているな？」

「別に見られても書いてあるのは僕の現状だけですから、あなたが王家からの監視役でも困りませんよ」

肩をすくめると笑われた。

美男子は笑い方も恰好いい。前第一側室に見られたらまた俺が襲われる小説が書かれそうだ。

「ふふっ、いやすまない。普通の貴族なら絶望しているのに困ったなと言う君の態度が困っていないように見えて、ふふっ」

「笑ってもらえるなら嬉しいですね」

おそらくどこかの家の跡継ぎなんだろう。

有名どころの貴族と自分の派閥ぐらいしか覚えていない自分の記憶を探っても少しも当てはまる人物はいなかった。

笑われてもその笑いに嫌味もなく本当に楽しいという感じだったので不快になる気も起きなかった。

あとヅカ風イケメンの笑顔は見ている分には満足。イケメンと美女に差別なしが信条です。でも自分がアー――ッ!! されるのは嫌。

「で、どうするんだい？　あれだけのことをして被害は自分だけに収めようとしている君は」

「頭がいいんですね。僕はそこまでは考えていませんでしたよ、公爵二家の権力があれば王家も後ろめたさがあるから強引なことはしないと思っていましたし」

彼との会話はちょっと面白い。

中級から上の貴族の子供たちは自分の家は～とかしか言わないから何を学びに学園に来ているのかわからない連中が多い中で思惑に気づいてくれる人との対話は楽しかった。

「まあ一番酷い内乱は避けられましたからね。あとは僕に向けられている敵意と興味を受け止めながら高等部の適当なところで消えるのが一番穏便かなと」

「君に王家とその周囲の目が集まっている間に公爵家の力を増やすんだね」

いやー言いたいことを先に言ってくれると楽だな。

「王家に話してもいいですよ。その頃には僕は死んでいますから。まあ公爵領のどこかに墓が建って自由し放題にさせてもらいますので」

「いやいやそんなことはしないよ。こんな可愛くて頭も優秀な子を平民に落とすなんてもったいない」

あ、ヤバい人に目を付けられたかも。

彼は俺が書いた紙を見つめる。

「セルフィル＝ハイブルク」

名前も知られて、まあ調べればすぐにわかることだ。

「我がアレスト辺境伯家に婿入りしないかい？」

「はい？」

「公爵二家の派閥でなく王家派でもない、辺境伯なので一応上位貴族だが公爵と侯爵ではないから婚約はできるよ」

「あ〜少々お待ちください」

アレスト辺境伯家。隣国と騎馬民族からエルセレウム王国の東方を守護する超武家のお家だ。

王ではなく国に仕えるという自負があり、当代の当主は女辺境伯爵で騎馬民族を無傷で追い散らした猛者《もさ》であるらしい。

王家が近衛に入れようとして断られ、恥をかかされたと騎士団百名を派遣して拘束しようとしたらたった一騎士に壊滅させられた。しかも全員生存してだ。

「王は国を守るということがわからぬか、ならそのそっ首切り落としに行くぞ」

と倒れ伏した騎士団に豪語したという話が国中に広まり平凡より少し下だった王の評価が無能に変わったのだ。

「もしかしてハイブルクとの交易を望んでいます？」

「よくわかったね。現在のアレスト領は王と側妃に嫌がらせを受けていてな。特に側妃の家の伯爵領が隣接しているせいで関税を倍にされてかなり困っている」

「わお、無能王が愚王になっていましたか」

もしアレスト辺境伯領が隣国、騎馬民族に抜けられたら真っ先に側妃の伯爵領が狙われるのに愚かすぎる。

ハイブルク家はアレスト辺境伯領には直接は接していない。だけど。

「今後のハイブルクはセイレムと仲が良くなっていくから近い将来には安く通れるようになるだろう」

「よく知っていますね」

彼は長兄がアリシア嬢と婚約したのを知っている。

セイレムはアレスト辺境伯領と側妃伯爵領ほどではないが接している。そしてハイブルク領はセイレム領に接している。

これは仲が悪い者同士で見張り合えとかなり昔の王が決めたらしい。

「アレスト家なら婚約しても王家や王家派から自分の身も守れるよ」

「うわぁ超魅力的です」

俺が婚約者をもつことをほぼ諦めた理由は王家の制限のせいだけではない。もし婚約したとしても妨害工作が絶対に起こって婚約者を傷つける可能性が大なのだ。中級以下の貴族から選べば死傷させるかもしれない。

武勇を誇るアレスト家ならそういうことは大丈夫なのだろう。

そしてアレスト家との交易の大半をハイブルクでできるのはかなり魅力的だ。セイレムにもお金が落とされるだろう。

「ご姉妹はおられるのですか？」

「？　いやいないな」

彼は首を横に振らずに傾げた。

なるほど俺は後妻ならぬ後夫となるのか、彼の母親ならさぞかし美人だろう。大丈夫、美人ならどんなに年上でもいけます。

ただ彼にはすまないことになるな。自分よりも年下の父親なんて可哀想だ。

彼は次期当主みたいだし母親のお話し相手でも探していたのかもしれない。

「ではよろしくお願いします」

頭を下げた。

「いろいろと考えていたみたいだけど、決断が早いね」

「まあ一番いいと思っただけですよ。死亡したことにすると親に会えなくなる可能性が高かったので」

嘘が吐けない母さんには死んだことにしたらおそらく会えなくなる。それぐらいだったら年上の女性のところに婿入りするのもいいだろう。

「それじゃ今後よろしくお願いします」

握手のために手を差し出す。

次期当主には嫌われないようにしないとね。

彼は差し出された俺の手を見て軽く驚き、なぜかそのイケメンの頬を赤く染める。

そしてがっしりと握手してきた。その手は予想していたよりも柔らかい。

「ああこちらこそよろしくお願いするよ」

イケメン顔で爽やかに笑う。

「グリエダ＝アレスト女辺境伯の名にかけて婚約者セルフィル＝ハイブルクを全ての害から守ることを誓おう」

「ん？」

この人は今何を言ったのかな？

グリエダ？　それは少しごついけど女性の名前じゃないですか。

「女辺境伯……？」

「ああそうだな。私は負傷した父の代わりに十の頃から辺境伯をしている。実権はまだ父に任せているが武力の方面ではなかなかだと自負している」

あ～これは言えない、まさか男だと思っていたなんて彼女には絶対に言えません。

なんとなくは恰好いいけど女性っぽいとは思ってましたよ。

「あの騎士団百名を倒したというのは」

「ははは、そんなのは嘘だよ」

「そうですよねそんな人数」

「実際は五十名だったな倒したのは。あとは降伏したのさ」

「……」

婚約するの断れないかな～。

「私はこう見えて可愛いモノが好きなんだ」

あ、俺を見る目つきが愛でる対象になっている。

「膝の上に乗ってもらって抱きしめてもいいかい？」

「はい……」

断ることはできませんでしたよ。

満足するまで頭を撫でられました。その時に後頭部に柔らかいものが当たったので女性というのが確定。

セルフィル＝ハイブルクは最強の女辺境伯グリエダ＝アレストの元に婿入りというよりお嫁に行くことになりました。

「ああ可愛いな」

「ええ公爵家でもマスコットにされるぐらいなので、いくらでも愛でてください」

＊

後日。

「長兄、婚約者ができました」

「ブホッ!?　い、いったい誰だっそんなおかしい奴は」

「グリエダ＝アレスト女辺境伯です」

「……セイレムも合わせれば国のほぼ半分権力を握っているのも同然なのに、国最強の武力か〜」

「え、僕の婚約者そんなに強いの!?」

第二章　嬉し恥ずかしイチャイチャの日々

セルフィル＝ハイブルクの朝は早い。

一応公爵家の子供で貴族なのだから侍女が起こしに来るまで寝ていればいいはずなんだけど。

「今日は私よっ！」

「私よっ」

「てめぇは昨日挨拶しただろうがぁっ！」

「では私が行きましょう」

「「お前は死ねっ」」

「ぐへぇっ」

俺の部屋の扉の先から女性の罵声と肉を殴打される音がした後、男が醜い声で潰れる音が聞こえてきた。

背伸びをして体をほぐして眠気を飛ばし、ベッドから降りてクローゼットに入っている服を着始める。

侍女長が見たら公爵家の者が！　と叱られるところだけど、着替えだけは俺の自由にさせてもらっている。

おらっ！　いつもセルフィル様を狙いやがって変態がっ、などと罵りつつ肉を蹴る音がリズムを刻んでいて、つい鼻歌が出てしまう。

「う〜ん、髪型が整わない」

残念ながら細くて猫っ毛の金髪の寝ぐせはどうしようもなかった。

ドガンッ。

上位貴族の家にはありえない大きな音を立て、勢いよく扉が開かれる。

「「「セルフィル様!!」」」

「丁度良かった。寝ぐせがどうにもできなかったので直してもらえます？」

「「「喜んでっ！」」」

微妙に服がボサボサのメイド三人が部屋に入ってきたので手伝ってもらう。

「うへへ、セルフィル様の髪だ〜」

「へふぅ、身だしなみを整えますね」

「はぁぁ〜美しいわ〜」

ボサボサで怪しいメイドだけど俺が中途半端に着た服や寝ぐせを素早く綺麗に整えていく。

俺が早起きする理由は、このメイド達に襲われるから。

過去数度メイドに襲われ、執事にも襲われたことがあるのです、性的に。

未遂で済んで、そいつらはもちろんクビにされたけど、ハイブルク公爵家にはまだまだ変態達が生息していてその中でも上位の連中が何故か俺付きになっている謎状況。

侍女長の緊張感を持たないと坊ちゃまは怠けます、という一言で決まったのが納得いかない。

「「「出来上がりましたっ！」」」

「ありがとう、アリー、セイト、カルナ」

「「「はうっ」」」

美少年ショタの感謝に胸と額に手を当ててふらりとよろめくお笑い三人メイド。

優秀なんだけど俺の寝顔を見るために同僚に薬を盛るぐらい平気でする変態なのだ。他にも優秀なメイドがいるから侍女長とは交渉をしようと思う。

ちなみに侍女長に今まで口で勝ったことはない。

「朝食は？」

「バルト様が王城からお戻りになられていらっしゃいます」

部屋から出る前に聞くと打てば響くようにアリーが答えてくれた。

俺を着飾らせる間に自分達の服装も完璧に整えていたメイド達。

公爵家でもトップクラスで優秀なんだよな〜、変態でさえなければ。

バルトとは長兄のことだ。

いつも長兄長兄としか呼ばないのでよく記憶から名前が飛んでしまうのは困ったものである。

「今回は早かったな〜。何日？」

「二日ですね。もう少し正確には一昨日の夕方でしたから一日半でしょうか」

「朝早くに帰ってくるなんて、よほど王城にいたくなかったみたいだね」

「まともな人材がいない場所にいるのは疲れると思います」

セイトとカルナが話を合わせてくれた。

ハイブルク家は俺のせいで結構緩い部分がある。締めるところは侍女長が締めまくるが。

「じゃあ、長兄と家族団欒の朝食をしようかな」

アリー、セイト、カルナの三人を引き連れて部屋を出た。

そこには服が破けたズタボロの執事一匹。

「アレハンドロ、その破けた服は給金から引くようにしておくから」

「私が伝えておきます」

三人メイドに負けて廊下で動けなくなっているのは俺専属変態執事である。男の子が好きな二十六歳、婚約者のグリエダさんに会わせたら天誅してもらえないだろうか。

＊

「死んでますね顔が」

「誰のせいだ誰の」

食堂に入室したら目の下のクマがどす黒い長兄がおかゆを食べていた。

南部の方を探していたら日本のお米に近いものが存在していたので公爵家のコネを使って取引して手に入れていた。

現代日本の米には数段劣るけど、公爵になってからストレスで胃弱になった長兄には大人気なのである。

「セルフィル様」

「ひゃい」

食堂には長兄以外に公爵家家宰と公爵家の中では前公爵夫人しか勝てない侍女長がいた。名前を呼ばれただけで条件反射で椅子に座ってしまう。

三人メイドは食堂に入った時点で逃亡していた。あとでチクろう。

公爵としての長兄に対する挨拶をする。

家宰の爺さんは好々爺《こうこうや》で緩くてもいいけど、侍女長はブリザードなのでちゃんとした挨拶をしなければ朝から心が死んでしまう。

「お前の婚約が正式に決まったぞ」

「あ、ありがとうございます。不満たらたらだったでしょう王様」

先日、学園から帰った日に婚約者ができたことを長兄に報告したら驚かれた。そして相手がグリエダ＝アレスト女辺境伯とわかったら遠い目をされた。

そこから長兄は婚約を確定させるために奔走し、ようやく今日、帰ってこられたのである。

普通はハイブルク公爵である長兄と婚約者でアレスト女辺境伯のグリエダさんの二人の同意があれば俺の婚約は成立する。

だが今回は王家の干渉が入りまくりなハイブルク公爵家三男坊の婚約だ。

長兄はいろいろな貴族にも根回ししてから王家に問い合わせた。

俺の婚約者探しは王命だからね。

悪意の嫌がらせが肩透かしになったから爆笑したけど、王からは婚約を認めてもらわなければならない。

これまでは周囲がちゃんとしていれば無能でも大丈夫だったけど、今や無能が愚王だということが表面化している。第一王子の婚約破棄騒動のせいで周囲でまともだった宰相と騎士団長がいなくなったからね。

今回のことだって、俺を長兄に裁かせていればハイブルク家は中立、グリエダさんとの婚約に発展することもなかったのだ。

裏目裏目の愚王様です。

でもその愚王様が今回の婚約の最終許可を出す立場だからさらに最悪です。すんなりと許可を出せば公爵二家と辺境伯家を祝福したということで、ハイブルクがセイレムを宥めるだろうし、辺境伯家は愚王から無能ぐらいには評価を格上げしただろう。

なのにごねる愚王様、お相手が自分に恥をかかせたアレスト女辺境伯というのが許せなかったみたい。

凄い短期間で権力二家と国最強武家、合わせて三家を敵に回した愚王様は天才だと思います。

「ああ、そんなものはありえんっ！　破棄だ解消だっ！　とな。破棄や解消はそもそも婚約していないとできない、そう言っている時点で自分が一度は婚約を認めてしまっているということにも気づいてなかったがな」

「長兄が王になった方が国は安定しません？　それか先王の弟様か」

「子孫が首を切られる地位になるものか。カシウス様もならん」

国の象徴になるか、生贄になるかの地球の専制君主の末路を聞かせたからハイブルク家では上を目指すことはないんです。

ヨーロッパ辺りの王家が消滅したのを調べれば破綻する政治形態なのはわかるだろう。

先王の弟カシウス様も、姉上が我が家に連れて来た時に教師に授業をしていた俺の話を聞いて、鬱屈した野望があっさりとお亡くなりになられた。

中間より上で逃げ道用意済の地位が公爵家の基本理念である。

「セイレム公爵も味方してくれたのだが、あの無能王は意固地になってしまって公爵一家と険悪になっても認めんと言い始めた時にな」

そこまで俺を引き抜きたいのか、いびり殺したいのか。

たぶんいびり殺したいんだろうけど。

「アレスト女辺境伯がやって来た」

「おや？　なぜに彼女の名が」

俺の婚約者がいきなりの登場だ。

「昨日の夕方だったな。会議の部屋の扉が廊下側から中に吹き飛んで、現れたのが女辺境伯だ」

「そういえば昨日は用事があるとか言われて先に帰られましたね」

最近、学園の行きと帰りは一緒だ。

それなのに昨日は先に帰られるということでギリギリまで愛でられた。

俺は男ではなくマスコット枠ですよ。

特殊性癖に襲われるよりはましだけど。

今はショタでもまだ成長期なのでいずれイケメンになるのだっ！

でも現在十三歳、十歳ぐらいから身長があまり伸びていません。

で、我が婚約者はどうして王城の会議室の扉を吹き飛ばしていたのかな？

「婚約の話が広まると手を出してくる連中がいるので王家とハイブルク、セイレムだけで交渉していたのだが」

「……あ」

「お前か？　お前だな⁉」

「バルト様」

長兄の説明に、あることに気づいて声が出た俺を見逃さず、問い詰めようと腰をあげた長兄が、侍女長に抑えられた。

ハイブルク家の子供は侍女長には勝てません。

「何をした？」

怖い、口元で手を組まないでください。

「えと、昨日のお昼に、長兄が王城から帰ってこないんですよ〜、と軽く言いました」

女性相手のお話は聞き役でいれば楽だけど、婚約者のグリエダ嬢は心も美青年で聞き役で接してくれるのだ。

だから基本俺から話す、まあ上手いのですよ聞き役が。

自分が女の子になったみたいにお喋りすることになり、その中で長兄のことも話しましたよ。

「それでか……」

「長兄が城で拘束中だと聞いただけで自分達のことだと察知されたんですね。凄いな～」

「凄いなんてもんじゃない。彼女は私達の会議室に来るまでに、城の兵士と騎士七十二名全員の腕の骨を折っているんだぞ」

「……辺境伯家は戦闘狂なんでしょうか」

辺境伯なら普通に城に入る許可は取れるんじゃないの？

「呆気にとられる私達の間を通り抜けて彼女が王に近寄り何か囁いたら、王は顔を青褪めさせて慌てて婚約の許可を出した」

いったい何を話したんだろうね？

「グリエダ嬢は意気揚々と帰り、その後は我々で調整して、軽く仮眠を取ってから朝方帰ってきた」

鶏出汁のおかゆがなければ胃が死ぬと言いつつ食べる長兄。

自分も同じものを鶏肉付きで頼む。

直接王様に直訴するグリエダさん、武力ＭＡＸで素敵です。

ハイブルク家限定で安全だった俺の身がさらに強化されています。

男女平等？　ショタのような貧弱魔力持ちに何ができると？

「何か僕のことで凄いことになっているみたいですね」

「実際なっているんだ。戦時中ではないとはいえ王城がたった一人に落とされることが証明されたのだからな。これは極秘扱いになっているから他の者には話さないように」

「学園ではボッチなので彼女本人にしか話せないですよ」

「そうか一人なのか、頑張れよ」

長兄に可哀想なものを見る目で見られた。

俺がボッチなのは第一王子の婚約破棄の余波なんですがね。それがなければショタ美少年には砂糖に群がる蟻のように人が寄ってきてますからっ。

長兄も王城ではボッチ……セイレム公爵が義父になりますから二人ですか？　でもおっさんは友達とは認定しません。

「さて、そろそろお迎えが来るので失礼します」

「迎えだと？」

綺麗に二人共食べ終えて軽く会話していると、学園に行く時間になった。

「ええ、グリエダさんが迎えに来てくれるんです」

「お前は～、こういう時は男が迎えに行くものだろうが。女性を迎えに来させるなど平民でもしないぞ」

お前はアホかという顔になる長兄。

長兄の言う通り、男の俺がグリエダさんを迎えに行かなければいけないのだ。どの世界でも男はアッシー君である。

「そうしたいのはやまやまなんですが……」

家宰のおじいちゃんと侍女長を見ると目を逸らされた。こいつら長兄が起きるのが遅いから機会がなかったので伝えるのを忘れていたな。

「グリエダ＝アレスト女辺境伯様がお越しになられました」

「まあ見ればわかります」

メイドのカリナが彼女が迎えに来たことを伝えに来る。

グリエダさんと長兄を会わせるのはもう少し後にするつもりだったんだが、王城で活躍を見ているとことだし挨拶ぐらいならいいだろう。

＊

長兄を連れて正面玄関にドナドナ〜。

驚く長兄の顔を早く見てみたい
「何を隠している」

「え？」

長兄が声を掛けてきた。

「お前が鼻歌を歌い始める時は良いことがあったか、これから人を騙すか地獄に落とす時だ」

何それ？　僕知らないよ？

俺達二人の後ろをついてくる家宰、侍女長、三人メイドの方を振り向くと顔を背けられた。

おかしいよね？　ハイブルク家の家臣は忠誠厚いから諫める時ははっきり言うんじゃなかったのかな侍女長。

まったく、自分達に都合よくふるまう家臣たちは誰に似たのやら。

……うん、ここはトップの長兄だろう。

でも昔、前公爵夫人に効率のいい人の使い方を聞かれたので覚えている限りの労働環境改善を教えたこともある。ただ貴族社会には合わないので厳しさ三倍ぐらいでとも伝えた。

ん〜、もしかして俺が関わっているから俺に似ているってこと？　ショタ好き変態執事と似ているのは嫌だな〜。

「ははは、今まで長兄に隠し事をしたことがありますか？　いやないっ」

「今隠し事をしているのはどうなんだ。ん？」

「あ、止めてくださいっ！　襟が伸びますっ！　首がグイッとなって息が詰まりますっ！」

長兄に子猫のように首の後ろを掴まれて持たれた。

十三歳にしては軽めの体重の俺はブラーンと風に揺れる柳のよう。

「子猫ですね」

「首を掴まれたら大人しくなりました」

「「「可愛い、ハァハァ」」」

あとで覚えていろよ忠臣達。

軽いとはいえ男の子を片手で持ち上げる長兄は凄い、というわけではない。

だってこの転生した世界には魔力というものがあるのだ。

異世界お勧めポイント魔力。

それは生物の体内にあるらしく、それを使用することで身体能力を向上させることができるらしい。

さらに、魔力を外にまで出せる人はその魔力を魔法として使えるようで、第一王子と一緒に婚約破棄ショーをしてくれた性女《聖女》は回復魔法が使えたらしい。

とんがり帽子でローブ姿の魔力使いの先生であるロンブル翁がそう教えてくれた。

彼は魔法使いではなく魔力使いだったので、一抱えもある石を頭上に持ち上げられるのだが、そんなジジイを見ても拍手を送るだけだ。

魔力は基本血で継承されていくものであり、大体は貴族が魔力持ちで、たまに平民に魔力持ちが生まれるのは先祖に貴族の血が入っている者だかららしい。

ほとんどが〝らしい〟になるのは俺が少ししか魔力を使えないからよくわかっていないからである。

貴族でも魔力が使えないのは半数はいるから、そこら辺で追放だーっ！　とかはないけど転生した身ではチートだワハハと叫んでみたかった。

少しは使えるのよ少しは。ロンブル翁と意見交換して、筋肉？　血流？　電気信号？　と体内のことを教えてわかったことは、人それぞれだった。

ちなみに俺はお腹のお肉に電流を流す機械を思い出したら使えるようになった。

ただショタの身体ではいくら魔力で強化しても一抱えもある石は持つことすらできなかった。

だって一・一倍になってもたいして変わらないの。

おのれー、このショタボディめ。

ちなみにいろんなことを知ったロンブル翁は一抱えの石から、その倍ぐらいの岩を持ち上げられるようになった。

おのれー、ジジイめ。

そのロンブル翁の教えを受けたハイブルク家の人達はなかなかの腕力さん達で、ショタの身体能力は最下位を彷徨っています。

長兄は流石というかそつなくこなせる凄い人です。

そのおかげで苦労人だけど。

あがいても無駄なので、大人しく子猫になって正面玄関まで運ばれた。

長兄が下ろしてくれると三人メイドが素早く服装を直してくれる。

地位が高いと自分でしてはいけないことが多くて困る。でも朝は自分で着替えないといけない公爵家三男坊セルフィルです。

侍女長に苦情を言ったら襲われてもいいなら執事《ショタコン》を寄こすと言われたので、一人で起きて着替えられるようになりましたよ。

公爵家の正面玄関の扉ともなるといろんな模様が彫られ、芸術作品にすら見える素晴らしいものだ。

だけどそれを季節ごとに取り換えて、だいたいがそのシーズンでお役御免になるらしい。お金って使いきれないほどあっても碌なことには使われないという典型のようなものだ。

「辺境伯様は玄関前でお待ちです」

扉の前に控えていた執事が教えてくれる。

それを耳にしてピクリと眉が動く長兄。

上位の貴族を外で待たせるというのは、家の顔として優秀な者が応対するはずの玄関での最初のマナーとしては良くないことだ。

「大丈夫ですよ、グリエダさんが望んで外にいるんです」

「ふんっ」

俺の言葉で長兄の圧が弱まり、玄関待機の執事はホッと息を吐いた。

若輩とはいえ長兄は公爵、この国で上から数えて十指に入るほどの地位にいるのだから、一執事の身では下手すると心臓が止まっていたかもしれない。

長兄が視線で命令する。

それを受けて執事が扉を開け始めた。

重厚感溢れる木製の扉は軋む音一つ立てずに開いていく。

魔法はあっても中世ヨーロッパと同じくらいの文明なので電気はない。朝でも玄関ホールは少し薄暗い。

そこに二つに分かれていく扉の間から朝日が差し込んできた。

その光に少し目が眩む。

白くなった視界が徐々に戻っていくにつれ、徐々に視界の大半が違う白に占められる。

開いた玄関の先にいたのは白い巨馬。

公爵家にいる馬車用の馬よりも一回り、いや二回りは逞しいその体格、長いたてがみが垂れる顔の間から覗くのは穏やかな目だ。

「やあ、おはよう。今日は早かったね」

そしてその白い巨馬の傍に立つのは男子の制服姿の銀髪の美青ね……ではなくて少し前に俺の婚約者になってくれたグリエダさんだ。

今日は長い髪をしっかり編み込んで中性的な美形度がさらに上がっていた。

こちらに向かって爽やかに微笑んでくれるのでさらにイケメン値上昇。

舞台俳優をやらせたら毎日が満員御礼になりそうである。客の全員が女性で。

「これは……昨日はご迷惑をお掛けしましたね。グリエダ＝アレスト女辺境伯爵です」

「バルト＝ハイブルク公爵だ。アレスト辺境伯が来てくれなければあの王はさらに無駄な時間
――いや君達二人のことをうやむやにしようとしただろう」

「ははは、それなら少し無茶したかいもあったようです」

「おかげで私は今日から自分の寝室でゆっくり眠れるよ」

グリエダさんは俺以外に人がいるのを視線で確認するとまず長兄に挨拶をした。

この場で一番地位が上なのは公爵である長兄だ。

前世の記憶の中で、貴族は下の者から話しかけてはならないと聞きかじったことがあったの
だが、前公爵第一側室に貴族のマナーを教えてもらった時に聞いてみると正式な場以外はそう
でないとのことだ。

つまり先にグリエダさんから長兄に挨拶したのは今は正式な場ではないということ。

「なんだお前は」

「私の婚約者は嫉妬深いようです」

挨拶を交わした二人が俺を見ていた。

長兄は呆れて、グリエダさんは苦笑している。

「む、そんなことはありませんよ」

まだちゃんとした婚約の手続きもしていないのにジェラシーを起こすほど子供ではないので。

だって俺の中身は侍女長よりもお年……ヒッ殺気が⁉

「そんなことだよ。口を尖らしているのだから」

「むう～」

グリエダさんが俺の頬に手を添えてムニムニとほぐしてくれる。

ちょっと恥ずかしいです。

ほら変態メイド達がハァハァしているの。侍女長そいつらに説教を！

「ハイブルク公爵、今日のところは挨拶だけで」

「ああ、王から許可は貰ったのだから正式な場を後で設けよう」

当事者なのに放置です。

所詮貴族の三男坊、公爵と辺境伯の会話に入れません。

配慮ができる優秀なショタ、セルフィル。セルフィルをどうぞよろしくお願いします。第一王子がやらかした時は配慮なんてしなかった？　だって面倒臭かったのだもの。

「それでは行きましょうか」

「ああ、今日は少し早い時間だからゆっくりと行こう」

「……待てセルフィル」

学園までの登校の時間は二人のお喋りの時間である。

美青年風婚約者グリエダさんとの大切な時間を邪魔する長兄は敵か？　敵なんだな。

力と権力では勝てないので今後も王城に行くように仕向けよう。

気に入られたセイレム公爵の相手はどうかな？　嫌味ばかりの貴族達の針の筵《むしろ》とオッサンと一対一での付き合い、どっちが長兄には地獄だろうか。

……長兄の婚約者のアリシア様にお手紙を書いておこう、セイレム公爵を長兄が父と慕っているって。

「その馬で行くのか？」

「そうですが大丈夫ですよ。この子は敵意のない者には大人しいですから」

長兄が見るのは大きい白馬さん。

何のために玄関まで長兄を連れて来たのか忘れていたよ。

「ここ最近はグリエダさんの馬に乗せてもらって登校しています」

「……公爵として馬車に乗れと言うべきか、男として馬に乗せてもらうなと言うべきか」

「長兄、長兄、それはどちらも同じだと思います」

グリエダさんが辺境伯なので俺の方から攻めようとしているな、長兄。

「私のワガママに彼が付き合ってくれているんです」

「馬だと学園の門前で混雑する馬車を尻目に入っていけるから優越感があって楽しいんですよ」

グリエダさんは夜会などの時はちゃんと馬車に乗るけど基本一人で馬に乗って動くらしい。

最初は俺に合わせて馬車だったけど二日目にはギブアップなされました。

それから晴れた日はお馬さんの背に揺られての登下校だ。

「……わかった。お前がそれでいいなら何も言わん」

こめかみをグリグリする長兄。

チラリと自分の臣下を見ているのは後で注意するつもりなのだろう。

キッチリと注意して欲しい。

だってそいつらはこの後の俺を見るために長兄に伝えていなかった節があるからだ。

長兄の許しも得たのでグリエダさんの愛馬、白王（白だから黒◯ではない）に跨る。

「ふぬっ、うぬっ」

跨る。

「うぬぬっ」

鞍を掴むが身体が持ち上がらない。

「くぬっ」

どんなに力を込めても、一・一倍になる魔力を込めてもつま先立ちから上に上がることはなかった。

「跨らせてください……」

「「「プッ」」」

奮闘した俺の隣にいるグリエダさんに助けを求めた。

長兄以下、ハイブルク家の者は笑ったな？　忘れた頃に地味に嫌ないたずらをしてやるから覚えていろよ。

「私の婚約者は可愛いなぁ」

嬉しそうな顔で俺の腰を掴んでヒョイッと白王に乗せてくれるグリエダさん。

完全な子供扱いされているショタです。

ここ毎日の朝の光景、俺が一人でお馬さんに跨れるかな？　はこれで終了である。

初めてグリエダさんが迎えに来てくれた時に、意地になって一人で乗ろうとしたら危うく遅刻寸前になり、次の日から素直にグリエダさんに乗せてもらおうとしたら今日はできるかもと唆されて再挑戦。

今では朝の定番のお約束事にされてしまっている。騎乗をお願いするまでがグリエダさんのご要望です。

ハイブルク家の臣下連中は人の痴態を見て喜んでいるからムカつきます。

ショタを愛でられるのは受け入れた！　だが強制羞恥プレイはごく少数にしか許してないのだ！

「では責任をもって帰りも送りますので」

「う、む……お任せしよう辺境伯プッ」

グリエダさんの言葉に頷く長兄、笑ってもいいですよ？　アリシア様との逢瀬《おうせ》をセイレム公爵との逢瀬に変わるようにお手紙を書くだけですから。

グリエダさんが白王に跨る。

俺が前でグリエダさんが後ろです。

「ぶはっ！」

はい長兄アウート。お酒もセイレム公爵に送っておくので王城で二人っきりの逢瀬を楽しんできてくださいね。

期間はセイレム公爵次第にしときましょう。あいだにアリシア様と逢えたらいいですね。

そして騎乗が前俺、後ろグリエダさんは彼女の要望です。学園の生徒だけじゃなくて王都の中もだから羞恥心はなかなか鍛えられたよ。

今ではこちらを見る人の顔がお野菜に見えるから不思議です。

ふと思い出したことがある。

前世で見た漫画に巨大な馬に男とその前に女の子が跨ったシーンがなかったっけ？

こちらは白馬イケメン女子の前にショタだけど。

世紀末？　戦国時代末期？　どっちだったっけ。

＊

お馬に揺られてどんぶらこ。

グリエダさんの愛馬、白王はこちらに気を使ってくれているのか振動は馬車よりも少なかった。

朝の忙しい人達が行き交う王都の中をパカラパカラと二人と一頭で進んでいく。

馬車が渋滞を起こしている隣をスイスイと行けるのを体験すると馬車には戻りたくなくなる。

これこれ下位貴族の子供たちよ、こちらに指を指してはいけません。

ショタだけど男だからね、後ろの美青年は美女だから。他の上位貴族なら不敬罪で切られることもあるから注意しようね。

王立学園までは貴族の屋敷が建つ区域を進まなければならない。

エルセレウム王国では貴族でいるために中等部から学園に通うことが必須で、どうしても通えない事情がない限り貴族の子供はみな通っている。

俺の婚約者（仮）のグリエダさん。

グリエダ＝アレスト女辺境伯は特例で貴族位についていた。

前辺境伯、彼女の父親が略奪のために襲撃してきた騎馬民族に重傷を負わされた時に、彼女が代わりに辺境伯軍を指揮して追い返したのが功績となり辺境伯位を継いだらしい。

当時十歳のグリエダさんは、もちろんありえないと他の貴族からの反対があったが、アレスト家にしか従わない辺境伯軍を怪我から回復しても前辺境伯が率いるのは難しいとの理由で最年少の女辺境伯が誕生した。

その後に王が中等部に入学した最年少女辺境伯に興味を持ってちょっかいを出して、愚王にランクダウンしている。

何でしょうこの覇王様、主人公キャラを爆走していらっしゃいますよ。

現在十六歳のグリエダさんは王都で悠々自適な生活を送ってる。

辺境伯の領地は辺境伯軍が全力で守っていることになっていた。

実は前辺境伯のグリエダさんのパパは完全回復しているらしい。

爵位を娘に渡し、本人は楽しく軍を率いて騎馬民族を追い回して遊んでいるというのが実状だそうな。

どこの覇王軍？

「くぁ」

グリエダさんが小さく欠伸《あくび》をした。

後ろにいるから見えないけど欠伸もイケメン。

「寝不足ですか？」

好青年のグリエダさんが気が抜けた欠伸をするなんて出会ってから初めてのことだった。

「ん、いや逆によく眠れたんだが少し疲れが残っているみたいだ」

「あ〜もしかして昨日の王城での出来事で疲れが」

「ん？　ああ公爵か、そうだね少し張り切ったせいで早めに寝たんだが、それでもね」

彼女にとって城で兵士と騎士七十二名の骨を折ったのは少し張り切るぐらいのことのようです。もう少し国の防衛する者達は頑張りましょう。

「どうして城に乗り込んだんです？」

長兄が城にいることを教えたのは昨日の昼食時、それから情報を集めて城に突入するまでの行動が早すぎる。

「第一王子の婚約破棄の件が一段落した後なのにハイブルク公爵が登城したまま帰っていないのは国防か私達のことだろうと考えたんだよ。一応セイレム公爵の動向も調べたらほぼ同時に城に行って戻っていないから、私達のことだというのは確実になったかな」

「読みが鋭いなぁ」

「一応登城の前に先ぶれを出したんだが、あの王は私に会いたくないようで城門で拒否されたから、そのまま直接乗り込んでやった」

さすが軍を率いる立場のグリエダさんは機を見るに敏。

「愚か者は直接叩くに限るんだ」

訂正、暴力で決着をつけるのが覇王様です。

「まあ私はあの王には嫌われているから婚約を妨害してくるのはわかっていたんで、罪悪感もなく暴れられたのは楽しかったよ」

「普通は反逆罪で捕えられますからね」

「ははは、アレスト家が取り潰しになったらこの国は終わりだね。真っ先に騎馬民族が大平原から略奪にやって来て、その後に隣国が大軍で侵攻して王族は皆殺し、貴族は従順な者でも奴隷落ちだろう」

グリエダさんは世紀末に生きておられるのかな？

でも彼女の予想はあまり外れていない。

この世界の歴史を調べたことがあるが現在は日本の信長《のぶなが》さんがいた頃みたいに弱い国はあっという間に滅ぶ戦国時代と変わらない時代みたい。

他の隣国に続く土地は大軍が即座に行動できるような箇所はないので今のところ大丈夫だ。

大平原から直接エルセレウム国に続く場所にアレスト家がいなかったら愚王ではどうしようもないだろう。

なら愚王の王家よりアレスト家が王になったらいいのかといったら重要拠点を守る者がいなくなる。

ハイブルク公爵家が王になればいいのかというと、貴族の反発や変化に対応できない平民が抵抗するかもしれない。

数十年もすればどの国も安定し始めて小競り合いで済むぐらいの世界に変化するかもしれないし、しないかもしれない。

ハイブルクが動けばその変化は早まるだろうが、平和な日本で生きていた俺は時代の変革者になるつもりはないし、身内や親しい者達が死ぬかもしれないことにかけることはしない。

今のところ未来に対応できる意識の改革を公爵領で芽生えさせるぐらいだ。国は残らずとも人は残る。

話が逸れたが俺達がいるエルセレウム王国はグリエダさんの家に守られているから平和を享受できている。

ハイブルク、セイレム、他の多数の貴族はそのことを理解しているからグリエダさんの最年少の女辺境伯を認めるし、王が派遣した騎士団を叩きのめしても城に一人で大損害を与えても黙認しているのだ。

「しかし国の中枢を守る連中のくせに弱かったよ。危なくなったら剣を使おうと思っていたが訓練用の木剣で済んでしまった」

背中にグリエダさんが動いた感触があり、おそらく肩をすくめたのだろう。

「どうやって倒していったんですか」

「剣を持って近寄ってきたのは剣に横から木剣当てて吹き飛ばしてから腕に一撃、槍で突いてきたのは避けて腕に一撃、綺麗に折ったからすぐにつくよ」

なにその強者の戦い方。

超強いグリエダさん、戦いの才能がある国内有数の魔力使いだ。

俺からの知識をパクったロンブル翁が両腕で持ち上げる石を片手で持てる彼女。

一般の魔力使いが筋力が上がるだけなのに、どうも話を聞いていたら動体視力や反応速度、思考スピードも上昇しているみたい。

王都で戦うこともなく、やっているのは訓練ぐらいの兵士やちょっと力持ちの貴族の騎士ではグリエダさんの相手にはならないだろう。

「無茶しないでくださいよ。長兄とセイレム公爵にアレスト家の名前があればこの国で通らないことはないんですから」

「……もしかして心配してくれたのかな？」

「朝に長兄から聞いた時には驚きましたよ」

愚王でも一応国の頂点だ。

彼女からすれば雑魚の騎士と兵士でも、必死で守るので何があってもおかしくない。

万が一彼女が我を通せずに捕まっていたらさすがに処刑だろう。

そうしたら俺は結婚しないまま寡夫になります。そして王家に直行です、まあ逃げるけど。

「おうふ、グリエダさん？」

暫くの沈黙のあと後ろから抱きしめられる俺。

俺達が乗っている馬の白王さんは賢いので手放しでも落とさないようにして目的地まで連れて行ってくれる自動運転馬なので大丈夫なのだけど。

当たってますよ。身長差があるので後頭部に。

「いやはや人に心配してもらうなんて子供の頃以来だけれど、かなり嬉しいものだね」

「普通は誰かが心配すると思いますが」

「ほら、最後は力で全てをねじ伏せるから。私は頼られる側なんだよ」

「国の頂点まで力で会いに行けますもんね」

う〜む、婚約破棄の時は紳士な美青年だと思っていたら賢い覇王様でしたよ。

ハイブルク、セイレム、アレスト……余裕で国盗りができるな。

しませんよ？　ほらトップなんて無能ぐらいが丁度いいのです。下は自由に動けるから国としては健全に運営できているんです。

国に必要なのは何かあった時は挿《す》げ替えられる頭とちゃんと動く体です。王家の頭はあと何人いるのかな？　この前一つ自分から転げ落ちたから困ったものだ。

「そういや長兄から聞いた話では、グリエダさんが愚王に何か囁いたら素直に婚約を認めたそうですが、何を言ったんですか？」

「ああ、それはね」

抱きしめる腕にギュッと力が込められる。

顔が近づいてきたのか耳に息遣いが聞こえてきた。

あれ？　今は朝ですよ？　パカラパカラとお馬さんに乗って学園に登校中です。

ショタと美青年は注目の的になっていますよ。

「私達の婚約を認めるか、今からご自慢の近衛騎士団を全滅させられた後に首を切られるか、どちらか選べと言ったんだよ」

「……」

ドキドキと恥ずかしさがヒュンッと一瞬で消え去った。

婚約者が世紀末の世界で生きていらっしゃいます。

ショタのわたくしは、グリエダさんを悪の王国に手籠めにされるところを救ってくれた王子様だと思っていたのに。

真実の姿は三下に身売りするショタを力でもぎ取る覇王様でした。

魔力という不思議な力がある世界だとしてもちょっと暴君過ぎないですか？

＊

学園に到着してお馬の白王から降ろしてもらう。

なぜグリエダさんは俺の胴を掴んで降ろすのだろう。それは子供の対応ではないの？

「それじゃあ昼に」

「はい、お昼にですね」

学園の正面にある噴水広場でグリエダさんと別れた。

あちらは高等部、俺は中等部なので授業も学舎も別なのである。

颯爽と歩いていくグリエダさんは周囲の視線を集めている。

女の子達が挨拶をすると彼女は軽く手を上げてニコリと笑って返していた。

それだけで女の子達はふらりとよろめき、ギリギリで持ち直した。意地だろう、あのまま倒れていたらいろんな噂を流されるのが貴族社会というものだ。

じゃあ朝から美青年に抱きしめられたまま巨躯の馬に乗った羞恥プレイを見られた俺は？

すでにグリエダさんと白馬に二人乗りは見られているのでもう手遅れなの。

まあ公爵家と辺境伯はそのくらいの噂では少しも揺るぎません。

それに噂なんて朝にグリエダさんのチートっぷりを聞いていたら命をかけてるなと尊敬するよ。

グリエダさんが高等部の学舎に入っていくのを見送った後に自分も中等部の学舎に向かって歩き出す。

恥ずかしかったけど馬の二人乗りは楽しい。

なぜならこのあとは全然楽しくない時間が待っているのだ。

朝の登校時間、多くの生徒が学舎に向かって移動している。

なので入り口は貴族の学校といっても混雑していた。

なのになぜか俺の歩く先が割けるチーズみたいに生徒が横にズレて学舎まで一本の道ができているのだ。

不思議だねー、僕そんな公爵の権力なんて使っていないよ？

中等部に入学してから一年間はみんな普通だったじゃないですか。

ほら道を作るためにぶつからないで一緒に歩きましょうよ。

どうして近寄ると避けるのですか？

十三歳のショタを泣かせるつもりなの？

そこの男子っ！　お前の家はハイブルクの寄子だろうがっ！　卒業パーティーの時に見た覚えがあるぞ。

目が合ったら全力で走り去られた。

よし。今度からあいつのあだ名はダッシュ君だ。

はい、これが第一王子の婚約破棄騒動以降の学園での、生徒達の俺への対応です。

いくら権力のある公爵家であろうと、貴族の頂点の権威をもつ王家に喧嘩を売ったのだ。その三男坊の扱いは近づくな危険、なのである。

寄子の貴族の息子が逃げ出したのは自分の家が王家派閥に目をつけられないように、かつハイブルク公爵家にも逆らわないように。必死に考えて取った両立できる対策なのだ。

つまり俺に出会わなかったことにしたのである。

それを責めることはできない。

下位貴族の家は寄親に不義を働いてでも御家存続を重視するものなのだ。そこを強制したら寄親としての信頼関係が崩れて、いざという時に裏切られる可能性が出てきてしまう。

でも全力疾走は良くないと思うな〜。

顔は覚えたから愚王への対処が終わったら弄ってあげよう。

逃げた判断力は面白かったから、次兄のところに叩き込んでおけば優秀な指揮ができる騎士になれるかもしれない。

グリエダさんのところだと死にそうだしな〜。

次兄のところもある意味死ぬかもしれないけど。映画で見たアメリカの軍隊式の訓練を教えてから、忠誠心は上がるけど心は死んじゃう人が多いんだよね。

「はぁぁ〜」

とぼとぼと学舎に向けて歩き出す。

さっきまでは衆人環視の状況でのグリエダさんのハグで羞恥心でドキドキだったのに、今は一人花道で生徒達に左右から見られて心拍数がガタ落ちです。

＊

うわぁーい。

お昼休みは癒しですよ。

授業も転生者の俺にはあんまり役には立っていない。

学園で習うのは貴族としてのふるまい方が大半で、貴族の常識やマナーやダンス、お茶会などばかり。

御家を継がない次男三男坊以下の人生にはほとんど役に立たないの。

だから将来を考えている連中は授業をサボって体を鍛えて騎士団に入るか、軍に入って兵士になるかを目指している。

内勤を目指すものはあまりいない。

大体が爵位を継いだ長男でその席は埋まるし、そいつらが自分の家で事務用に鍛えられた連中を部下にする。

自分の爵位を脅かす弟達を配下として使うなんてするわけないいない。

学園を卒業した時点で、有能な弟達は継承権を放棄させて放逐です。

大貴族みたいに爵位をいくつか持っているか、婿入りするぐらいしか平和な道はない。つまり学園の中で貴族でい続けられる者はごく少数ということになる。

ハイブルク公爵家は大貴族じゃなくて超貴族ですから、無駄な下位貴族を潰せば沢山爵位はあるのです。

ハイブルク家の次兄はその一つを貰って、今はハイブルク公爵領の軍を率いていますよ。

脳筋のくせに軍略関係には強いから、過去に危うくハイブルク家が長兄と次兄で割れるところだった。

権力にしがみつくタイプじゃなかったのでうまーく誘導して子爵になってもらうことにしたの。

脳筋なので最後は母親である前公爵第一側室のレアノ様にお話ししたけど、次兄は子爵になることを理解しているのかいまだにちょっと心配である。

かと言って女子が男子よりマシというわけでもない。グリエダさんみたいに圧倒的な武力を持っていない限りは中世風のこの世界は基本男尊女卑である。

嫁げなかったらお先真っ暗な人生なのです。

ゆえに学園は爵位を継ぐ長男坊と女子達のための学びの園なのである。

国の運営側の上層部を育てる機関ならば、数字と語学をメインに教えろよと言いたい。

俺？

ほら曲がりなりにも未来の知識を持つおっさん転生者ですので、せいぜい中学生レベルの数学までしか学ばない貴族のお勉強は楽勝だ。

以前はがっつり長兄に寄生するつもりだったので、お家で学んだマナーだけで十分だったのです。

黒色火薬も作れないショタですが未来を知っているというだけでなかなか凄いのよ。

あるという事実を知るだけで、人は数段すっ飛ばしてそれを見つけ出す生き物ですから、存在する未来を知っているショタは大変貴重な生き物なのです。

最終手段としてはレアノ様の本に登場した肖像権分の配当を貰って細々と生きることも考えていた。ア―――ッ！　される本は売れているようなので。

まあ今はお嫁、おっと間違った。

お婿さんとして嫁ぐことが決まったので生活には困らなくなった。

あ、でもマナーとダンスをちゃんと学ばないとグリエダさんに迷惑を掛けちゃう。

ぼっちの俺はお相手がいなくて教師と練習をすることになったダンスの授業を終え、ようやく昼休みにグリエダさんと再会できた。

＊

今日は天気がいいのでお外のテラスで昼食だ。

周囲の生徒達の視線が刺さるようにこちらに向けられている。

王国最強の軍を率いる女辺境伯と第一王子を徹底的に貶めた公爵家の三男坊の俺は今一番の注目の的だ。

見られるのは仕方がない。

「ほら、口元にソースが付いているよ」

「んむ、自分で拭けますから」

グリエダさんが俺の口をハンカチで拭いてくれる。

決してグリエダさんの膝の上で昼食を食べている俺が注目されているわけでは無いのだ。

俺の婚約者様はどうも恥ずかしい部分が人と違うらしく、べったりとくっつくことを好まれる。

ゆっくりできる昼食時間の俺の席はグリエダさんの膝の上。イケメン女子《じょし》の上のショタを学園内で知らない人はいないと思います。

愚王に認められなくても周囲にはイチャついているのがバレバレなので、これで婚約していなかったら王が認めなかったんだとなるだろう。

愚王よ何をしてもその価値が下がっていくな。どうすればそこまで愚王になれるのか一度俺のカウンセリングを受けてみない？

最初の頃は普通に座ろうと提案したの。

そうしたらグリエダさんは凄く残念な顔をされるのです。

凄く賢い犬がお肉を目の前に置かれてお預けにされて、そのお肉を下げられた悲しいお顔をされたらこちらが折れるしかなかったのよ。

それからの俺の椅子は柔らかいのにその奥は大木のような安定感があるグリエダさんの膝の上、そこが定位置となりました。

口に付いたソースも全自動で拭いてくれる機能付きの最高の座席なんだけど、羞恥心を捨てなければならないという苦行付き。

癒しだよ？　だって羞恥心の大半は前世で捨てたので苦行と言うほどではない。数分もあれば羞恥に慣れる生き物がショタ（中身オッサン）なのである。

前世の上司の無茶振り強制一発芸での羞恥とは違うの。現場が極寒になるのとは違うの。

女子の膝の上だから自慢できるよ。

ほらそこの上位貴族らしき男子生徒よ、悔しいだろう。君の周囲にいる子女より遥かに整っているイケメングリエダさんだぞ。

ボッチで暇な学園は、グリエダさんで相殺どころかプラス収益です。

＊

ケプ、お腹がいっぱい。

グリエダさんは自分が注文したのも俺に食べさせようとするから困っちゃうの。

餌付けはいりませぬ。

これでも成長期に必要な食べ物はちゃんと摂取していますから、炭水化物はもういらないです。

「ほら、これは最近新しく出てきた料理でね。戦う身としては赤色は避けるべきと言われるが酸味があるのが美味しくて。君も食べてくれ」

「もぐっ!?　むぐむぐ。も、もういいです」

フォークにクルリと赤く染まったパスタを巻いて俺の口に入れこもうとするグリエダさん。

「もっと食べないと成長できないよ？」

「無理です。お腹がいっぱいです」

ぽんぽんがぽっこり膨らむぐらい食べているのですよ。

「……そうだな辺境伯軍の兵士の連中と同じようにしてはダメなんだろうね」

「えーと、グリエダさんのところと同じようにとは」

「身体作りのために吐くまで食わせる。吐いたらさらに食わせる」

ひょえっ、ななっなんて恐ろしい。相撲取りでも作っているのか辺境伯軍は。

あん、ぽっこりお腹を触って確認しないでください、さすがに恥ずかしいのですよ。

「そんなにこのパスタが好きなんですか？」

「そうだね、だいたいが塩味だけで、それが当たり前だったものが野菜一つでこんなにも変わるものかと驚いているよ」

俺を乗せている脚を横にズラして皿の上のパスタを嬉しそうに食べるグリエダさん。

うんうん、イケメンは何をしても似合うね。

グリエダさんが食べているパスタは真っ赤に染まったものだ。それに塩漬けの肉と玉ねぎらしきもの、ピーマンに似たものが入っているシンプルな料理である。

ええ、ナポリタンもどきですよ。

こっちの世界でもトマトは観賞用に植えられていたから、ヒャッホゥッと収穫してご乱心だーっ！　と家の者達に叫ばれたのは数年前。

飽きていたのですよ中世の食事に。

基本塩味で素材の味を生かしましたは、ラーメンにカレーといった悪魔の料理を知っている元日本人には辛かった。

ファンタジーな世界だから胡椒ぐらいは転生前に一般流通してもらいたい。

なので前公爵が公爵領のどこかに配置《飛ば》されてから、前公爵夫人にウルウル目でおねだりしていろんな食材を調達してもらって、いくつか再現したのです。

はっはっはっ。持つべきは圧倒的な権力！　ショタに腕力なんていらんのだよっ。

あ、グリエダさんに出会ったので腕力は必須とわかりました。うん覇王様レベルになると権威権力は無意味なんですよね。

ナポリタンもどきは比較的安く作れるから、情報を王都に流しまくって広めた料理の一つだ。平民たちの栄養不足も少しはましになったかもしれない。

俺がいるハイブルク公爵家にはいろんな秘密があるのだけど、まだグリエダさんには一つも話していないんだよね。

前公爵夫人からの指示で、前世の知識はハイブルク家以外には秘密なの。どれを秘密にすればいいのか判断できなかったら全部になりました。

でもナポリタンで喜ぶグリエダさんを見たらミートソースも食べさせたいなと思ってしまう。

長兄に相談したら解除してくれるかな？

でもそろそろ前公爵夫人が特急で公爵領から王都に戻ってくるんだよね。

それまではお預けかな。

「ん？　やはり食べたいのかい？」

「いりませぬっ！」

ナポリタンを見ていたら勘違いされてしまう。

なに？　グリエダさんはぽっこり子狸でも誕生させたいの!?

……可愛いモノ好きだから喜びそうだな。

拒否してからそうしないうちにグリエダさんは食べ終わる。

ちなみに三皿目でした。

いったいその細身の長身のどこに入っているのですか？　一皿もいかないぽんぽこ子狸は知りたいです。

食後の紅茶を飲み始めたグリエダさんの膝の上で、俺は紙に書き物を始めた。

「何を書いているんだい？」

「王から婚約の許可も貰ったので、少し自分達の状況を整理しようと思いまして」

考えるだけでまとめられるほどの頭は持っていないので、まとめるには書かないとたぶん全部愚王と側妃が悪いということにしそうなの。

第一王子？

グリエダさんの膝の上が指定席になったので感謝しています。あ、あと長兄に美人で優秀なお嫁さんが来てくれるのでマジ感謝です。

なんだよ〜、王子はいい奴だったじゃないか。

「なぜ第一王子の横に『天使、ただし地獄行き』と書くんだい」

「え、真面目な他人を幸せにして自分達を不幸にしたんですよ？」

「……君は結構辛辣なところがあるよね」

なぜそのような評価に。

俺とグリエダさんを並べて書いてそこから線を引いて名前を書いていく。

「グリエダさん」

「なんだい」

「侯爵家とか伯爵家の名前は知っていますか？」

「まあ王都に来てから暇だったし、爵位を継いでいるから大体はわかるよ」

「……僕はよほど印象がないと覚えられない人なんで教えてもらえます？」

「君……さすがにそれは」

てへっ、グリエダさんに引かれちゃった。

でもしょうがないんです。元日本人に横文字名前を覚えるのはきついの、それに名刺も顔も合わせたこともない人物をどう覚えろと。

長兄なんて長兄としか呼ばないから、侍女長が注意した時にバルトだったか〜と思い出すのです。

数分もしないうちに脳内から消え去るけど。

大丈夫っ、長兄にはバレてはいません。

「はぁ〜、じゃあ知りたいのは誰だい」

呆れながらも教えてくれようとするグリエダさん。

「元宰相、元騎士団長、元大司教、側妃の一族ですかね」

「貴族社会で生きていく気はなかったね？　正直に言いなさい」

やん、お腹に腕を回して拘束しないでください。

元宰相、元騎士団長が愚王を上手く操作していたことぐらいは長兄の愚痴から知っておりまし……ああそんなジットリとした目で横から覗き込まないで。

元宰相ボルダー侯爵、元騎士団長ヒルティ子爵、元大司教アメント、ヘレナ側妃にその一族のランドリク伯爵家。

なんとか以前の俺の人生設計を言わずにグリエダさんから教えてもらった。

全員の線上に『恨み買いまくり』と書く。

「側妃達以外は自分達の息子がもっと酷いことにならなかったから、恨んではいないのではないかい」

「まともでも子供のことでは甘いという人は多いですからね～」

しかし息子の教育はどうしていたのだろう。

息子たちは婚約破棄の時にいた性女《聖女》の愛人枠だったよね。大成功していたら次の次の王はいったい誰の子だったのだろうか。

元宰相、元騎士団長、元大司教にお宅の息子さんには常識を教えているのですかと聞いてみたいよ。

凄いわ～、ハイブルク家が国盗りするレベルどころじゃない。

そして裏目裏目の愚王だったら第一王子を王につけようとするだろうから、国のトップの血筋乗っ取り大成功。

でも髪の色や瞳、顔が似ていなかったら、王家はドロドロの昼ドラにまっしぐらだ。

なんだよ俺は侯爵、子爵、教会、王家を救っているじゃないか。

物語の婚約破棄ってよほど破棄側が強いんだろうな、そうじゃないと絶対に成功しないよ。

成功しても逆ハーだと王家乗っ取り確実なのがわかったし。

「私がイタズラした時は、父は木剣を振り回して追いかけてきたがな」

「グリエダさんの家は本当に貴族なんですか？」

今の国の上層部は、仕事は優秀でも息子の教育は失敗している人達だ。親子の情があるかないかとか、御家の看板を傷つけられたとかで逆恨みは山ほどできる。

「まあ逆恨み大本命はヘレナ側妃ですね」

「あそこは実家も最悪だからね」

ヘレナ側妃の線には『無能の片割れ恨みます』と書いて、ついでに側妃から線を引いてランドリク伯爵家と書いて『実家も問題あり』と記す。

こいつらは国防を考えられない時点でアウトだ。絶対に何かしてくるだろう。

「側妃は絶対に何かやって来るでしょうね」

自分が王の母になる機会を潰されたのだ。その恨みはいかばかりか。

長兄からは呼び出されても登城の判断は任せろと言われている。ハッキリ言うと行かなくていいということだ。

わざわざ敵対する者のところに行かなくてはならないほど、ハイブルク家は弱くないということである。

息子の教育失敗、実家はやりたい放題、王妃はまともとしか長兄達から聞いていないので、ヘレナ側妃はろくでもないのだろう。

「こうしてみると私達の婚約は波乱を含んでいるね」

「まあこれにこう書けば劇的に変わるんですが」

俺とグリエダさんを丸で囲んで、そこから線を三本書いたその先にはハイブルク家、アレスト家、セイレム家と書くとあら不思議。

パワーバランスが大逆転です。

元宰相、元騎士団長、元大司教の領地がどのくらい規模があるか知らないけど、権力を失って勝てると思うな公爵二家と最強辺境伯に。

「三家にちょっかいは出してこないと思うんですよ。ヘレナ側妃の実家はわからないですけど」

「あそこは自分達は王の縁戚と言って自由し放題だからなぁ」

グリエダさんの声が遠いものになった。

無言で側妃からランドリク伯爵家に伸びる線に『無能の王の威を借る無謀一家』と追加で書いておく。

グリエダさんが潰すと後が面倒だから困っているんだよと言ったのは聞かなかったことに。

お家規模の話は長兄とセイレム公爵に任せておこう。

バカ息子製造の責任を親が取るのは貴族社会では当たり前だ。セイレム公爵の娘であり、バカ息子の元婚約者であったアリシア様に恥をかかせたツケは高く付きそうだね。

「僕たちは直接ちょっかいを出してくる連中に対処するだけですね」

書いた分は上の方だけだ。下の者がどう動くかはわからない。

俺は報復の相手として一番最適だ。第一王子の結末はしょうがなかったとはいえ俺が原因だし。

自分の現状を書いたら、ちょっとした嫌がらせから下手すると殺されるまで、可能性が盛りだくさんだ。

ドキドキデンジャラスな生活はきついね。

婚約破棄はされちゃダメだぞ世の中の主人公たち、現実ではざまぁのあとは報復が山盛りでピンチになっちゃうから。

「ならこれからは、私が君とずっと一緒にいれば問題ないね」

わぉ！　最強の護衛で俺のドキドキデンジャラスの大半が消滅したよ。

そして羞恥心よ復活してくれるなよ、グリエダさんの一緒はなかなか容赦ないからな。

ジャパンの倫理観プリィーズッ！

「ところで、これには王のことが書かれてないんだが」

あ、やべ。裏目しか出さないから愚王のことを忘れていた。

第一王子も裏目出したし、もしかして王家は裏目という魔法使いなのか？

なんだよ〜、国の一大事の時にしか役立たない首だと思ったら、実は貴重な魔法使いだったのか。

これは死ぬまで王（笑）でいてもらわないと。

＊

自分の現状を確認したらそこそこ危ないということがわかって、気を引き締めて生活するようになった。

学園ではぼっちなので、無意識に一人になるような場所に行くのを抑え、人が多い場所の端にいるようにし、昼になったらグリエダさんとの待ち合わせ場所にダッシュ。

転生してから前公爵夫人を味方につけるまで、よくメイドと執事に襲われかけていたのは伊達じゃないのよ。

すぐそばの身の危機を察知するのはショタの基本能力です。

まさか幼少期の嫌な思い出が役に立つとは、何事も経験なのかもしれない。

何度か男子生徒に付け狙われたのはやはり報復の対象にされているんだろうな。

ハイブルク家は大きすぎて報復したら反撃が凄いことになるから怖くてできなく、一番弱いショタを狙ってきたんだろう。

しかし甘いっ！

ひ弱なショタは自分の特性を把握しているのだ。

目立つ時は周囲の目があるから手出しはできないし、移動時を狙ってきても人混みの多いところを小さな体でスイスイと通れば撒くことなんて楽勝である。

気配なんてハイブルク家の変態メイドや変態執事に比べたらまるわかりよ。

ただ、なぜか侍女長の気配だけはわからない。

イタズラした時には背後に突然出現するレイドボスなのです。

ま、グリエダさんのところにいれば超安全か。

王へと至る道を本当に作れる人の傍はゆっくりできるので、ショタを狙っている連中とグリエダさんが不審と思われる奴を挙げてもらい、昼食後はそいつらを見ながら似顔絵を描き描きするのが最近の日課だ。

グリエダさんに褒められたから似ているのだろう。

あとはこれを長兄に渡せば、数日後にはいなくなるお手軽な後始末方法。

ぼっちにはなかなか刺激的で面白くなってきたね。

派閥が違う同級生達の謎の自主退学が続いて、やはりハイブルク家にすり寄っておかないと、ようやく思い始めた寄子の子供達が最近になって少しずつ戻ってきた。

でも友達じゃなく取り巻きなので俺のぼっちはいまだ続行中。授業の間の短い休み時間の壁代わりぐらいの役には立っているが。

「う～ん、やはりヘレナ側妃のとこが多いですね」

「私の分も重なっているからかな？」

長兄から貰った紙には自主退学された生徒達の家と派閥のことが書かれていた。

その半数が側妃派閥のところという面白い結果が出ている。

他は元宰相達のところから数名、こちらは寄親が恥をかかされたと思い込んだ連中が勝手に動いていたみたいだった。

元宰相達の派閥の生徒は俺に恥をかかせてやれぐらいの気持ちの連中が大体で、親の方から注意を受けて大人しくなっていた。辞めた連中は調査をしたらその親にも問題があって、元宰相達にこちらの三家から注意勧告したことに起因していた。

「このままだと側妃派は瓦解しそうな勢いですが」

「権力にすり寄る愚か者は後を絶たないからそう簡単には潰れないよ」

「一匹見つけたら十匹ですか」

「百匹ぐらいで考えた方がいいね」

繁殖するから根絶は難しいということらしい。ゴマすりで高い地位を貰えるなら派閥を鞍替えする連中は多そうだ。

歴史を見れば数世代、悪ければ自分達の代で滅ぶのがわかるのに同じことをしているのが理解できない。

学園、歴史を英雄譚みたいな部分ばかりじゃなくて、ドロドロしたところもちゃんと教えろよ。それだけで少しは国力が上がると思うぞ。

ハイブルク家では俺が面白おかしく地球のダメな統治方法を教えたから大丈夫。始皇帝《しこうてい》、三国志は兄弟たちには大人気だった。なのでその末路の部分も教えてトラウマにしてあげたよ。

趙高《ちょうこう》、董卓《とうたく》と参考になる人がいっぱいいるから躾けに歴史は超便利です。

趙高は始皇帝が中華統一したのを数年で滅ぼした奸臣で、軍が危機を伝えているのにそれを全無視して忠臣を処刑しまくり。最後は三世皇帝に自分の罪を擦《なす》り付けようとして、一族郎党殺された。

董卓は皇帝を傀儡《かいらい》にして専横を行い民の恨みを買いまくり、死後にヘソに灯芯刺されて一族も族滅。

ゴマすり、身内だけで運営できるのは小規模だけ、国規模は地獄がこの世に現れるので要注意だ。

でも前公爵夫人には江戸幕府のことを詳しく聞かれたんだよね。

一応成功例だけど島国だからこそできたことで……この国は要所を固めれば鎖国ができそうだ。

うん、黙っておこう。

「王家派閥は沈黙ですか」

「私を知っていて動いたら、勇気があるなと褒めてあげたいね」

自分のところのトップの首が常時落とされるリーチ状態では動けないだろうね。

それでも動く側妃派、脳みそはちゃんと持っているのか？

あ〜、虫だから短期間では学習できないんだな。

ゴマすり親の子供たちだから貴族意識が高いだけの間抜けばかり。自分は次期子爵だぞ三男ごときが、と大勢の生徒の面前で宣言した奴は流石にハイブルク家の寄子が取り押さえたよ。

三男だけど公爵の弟というのを理解していないのかな？　学園の教師達にはその辺りをしっかり教えてもらいたいものだ。

「これで生贄はだいたい終わりかい？」

「酷い言い方ですよ。せめて先陣を切ったとか言ってあげないと」

今まで俺達にちょっかいを出してきたのは下位貴族達だけだ。伯爵より上は出てきてもいない。

あ、側妃の実家は自分の寄子に何してんだとハイブルク、アレスト両家に抗議してきたよ。普通は見捨てるのに怪我をした、誇りを傷つけられたとか言って金銭を要求してきた。

凄いね側妃派、あれだね愚王から無能を下賜されたんだな。うつりそうだから近寄らないようにしておこう。

ここ二、三日は直接狙ってくる者はいなくなった。

地位が高い連中ほど自分の手を汚したがらない。下の者を使い、それでもしぶとく生き残るのを見てやっと腰を上げるのである。

ある意味これからが婚約破棄の影響の本番だろう。

なので気を引き締めて。

「じゃあ、どこに行きましょうか」

「ん〜、君はどういうのを見ているんだい」

気晴らしに遊びに出掛けることにした。

学園からのご退場者リストを横に追いやって取り出し、二人で見るのは劇場の演目のリストだ。

お付きの三人メイドにお願いしたら王都の全ての劇場を調べ上げてくれたよ。

毎朝三人メイドに倒されてるショタを狙う変態執事アレハンドロは、なぜか賭け闘技場を調べてきたけど、主人である俺をどこに行かせたいのだろうか。

学園で害をなす者が少なくなった今は、グリエダさんとの婚約期間を楽しみたいのである。

ぶっちゃけるとヘレナ側妃の派閥の子供達がかなりの人数いなくなったので、直接的な危害を加えられる可能性がかなり低いと判断したからだ。

別に学生の嫌味や物を隠されるとかぐらいなら全然平気。

だって前世はオッサンなのよ。そのくらい取引先の嫌味を何時間も聞かされたり、もっと金額を抑えてくれと、既に限界まで安くしていると訴えても無視されたり……。

貴族の言葉には裏がある？　ブラックが大半の日本企業をなめんなやこらぁ！

ハイブルク公爵領では口約束なんて許されません。

重要な事柄は契約書を作って、控えをその土地の貴族が保管するようになっています。その貴族が不正をした場合は下手すると家族全員で奴隷身分行きになるのです。

大丈夫、公正であればホワイトなハイブルク公爵領です。

今なら空いた土地がありますのでお役人として働きたい人は是非とも来てください。

一年お勉強をして三回ほど面接と試験をしたら安定したお給料を払いますので。縁故、裏金はできるものならやってみてください。成功したならそのまま採用で、でも働いて無能なら容赦なくクビですから。

ハイブルク公爵領で一番人気の職業はお役人なのよ。平民でもやる気と才能があれば採用するから。

おっと前世のトラウマが出てきてしまった。

まあそれなりに危険が少なくなったからグリエダさんとお出かけに行くことにしたのだ。

転生して初のデー……トではありませんでした。

ごめんなさい、すでに前公爵夫人と前公爵第一側室レアノ様とデートしてます。実母と姉は血が繋がっているのでノーカンで。

お二人も恋仲ではないから違うということにしよう。

「そうですね、僕も最近は行ってないのですけど定番のは見ていますね」

「じゃあそれ以外だ。あと愛憎と小難しいのは除いて」

三人メイド達はタイトルと簡単な解説を書いてくれているので、知らない作品でも除外しやすかった。

「悲恋はいいんですか？」

「あれはあれで良いものがあるからね。こう見えても恋愛ものは好きだよ」

わかってますよ〜、可愛いモノ好きのショタ好きさんですからそちらもいけるかなとは思っていました。

ギャップがあるグリエダさん、グッ！　ですっ。

笑える系も最初のデートでは排除と。

なんか二人で話し合って決めるの楽しいな。

これは愚王と第一王子に感謝しなければならないな。神様は信じていないが今後は裏目様に祈りを捧げよう。

どうか王家の裏目魔法が俺達の幸せに繋がりますように〜。

一週間の間にかかる演目をチョイスしてもらったが愛憎系が多い。ハッピーエンドはあまりないな。

ううむ、ここはどれにすればグリエダさんは喜んでくれるのか……。

「悩んでいるが、どれ」

「あっ」

演目を見ていたらヒョイと紙をグリエダさんに取られた。

「これとこれは日にちが遅すぎる。こっちは間がただ引き延ばすだけで面白くなかった」

ペンも取られてグリエダさんは残った演目に線を引いていく。迷いなく引かれる線は定規で引いたかのように真っすぐだ。

「よし、これだな。三日後の午後。悲恋系だが演目名が気に入った」

「……あれ？」

グリエダさんが気に入った演目どこかで見たような……じゃなくてがっつりあるよ！

「覇王と別れの美姫、何か私達に合っていると思うね」

「ええ、合いそうですよね」

項羽《こうう》と虞姫《ぐき》じゃないかっ！

誰だ、ハイブルク家の情報を売った奴はっ！　……レアノ様だろうな。あの人、歴史の恋愛モノをよく聞いてきたもの。巴御前《ともえごぜん》と静御前《しずかごぜん》とか。

レアノ様から著作権料取れるな俺、次会った時にお小遣いを貰おう。

しかし覇王別姫か〜。完全に覇王はグリエダさんで虞姫は俺だよね。

ま、グリエダさんが楽しみにしているからいいか。

＊

「今日はいかがなさいますか」

「ん、いつも通りでいい」

私が生まれた時から傍にいてくれている中年の侍女に、少し考えたものの途中で面倒臭くなって、考え続けることを放棄して答えた。

目の前の姿見には、湯浴み上がりにガウン一枚羽織った自分の身体が映っている。

下にはレースでふんだんに彩られた下着を身に着けていた。

昔、無地の白でいいと言ったら私のお付きの侍女は年頃の女性がなんと情けないと怒ったのには困ったものだった。

でも最近は長身の私にも似合いそうな可愛い下着を侍女は用意するので不満はない。

以前は着飾る同年代の女の子のことがわからなかったが、一度着用してみれば昔に戻れなくなったので、私も女性なんだなと自覚させられる。

「婚約者と劇場に行くのに普段着とは……」

「なんだ、いけないのか？」

侍女が額に指を当てて唸る。

今日の午後から婚約者のセルフィル君と劇場に舞台を見に行くことになっているので、一度屋敷に戻ったのだ。

軽く湯を浴びて新しい服に着替えてから彼を迎えに行こうと考えていたのだが、私の侍女は不満らしい。

「ここは辺境伯領ではございません、王都なのですよ。貴族の女性は着飾り、男性にエスコートしてもらうのが常識です。男性の恰好ではなくドレスをお召しになった方がセルフィル様も喜ばれるでしょう」

「うむ……」

この侍女は私が王都に行くことになった時にも少しも迷いなく付いてくることを願い出てくれた、信頼できる臣下だ。

私を自分の中心に置いて生きるのが我が人生と言い切るぐらいで、結婚相手ができたことを伝えたら滂沱《ぼうだ》の涙を流したぐらい。

男性の恰好を好む私に昔から苦言を呈し続けてきた猛者だったが、セルフィル君が婚約者になってからは何かにつけてスカートやドレスを着せようとしてくる。

正直面倒臭い。

男性の恰好をするのは動きやすく乗馬に適しているからである。さすがにスカートでは戦いにくい。

下着を見られるようなへまはしない。乙女だという自覚ぐらいはあるのだ。

馬車でゆっくり移動というのも好みではない。

利便性を選んだ結果が男性服なのだ。

「いつも通りでいい。いや、普段よりはいいやつにしてくれ」

「はぁ、かしこまりました」

呆れたようなため息を吐く侍女。

その後ろに控えていた数名もガッカリしていた。

辺境伯家は上下関係が緩いが、そのようにあからさまに当主に対して感情を出すのはさすがに問題だと思うぞ。

「ああ、いつもよりゆったり目で柔らかいものに変えてくれ」

コルセットは着用していなかったので昔は胸をサラシで押さえつけていたのだが、数年前からブラジャーというものが出てきて着替えは楽になった。

いまだ成長中の私の身体にはコルセットもサラシもきつかったので、ブラジャーを開発した者には本当に感謝している。

一時期、というよりセルフィル君と出会うまでは、外出時はほとんどサラシを巻いていた。押さえつけて隠さなければ、視線に気づきやすい私はうんざりしていたのだ。

セルフィル君との婚約で侍女達の勧めが強くなり仕方なく着けたら、圧迫感はないし肩はこらないしで、動きやすさが今までよりも段違いに良くなった。

それに彼がチラチラと意識し、密着すると時折身体が硬直するのが可愛くて、以来サラシは公式な場ぐらいでしか着けていない。

侍女は私の注文に眉間にしわを寄せたが、言われた通りに着替えさせてくれた。

「せめて化粧はしっかりしていってください」

そのぶんいつもは薄くしかしない化粧を普段の数倍かかって施され、髪も梳かれて先端の方で可愛らしくリボンで纏められた。

編み込んだ方が楽なのだが侍女達の勢いに押されて渋々了承。

当主といっても小娘でしかない私は年上の臣下達にはまだまだ強く出られないのである。

＊

愛馬の白王に跨り王都の街並みの中を移動していく。

貴族の屋敷が多い区域であるが平民も普通に歩いている。貴族が移動する朝と夕方の時間帯は少ないがそれ以外は彼らの街なのだ。

特例で十歳にして辺境伯になった私でも王立の学園には通わなければならなかった。順序が逆になったが、学園を卒業してようやく正式な辺境伯になるのというのが私の現状だ。

魔力使いの私は国内でも有数の兵力である辺境伯軍の中にあっても強かった。小さい頃は負けることもあったが、成長するにつれて父以外には敗北することはなくなった。

その父が負傷したため代わりに私が軍を率いて平原の騎馬民族を撃退し、爵位を継承することになった。

父はこれで自由だ！　と辺境伯だった時よりも元気に軍を率いて遊んでいるらしい。

伝聞なのは私が爵位を継承するために王都に来てから故郷の辺境伯領に戻っていないからだ。

たまに父がもの凄く嫌そうな顔で王都に向かっていたのは見たことがあるが、貴族同士の付き合いが面倒臭かったのだろう。

「それを子供の私に全て任せる父は鬼だな」

思わず口に出るくらい父をぶん殴りたい。

一応臣下が補佐をしてくれているが、側妃の実家には交易でやられたりと失敗ばかりだ。

王が私を欲しがったりしなければ目を付けられることもなかったのにと思う。

信頼できる臣下がいるから寂しくはなかったが、王都に来てから私には癒しがなかった。

故郷では野良の子猫や子犬を飼っていたのにそれもできず、年頃だと婚約者をと毎日のように釣書が届く。

開いて見てみれば、数代前の王の血を引く子爵の四男だの、王国ができた頃からある由緒正しい侯爵の次男だの、ほとんどが先祖の功績を自慢するしかない連中ばかり。

早く卒業して故郷に帰りたかった。

結婚相手などいらない。親戚から養子でも貰えばいい。私は貴族というものになんの期待も抱かなくなっていた。

それが変化したのは今年の学園の卒業パーティーだ。

辺境伯である私は高等部一年でも参加せざるをえなかった。

何も成しえていない子供たちの家の自慢話、家を継げない者達がどこかに仕えるために必死にアピールしている。

大体の女性陣は嫁ぎ先が決まっているのかこれが最後とばかりに楽しみ、爵位を継げる男達は一夜限りの遊びを楽しもうとしていた。

男性の恰好をした私にも声を掛けてきた男もいる。

全員握手をしたら痛みで逃げ出したが。

大体中頃までいれば義務は果たしたことになるのでそろそろ帰宅しようと考えていたら、第一王子の婚約破棄騒動が始まった。

婚約者のセイレム公爵令嬢がいなければ、王妃が産んだ幼い第二王女にすら劣る男だと誰でも知っている第一王子の、稚拙な断罪の内容。

助ける気はなかった。

王子を含め聖女と言われる女、側近、証言した連中全員が後でセイレム公爵から報復を受けるのがわかっていたから。

そんな王子達の独壇場を破壊する人物がいた。

サラサラの金髪、透き通った碧眼、どう見ても子供にしか見えない体格の少年がセイレム公爵令嬢の隣に立ち、臆することなく王子達に発言する。

会場の雰囲気は全て彼、ハイブルク公爵家三男セルフィル＝ハイブルクによって塗り替えられた。

そしてこれ以上会場にいると王子達が強引な行動に出て危害が加えられる可能性があるセイレム公爵令嬢を、彼は逃そうとする。

その時護衛をする役目を私は進んで請け負った。

彼と目が合ったのはその時が初めて。

可愛らしい容姿なのにその目には父にも負けない深みがあった。まるで歴戦の戦士のような経験を持っているかのように感じられる。

そのあとは託されたセイレム公爵令嬢を外まで連れて行った。

途中、王子の直属の臣下らしき者たちが数人阻んできたが、全員殴り倒す。

セイレム公爵の寄子の誰かが先に向かって準備していたのだろう、正面玄関前には既にセイレム家の家紋が付いた馬車が着いていた。

騎士も数名付いているので自分の役目はここまでと判断する。

「アレスト女辺境伯、感謝いたします」

「おや、私のことを知っておられるのですね」

「父に絶対に敵対してはならぬと厳命されていましたので」

アレスト女辺境伯は私の母だと勘違いしている同年代の者は多い。私のことは年齢から代理だと思っているのだ。

あと男装の姿で男とも勘違いしている者もいる。

夜会や学園ではサラシを巻いて押さえていたので、女性にしては大柄な私はそう見えるのだろう。

「お礼はのちほど……」

「では一つ教えていただけますか」

「？　教えられることなら」

私は彼と目が合った時に決めた。

「彼、セルフィル＝ハイブルクに婚約者はいるのでしょうか？」

＊

そのあとは運が良かったのだろう。

セルフィル君は王に目を付けられまともな婚約もできない状況に追いやられていた。

私との婚約を提案したその場で頷いてくれるとは思わなかったけど。

彼は気づいていなかったが、あの時の私は緊張していっぱいいっぱいだったのだ。

「あっ、グリエダさーんっ！」

思い出に浸っているうちにハイブルク家の屋敷に到着していた。

愛馬の白王は賢く、思考の深みに埋没していた主人の私を彼の元に送ってくれたらしい。

「今日は僕の方が先に待ってましたよ。さあ白王、今朝は残念な結果に終わったが半日もすれば男は成長するもの！　でも少し屈んで欲しいかな」

太陽の日差しに金髪を輝かせ、その綺麗な碧眼をもっと輝かせて私の婚約者は手を振って私を出迎えてくれる。

もちろん半日で成長することはなく、数回挑戦して諦めた彼を私が白王に乗せてあげることに。

少し屈んでくれた白王が申し訳なさそうな顔をしているが大丈夫だ。この可愛い婚約者を乗せる役目は楽しいのだから。

「柔らか、いかん。いつもより大きく見えるなと思ったけどブラ換えたのかな？　え、グリエダさんもっと大きいの？　すげえ、属性どれだけ付加されるの？」

ふむ、侍女よ私の選択は正しかったぞ。

よくわからない言葉を小さい声で呟いているのが丸聞こえ、しかし喜んではいるようだ。

私が一目惚れした可愛い婚約者は今日も楽しそうでなによりである。

＊

ふ、今日も白王と互角の戦いを繰り広げたぜ。

はい嘘です完敗です。

さっきなんて同情で少し屈んでくれたよの白王様。

それでも全く届かなくて、目でごめんねこれ以上は脚を曲げて座らないと無理なの、と言われたような気がしたのでグリエダさんに抱っこしてもらって跨った。

ふ、次は負けないぞ。

俺の隠された力。魔力をもっと効率よく使うために編み出したお腹の脂肪を減らす電気の理《ことわり》とサウナで整う時の理で魔力を効率よく体に流せるのだ！

それによって俺の力は一・一倍から一・二倍に何となくなる！

ロンブル翁に教えたらさらに重い石を持てるようになっていた。

おのれージジイめー。

そろそろ一人で乗らないと。グリエダさんに抱っこされた姿を絵にしようと臣下達が画策している。

結構お金かかるのにハイブルク邸の家臣連中の三分の二が資金を出したよ。あと長兄。五枚分？　なんで？　あ〜ママン達ね、あと姉。

まったく、金髪碧眼ショタの絵を見て何が面白いのやら。でも、グリエダさんも描かれるんだよね？　俺にも一枚頂戴。

いつものように白王に二人乗りで王都の中を進んでいく。

さすがにショタが前乗りの姿に慣れたよ、王都の人達が。

人は慣れるのが早い生き物ですね。何度か見れば大体が仲がいい姉弟ですねみたいな感じで見てくるの。どう見られているのかわかるのですよ。

「私に昔から仕えている侍女がスカートかドレスで行けと言うんだよ」

「それは侍女としてグリエダさんに着てもらいたいのでは」

今日は午後からグリエダさんとのデートだ。

学園はサボり、ではなく俺とグリエダさんは上位貴族なので少しぐらいは休んでもいいぐらいの許可は出る。

学園よりハイブルク家侍女長の方がマナーは厳しいので、あとは細かいところを覚えるぐらいで済んでいるし、グリエダさんも授業は真面目に受けるタイプみたいで成績も優秀らしい。

お茶とマナーとダンスが必須科目なのに将来実務において必須なはずの数学国語が選択なのが貴族社会の終焉を見るようで少し怖い。

グリエダさんは辺境伯としてお茶会やパーティーに出ないですむなら選択科目を二つとも取っていたらしい。

理由はちょっとダメと思うけど将来を考えるとトップが領地経営を把握できるかどうかで天と地ほど差が出るからね。

やだ、どんどん魅了度が増えていくじゃないか俺の婚約者は。

「しかしな学園の制服のスカートぐらいならいいが、背が高い私にドレスは似合わないと思うんだよ」

「あ〜半球状に膨らんでいますからね」

今、貴族の間で流行っているドレスはスカート部分が鳥かごに掛ける布みたいに膨らんでいる。そしてやたら可愛らしい装飾に刺繍が施されているのだ。

長身イケメン美女のグリエダさんには似合うとは言い難い。

「じゃあ僕がグリエダさんに似合うドレスを贈りますよ」

「うん？」

ドレスが似合わないいんじゃなくただ今の流行りのモノが似合わないだけなのだと思う。前世の海外の女優が着ていたようなドレスならグリエダさんに絶対に似合うはずだ。

「君からの贈り物は嬉しいが……」

グリエダさんは難色気味。

なので必死に説明した。

長身で細身のグリエダさんにはコルセットはいらない。体形にぴっちり合わせたカットで、太ももの中間あたりから広がっていくシルエットにする。刺繍もレースもシンプルに胸元はこうグイッと開いたのが……。

「なんだい、セルフィル君は胸元が見えるのがいいのかい？」

「……はっ!?」

途中から夢中になってつい自分の性癖まで言ってしまった。

「い、いやそこは男なら当たり前というか」

「なら君も、ということだね」

グリエダさんからは逃《はおうさま》れられない。


ああ密着しないでください。

いつもより大きくて柔らかいものが後頭部に接触してくるの。

絶対にわかっててやっていますね？

翻弄されちゃう！　中身はオッサンなのに、精神年齢年下で身体年齢年上の女性にショタは翻弄されちゃうのっ！

劇場に着くまでグリエダさんの尋問《イチャイチャ》は終わらなかった。

後頭部は幸せだったけど、ショタの性癖や初恋とか聞いてどうするの？

「シクシク、もうお婿さんに行けない……」

「君は私のところに来るんだから大丈夫だね」

「様式美というヤツですから気にしないでください」

サラリと恰好いいことを言ってくれるグリエダさんは素敵です。

いつか俺もこんな風になれるのかな……自分の性格的に無理だねっ。なれても男前度でグリエダさんに勝てる気がしないし。

＊

しばらく本通りの道を行くと目的の劇場に着いた。

王都にはいくつかの劇場はあるが、今日見に行くところは中規模の建物の劇場だ。

白王は従業員に任せて劇場に二人で入る。

王都でも上位に入る劇場らしく貴族らしき人達がちらほら確認できた。

「そんなに見ていると因縁をつけたと思われるよ」

見るだけで喧嘩を売っていることになる貴族社会は不良の世界と同じです。

下手すると決闘を挑んでくるから本当不良。

見栄とプライドを持ち、自分の利益のために法を無視して隣の領地に盗賊行為をする貴族は、もしかすると不良の元祖ではなかろうか？

怖いので従業員に案内されるグリエダさんの隣に付いたら手を握られたよ。

嬉しいけど、迷子にならないように繋いだわけじゃないですよね？

周囲からそう見られそうではあるけど婚約者としてですよね、ね。

通されたのは二階のボックス席、扉を開けると分厚いカーテンでさらに覆われていて、中に入ると五、六人は余裕でいられるスペースがあり、中心には二人で座ってもゆったり広々と使用できる長椅子が置いてあった。

「ふむ、ここはこの劇場でもいい席だね」

「当劇場の一番の席でございます」

仕立てのいい服を着た従業員がグリエダさんの言葉に答えてくれた。

デートで舞台を見に行くと決まってすぐに席の確保を長兄におねだりしたんだけど、さすができる男は違うな。

従業員は呼び出す時に引く紐のある場所や、だいたいの劇場でのマナーを教えてくれたあと飲み物を聞いてから退出していった。

「はぁ〜、これは凄いですね」

何度も演劇は見たことはあるが、ここまでいい席は初めてだ。

ギリギリまで体を乗り出してホール全体を眺めてしまう。

人気がある舞台なのか開始までまだ時間はあるのに一階はほとんど満席。俺達のいる二階のボックス席も見えないが何となく大勢いるような気配がする。

「こういう場所でははしゃいじゃいけないよ。ほらこっちに来て座って」

グリエダさんの言葉で自分のテンションが上がっていたことに気づく。

照れ笑いしながら後ろの長椅子を見れば、片側だけある肘置きに腕を置き、軽く背もたれに体を預けてもう片方の腕は背もたれに乗せている。

長い脚は組んで床に伸ばしていた。

もうトップ映画俳優がくつろいでいる姿にしか見えない。

「……そこですか？」

「他のどこに座るんだい？」

グリエダさんが座れと催促する場所は背もたれに置いた腕と彼女の体の間だ。

つまり恋人の座る席なんだけど、普通そこはグリエダさんが座る位置ではないですか？

他に座れるのは端っこか、ボックス席の角に置いてある木製の椅子か、床か。

それらに座ると従業員が入ってきたら一時停止まったなしの光景である。

あ、グリエダさん、ニヤニヤしてる。わかっててやっているのだ。

従業員さんを時間停止にする気はないので大人しく恋人席に座ったよ。

「～♪」

グリエダさんは超ご機嫌なご様子で、こちらの髪を梳いたり頬ずりしたりと楽しそう。

俺は置いてあった演劇の流れを書いてある紙を見ていたよ。

そしたら自分に教えてくれと彼女にせがまれたのでショタの朗読会に発展。

ドリンクを持ってきてくれた従業員さんは一時停止はしなかったけど笑いを堪えるのに必死な表情だった。

笑ったら苦情を申し立てたのに。

ふと何故か前世のテレビで見たメスライオンがガゼルの子供を可愛がっていたのを思い出したんだけどなぜだろうか。

＊

「おぉ、愛する人よ。すまぬ、我らは包囲された」

「あぁ、とうとう最後なのですね」

「そなたは逃げよ。あやつもお前は生かすだろう」

「嫌でございます。私はこの場で果てる覚悟、どうか王の傍にいさせてくださいませ」

「……愛する人よ、最後の夜に舞ってくれ」

逞しい男の周囲を華やかな女性が腕を嫋《たお》やかに回して舞う。

永遠の別れの舞は悲壮でいて美しい。

男が剣を持って彼女の舞に加わる。

「私の力は山さえも崩す。その覇気は天をも覆いつくす。それなのに時は私に味方しなかった。愛馬も進まない。ああ、愛する人よお前をどうするべきなのか」

男の歌に女は彼の剣を受け取り舞う。

「敵は我らを囲う。王の意志も尽きたのに私はどうやって生きていけましょうか」

女は愛する男に返歌をし、舞の最後に己の首に剣を当てスッと引き倒れる。

駆け寄る男。

だが彼女はすでに息絶えていた。

その手から剣が零れ落ちる。

抱き抱える男の慟哭《どうこく》の中、徐々に灯りが落ちていき全てが闇の中に落ちた。

「……」

自分のやらかしを見せつけられるのはきついものがあるわー。

観客席から賞賛の拍手が鳴りやまないのが、さらに俺の精神を抉《えぐ》ってくる。

パクリ。ええパクリですよ。

異世界から謝罪しますごめんなさい。

上に立つ者はこういう風になってはいけないよの典型的なパターンで教えたことが中華風から西洋風になって舞台になるとは予想もしなかったよ。

「どうしたんだい？　良い舞台だったじゃないか」

グリエダさんは拍手して満足気なご様子。

「ええ、よかったです。役者さん達も凄く上手かったです」

よほど脚本家（某前公爵第一側室の腐人）の演技指導がよかったのでしょうね。

観客が大絶賛だし、グリエダさんも喜んでくれている。

デートとしては大当たりの演劇を引いたのかもしれない。

だけどね、俺だけは許せないのよ。

だって覇王様が正義の側になっているのぉっ！

誰っ⁉　誰なのっ、覇王様は自業自得で破滅に進むから悲恋が際立つのよっ。

なに悪の帝国に挑む王様の物語になっているのぉよぉ。

「最初は圧倒的優勢なのにそんなに騙されて王として大丈夫なのか？　臣下何やっているんだ？　と思っていたが、最後は少数の軍になっても立ち向かうのはよかったかな」

見る視点が違うな〜、さすがリアル覇王様。

「最後が皇女との悲恋で終わるのは少し予想外だったが、王と共にいたい最後の剣舞は涙が出そうになったよ」

「そうですか……」

言えない。何故か悪の帝国の皇女になっているのがおかしいとは、楽しそうなグリエダさんには絶対に言えないよ〜。

「まあ私なら皇女を連れて逃げるけどね。百万の軍なら穴は山ほどあるだろうし、一人連れて突破するぐらいなら余裕だ」

マフィアのボスのように長椅子に座るグリエダさん、愛人枠の俺を引き寄せて頭部に頬をスリスリなされる。

グリエダさんの中では皇女は俺なんですね。

やったー！　俺は悲恋にはならないぞ。

「山は崩せないが城塞ぐらいなら槍を打ち込めば崩せるよ」

「え、本当ですか？」

「ハハハハハ」

「冗談ですか？　本当？　どっち⁉」

グリエダさんが覇王、俺が美姫？　性別反対で結果も反対で生き残れそうだぞ。

もしかして俺の前前前世ぐらいは美姫だった⁉

そしてグリエダさんの前世は覇王様なの？

いやいや、俺の方は途中にオッサンが挟まれているから違うだろう。違うよね？

「申し訳ございません」

人混みを避けるためにボックス席にとどまり続けていた俺達、そこに従業員が入ってきて話しかけてきた。

なんだ？　人のイチャイチャを邪魔するのかっ。

ショタの魔力パンチをくらわすぞ。

逆に俺の拳にダメージ大だがなっ。

ロンブル翁からは危機におちいったら坊ちゃんはまず逃げろと注意されている。

おのれー役立たずのジジイめー。たまには俺にも役に立つものを教えろってんだ。

「お二人にお会いしたいという方がお待ちになっているのですが」

「断れ」

「……」

「……」

覇王様は従業員の言葉に目を細めて拒絶する。

そこには俺をからかって楽しんでいた姿は一欠片もない。

上位貴族の当主、アレスト女辺境伯がいた。

そして俺はマフィアの愛人枠から、グリエダさんの組んでいる脚に頭を乗せているボスの猫に昇進している。

「それが貴族のお嬢さ……」

「知らん」

俺を見るなよ従業員。

ウルウル目はショタの俺がするから効果あるんだぞ！

ほらグリエダさんの周囲からどんどんと寒気が漂い始めたじゃないか。

しょうがないな。彼女の機嫌が悪いままではデートが台なしだ。

「グリエダさんグリエダさん」

「ん？」

「一応会ってみましょうよ」

「……なんだ、セルフィル君は他の女に興味があるのか」

ひょえっ！

ショタでもわかるぐらいにどんよりとした殺気が発せられる。ここ、これは間違ったことを言ったら……ゴクリ。

「劇場を出るまでの暇つぶしですよ。僕達二人が誰かわかっていて会いに来るんですから、ね？」

「……呼べ。短い時間なら会ってやる」

俺の意図がわかったらしいグリエダさんは接見を許可した。

ホッとした従業員が小走りで出ていった。

さすがに猫のままでは失礼なので起き上がる。ただ愛人枠からは降格はできないみたい。

「アガタ公爵家長女ジェシカですわ」

「ダバイン伯爵家次女ベラだ」

「マモト男爵家次女ホリーです……」

やって来たのは気の強そうなけばけばしいドレスの女に、少し男っぽい女、その二人に隠れるようにしている女。その三人が俺達の前で自己紹介をした。

「……」

「……」

俺もグリエダさんも一言も喋らない。

なぜなら彼女らと話す必要はないからだ。彼女達に用件があるなら、彼女達が俺達にお願いして話をさせてもらわなければならない。

相手もこちらを見たまま無言。

こちらは座ったままで三人は目の前で立ち尽くしている。

あれだ職員室で怒られる生徒三人みたい。

なぜ俺を見る？

ああ、とりなせということか。

さっきの従業員といいショタを都合のいい道具と勘違いしてない？

いいよ、してあげようじゃないか。

このままだんまりだと二人のイチャイチャタイムが無駄に消費されるし、何となくだけどこの三人の話は聞いた方がいい感じがするんだよ。

「グリエダさん、挨拶を返して欲しいみたいですよ」

「なぜ？　用件も言わず会見した礼も言わない。名前だけを名乗った連中に、私達が挨拶を返さなければならないのかい」

「なっ!?」

公爵令嬢が凄く驚き、伯爵次女は目を剥く、男爵次女はしまったという顔をしているから後の二人に無理矢理連れてこられたのかな。でもマナーがなっていないからダメダメー。

「私はアガタ公爵家の娘ですのよっ！」

「たかが娘だろうが。私は辺境伯だぞ、正式な貴族だ。断ったのに劇場の者に無理をさせて、礼儀作法もないとは不愉快だ出ていけ」

グリエダさんの言葉に親の地位を笠に着ていた公爵令嬢が、パクパクと口を開け閉めする。

公爵の娘と辺境伯では身分は圧倒的に辺境伯の方が上だ。そりゃ爵位が上の家の娘だから配慮はしないといけないが、あちらから会いたいと望んできて頭を下げない者に貴族は容赦ない。

学園よ、そのくらいちゃんと教えようよ～。

上位貴族に馬鹿がどんどん生まれてきてるよ。筆頭が第一王子だし。

この三人、俺達が誰なのかちゃんと理解しているのかな？

さっきからグリエダさんしか見てないけど、俺には用事はないんだね。

「……お会いくださり感謝しますアレスト女辺境伯様」

「あ、ありがとうございます」

自分達のトップが役立たずと判断したのか少し男勝りに見える伯爵次女さんが頭を下げ、男爵次女も追従して下げる。で、俺には挨拶なしか。

「許してやろう。それで会いたかった理由は？」

「はい、私達三人は辺境伯様に感謝を伝えに参りました」

「感謝？」

俺を見られても困りますよ。まだ婚約者になってひと月も経っていませんから、さすがに男前行動なグリエダさんの全ての行動は把握していません。

「はい、第一王子殿下の婚約破棄の件で」

「？」

だから不思議そうな顔をこちらに向けないでください。

「私達の婚約者、いえ元婚約者達は第一王子殿下の側近だった者です。辺境伯様のおかげであのような愚か者達と婚約を破棄できたことを、今日こちらの劇場に私達もたまたま来てお顔をお見掛けしたのでお礼の言葉を伝えたく強引な行動をしました。申し訳ございません」

スラスラと言葉を述べる伯爵次女さん。

わかってますよ〜、黙っていますから俺を引き寄せようとしないでください。

「謝罪は受け取ろう。君達はあの卒業パーティーには出ていなかったのか？」

「……あの女のせいで迎えにも来ませんでしたわっ」

「私は家格が低いので……」

「元婚約者らはあの女に骨抜きにされて数か月前から私達はまともに会話もできていませんで

したので」

「そうか、三人とも辛かったようだね。すまなかった私は婚約者との逢瀬を邪魔されて少し機嫌が悪くなってしまったんだよ」

そう言って俺を引き寄せ抱きしめるグリエダさん。

「っ！　はしたないっ」

公爵令嬢は俺達を見て気持ち悪いものを見た顔をする。他の二人は興味のありそうな目で見ているが表情は崩さない。

「謝罪は受け入れた。その女の無礼は許してやる。他に言いたいことはあるかい？」

「……いえございません」

「なら出ていけ。これ以上はそちらの家に抗議する」

俺を見る時だけ優しい顔を見せてグリエダさんは三人に下がる機会を与えた。

公爵令嬢はドスドスと音が鳴りそうなぐらいに踏みしめながら歩き、男爵次女はオドオドしながら頭を下げて出ていく。

「少し待ってくれ」

最後に伯爵次女さんが軽く頭を下げて出ていこうとして、本家グリエダさんに止められる。

「私の婚約者が誰かわかっているか」

「え、ああはい。ハイブルク公爵家の前公爵の三男のセルフィル様ですよね」

ちらりと俺を見てくる。

一応わかっているようだ。なのに彼女達は俺をほとんど無視していた。

「卒業パーティーの時にもいたんだが彼が何をしたのか知っているかい？」

「……辺境伯様が元婚約者達を断罪したあとに、自分の家の者達に拘束させて殿下達に暴行の指示を……」

さっきまでは意識して俺を無視していたのだろう。

俺を見る軽蔑の目は、自分で動かないで、配下に王族と上位貴族を暴行させたクズといったところかな。

へぇー、そうなっているのか。

長兄は事態をちゃんと把握していたし、婚約破棄に関わった者達は事実を知っているはずだ。つまり動いたのは国の中枢かな？

あとは卒業パーティーにいた者達、つまり卒業したばかりの者と雑用の生徒、教師あたりなんだろうがその人達の口をある程度噤ませて、人を使ってグリエダさんが解決したように噂を広めたのか？

「わかった、ありがとう。自分達がどう周囲に見られているか、最近はわからなかったから聞けてよかったよ」

「はあ」

彼女もボックス席から出ていく。

「ふぅ、なんとも言えないね」

「会ってよかったですよ」

三人が退出してしばらくしてから、グリエダさんはいつものグリエダさんに戻った。

俺をヒョイと持ち上げ、長い脚をソファーに乗せて同じ方向を見るように俺を自分に乗せる。

ギュウッと抱きしめられる体勢は大きなぬいぐるみの気分。

「あの卒業パーティーの情報が操作されていますね」

「パーティーに連れて行かれないほど仲が悪かったとはいえ、元婚約者の情報すら正確に知らないとは、どれだけ情報操作をしているんだ」

グリエダさんが悩まし気なため息を吐く。

なぜか第一王子の婚約破棄でやらかした俺の存在が消えていた。

詳しくは三人から聞き出せるような状況じゃなかったからしょうがないけど、たぶん俺のやったことはグリエダさんがやったことになっている。

「君を隠す理由は？」

「わかりませんね～」

あまり変わらないけど俺の婚約者探しの時の肩書は、グリエダさんの功績を盗んで王族に嫌われた公爵三男坊になっていたみたい。

そりゃあ避けられるか。

「長兄達は知らないみたいですから、学園内だけの話かもしれません」

「ああ、ハイブルク公爵の耳に入ったら激怒しそうな内容だ」

「長兄はそのくらいでは何とも感じないでしょうね。その前にセイレム公爵が激怒でしょう。娘の恩人を貶める話ですから」

何やってんの、情報操作した人。本当にセイレム公爵に知られたらどんな報復があるかわかっていないのかな？

いや学園という軽い閉鎖空間だったから実行したのかな。

やるな黒幕、美少年ショタの魅力でもお手上げだったぞ。

まあおかげで最高の婚約者ができましたが。

「まあ今は情報を集めないとどうしようもないです」

学園だけでなく貴族全体に、第一王子の婚約破棄の内容はいろんな違う形に変えられてばら撒かれているのだろう。その中の一つとして、学園内での作られた婚約破棄の内容は埋もれるのだ。

口伝いにしか伝聞されない時代だからこそそのやり方で、上手くできている。

愚王、側妃ではないことは確かだ。

だって愚か者だからバレバレなことしかできないの。

確かに俺は孤立させられたけど、それを強固にするまでの頭がないことは確実。

元宰相、元騎士団長、元大司教？　わかんないな。

それより先に言わなくちゃならないことができた。

「ごめんなさいグリエダさん」

「ん？」

「グリエダさんに王子の断罪をさせたことになりました」

俺みたいな三男坊なら死んだふりして逃げればよかったが、グリエダさんは女辺境伯なので立場から逃げられない。

あの三人は感謝していたけど、他の貴族からしてみれば王族に反発したというキズと思われてしまう。

それを上回るキズで上書きでもしない限り残っていくだろう。

「ハハハっ、何を言っているんだい」

俺の言葉に笑うグリエダさん。

「私は王の騎士団を粉砕し、王城で兵士、騎士達を倒して王を脅した女だよ。そのくらい大したことではないさ」

「そうでした～」

忘れてはいけない我が道を行く覇王様。

くっ！　これは嫁ぐ身として国盗りぐらいすればいいのかなっ。

長兄ーっ！　北条《ほうじょう》、織田《おだ》、ナポレオンどのタイプで国盗りしましょうっ！

三家ともそこそこの下剋上な感じで国盗りをして滅びましたけど、後をちゃんと考えればどうにかなります。

「それより君の活躍を貶めた奴を探し出そう。ああ、許せないな。私のセルフィル君を貶めるなんて……関わった連中を上から潰していけばいいか？」

おう、覇王様はヤンデレの気質があるみたい。

ほらショタですよ～。金髪碧眼のショタです。

抱きしめるとフギュッと鳴きますよ～。

まだまだボックス席にはいられますから、舞台の覇王の最後でもネタバレしましょうか？

え、凄い興味持ちますね。

しょうがないな～、じゃあ始めての皇帝様が亡くなったぐらいから。

＊

「ではこちらに署名を頼む」

目の前の男性が私の手元の方に契約書を置いた。

男性の名はバルト＝ハイブルク。

彼と同じ金髪碧眼、整った男らしい顔立ち、年相応に体格はいいし魔力もあるため、それなりに動けそうだとも見て取れる。

魔力使いである私は視界に入ればある程度は相手の魔力が読める。相手からも読めるだろうから意味はあまりない。筋肉の付き方がいいなと思うぐらいのものだ。

簒奪《さんだつ》公爵、傀儡公爵、若輩者、いろいろと揶揄される若きハイブルク公爵だが、私がこれまでに出会った貴族の中ではまともな貴族だ。

こういう勘は私はほとんど外さない。

今のところ出会った中でまともなのはセイレム公爵、ハイブルク公爵、元宰相のボルダー侯爵ぐらいだ。

元騎士団長は私を女のくせにと言った時点でダメだ。

「アレスト女辺境伯、何か不備があったのか？」

「ん、申し訳ございません。少々考え事を。大丈夫です不備はありませんでした」

謝罪して契約書に自分の名前と爵位を書いていく。

そして家紋が掘られた指輪に、用意されていたインクを付けて押印した。

家紋入りの指輪、家紋の付いた耳飾りは、爵位持ちの貴族が最低限身に着けているものだ。

指輪は重要な契約をする時などに、耳飾りは当主代行にその権力を使用していいと許可する時に渡す物だ。だから公の場では着用していなければいけないのだ。

インクが乾いた端の方に触れるが指には付着しなかった。

公爵に手渡す前に契約書に書かれた名前をなぞる。

セルフィル＝ハイブルク。

私、グリエダ＝アレストの夫としてアレスト家に嫁いでくる名だ。

ハイブルク公爵と同じ金髪碧眼の年齢よりも幼く見える美少年。だがその子供のような容姿の中には私を魅了するほどの性格の悪さを秘めている。

その彼と一歩だけでも正式な婚約者として進展させることができたのは嬉しかった。

「これを貴族院に提出して受理されれば、君とセルフィルは婚約者と認められる」

公爵は受け取った契約書を眺める。

「ただ、あの王が大人しくしているとはとても思えないが……」

「それは私もそう思いますね」

セルフィル君いわく、長兄は苦労が寄ってくる体質で、それを自分で処理しないと気が済まない苦労人です、とのことだが、今回の苦労は私と彼のせいである。

そのうち何かしらで恩を返そう。

「無能だった頃はまだマシだったってのに、政務に関わってからは愚王になるとは」

「ぷっ、ぐ、愚王？　ああ、確かに無能から愚王に変わったな。くっふふ」

「セルフィル君が教えてくれたんですよ」

「あいつは名前は覚えないくせに変なあだ名ばかり付ける……。私なんて呼び名が長兄のままだ。侍女長がたまに私の名を呼んだ時に、あ、そんな名前だったね、みたいな顔をしてついでと言わんばかりに名前で声を掛けてくるのだ」

セルフィル君、君はもう少しお兄さんを敬った方がいい。

君の話になった途端に覇気ある若き公爵が下の子達に苦労しているお兄さんになっているぞ。

「しかも少し目を離したらバ？　バ、バベル？　まあいいや長兄ーっとすぐに忘れて……。次男はセルフィルより記憶に難ありだからセルフィルの長兄呼びを覚えてしまい、妹もからかって呼んでいたのがそのままに」

「……お察しします」

鶏より記憶力がないのかい彼は？

あと周囲を巻き込んではいけない。もしかして私の名前を呼んでくれているのはセルフィル君にとっては珍しいことなのか。

「では今後はバルト様とお呼びしましょうか」

「いや、今は婚約者だけで……義父も遠慮なく言ってくるので許容量を超え始めているから……」

顔を背けて惚気と複雑な顔で、自分が婚約者や義父との仲がいいのを話されてもな。

「では義兄《ぎけい》と」

「あ〜うん、それで構わない。なぜかしっくりくるな」

長兄と変わらないからではと思うがあえて言わない。

「私のことはグリエダで構いません。アレスト女辺境伯では長ったらしいですし、父と出会うとややこしくなりますので」

「ではグリエダ嬢と」

私は一人娘なので兄ができたことは少し嬉しい。可愛い婚約者と共に義理だが兄弟ができた。

「正直、年が近くて相談できる相手ができたのが嬉しい」

「それは私もです」

二人で苦笑いしてしまう。

私は最年少で女で辺境伯になったのだ。平民でも女は下なのだから貴族の中での嫉妬は比にならない。

良くて無視のその中で、比較的年が近く貴族で最高位の公爵との縁が築けたのはセルフィル君自身を抜きにすれば一番嬉しいことだった。

偏屈な年上の男共には義兄も悩まされているのだろう。さすがに二人で酒を飲むことは不貞になるのでできないが、セルフィル君と義兄の婚約者のアリシア様が一緒ならば会話が弾みそうだ。

加えてハイブルク公爵領との交易はヘレナ側妃の実家の伯爵領と交易できなくなった辺境伯領にとっては本当に助かる。

セルフィル君は私にとって幸運を運んできてくれた妖精なのかもしれない。

お互いの家としての婚約手続きの後、少し雑談してから義兄の部屋を出た。

「セルフィル様は庭園でお待ちになっておられます」

「ん、連れて行ってくれ」

私の侍女より年かさの公爵家の侍女長が案内してくれる。

自分の婚約なのに当主二人で結ぶことが習わしというのに不満だったセルフィル君は、長兄は頭頂部が少しだけハゲろとウソ泣きしながら部屋を出ていった。

少し心配したが義兄に、どうせ邸内から出られない、少しすれば忘れて何かしていると聞かされて婚約の契約を優先した。

少し時間が経ってしまったので、謝っても許してくれるか心配だ。

「そういう部分はセルフィル様は大雑把なので心配なさらなくても大丈夫でしょう」

侍女長に話すと彼ならそうかもという答えが返ってきた。

「辺境伯様」

「なんだい？」

廊下の曲がり角の前で侍女長は足を止めて私の方に振り向いた。

他家の当主に対して無礼な行動、このまま切られたとしてもハイブルク家が私を咎めることはないと侍女長は知っている。

「セルフィル様はハイブルク公爵家の宝でございます」

「うん」

「王の理不尽を躱せたのはひとえに辺境伯様のおかげということについてはハイブルク家家臣全員が感謝の気持ちを持っています」

侍女長は頭を下げる。

再び顔を上げた時には隠しきれない殺気が漏れ出していた。

「御当主様の意向に私達は従います。ですがセルフィル様を守れない者にお預けするつもりはございません」

先ほど結ばれたアレスト家とハイブルク家にできた橋すら壊すつもりだと、この侍女長は言っている。

当主には従い、それでもセルフィル君のために自分の命をかけてでも破談にするつもりなのだ。

どうすればここまでの忠誠を誓ってもらえるのかセルフィル君に後で聞いてみよう。

「ではどう証明すればいいのかな？」

「曲がられた先が庭園に続く廊下になっております。真っすぐに進んでいただければ」

「わかった」

侍女長の横を通り過ぎる。

極度の緊張による汗の匂いがした。

どうせこれから何度も会うことになるのだから彼女のことは覚えておこう。

角を曲がると二部屋分先に人が数人いた。

メイドが三人と褐色の肌の執事が立っていて、そしてとんがり帽子にローブの中年男性が一人わざわざ用意したのか椅子に座ってこちらを見てニヤニヤと笑っている。

「全員を相手にすればいいのかい？」

「いやメイド三人だ。儂は見届け人だな」

ローブの男性が年齢に見合わないしわがれた声で話す。

見た目が魔法使いか魔力使いの恰好なのでどちらかはわからないが、たまに魔力持ちには外見と年齢が合わない人物がいる。彼もその類《たぐい》なのだろう。

「あなたとその執事が加わればいいところまでいけると思うが」

「儂とこいつはこの公爵邸の守りが仕事だ。こんなことで怪我なんぞしちゃダメなんだよ」

さっさとやれと言わんばかりに手を振るローブの男性。

執事の男はボーッとこちらを見ながらたたずむだけ。

メイドの三人が一歩前に出る。

それに合わせて私も歩き出した。

侍女長からは真っすぐ進めと言われたからな、認められるためにはしょうがない。

一部屋分は動きはなし。

残り一部屋分に足を踏み入れた時に彼女達は動いた。

「「「フッ！」」」

一人が背中に隠していたのかナイフを二刀持って構え、頭を低くして突進してくる。

二人目は鞭を手元だけで操っての見えにくい斜め上からの襲撃。

最後の一人はすでに動作は終えていた。何かを投擲し終えた体勢でキラリと光るのは手のサイズの針だろう、それが四本。

タイミングは完全な時間差攻撃、魔力使いにも確実にダメージを与えることができるものだ。

だからまず最初に飛んできた針を全て掴む。

「はぇ？」

そして次に来た鞭も、操作されて返しの衝撃波が生まれる前に、もう片方の手で掴んで後ろに引っ張った。

「きゃっ⁉」

鞭使いのメイドはそれだけで前のめりに体勢を崩す。

最後のナイフ使いのメイド……いやらしい。

片方のナイフを私目掛けて投げていた。

針も鞭も必殺ながら囮、最後の彼女が必殺らしい。

両手があいにくと塞がった私。

仕方がないので飛んでくるナイフをつま先で蹴り上げる。

しまった振り上げた脚でメイドの顔が見えない。どんな驚いた顔をしているのか見たかったのに。

残念だと思いつつ、脚を振り下ろした。

「ふぎゃっ！」

勢いのついたナイフ使いのメイドは避けることができず、私の踵が背中に衝突する。床に倒すだけなので触れた瞬間に押すだけに留めた。

倒れ伏したメイドの横を通り過ぎ、体勢を崩した鞭のメイドの首に手刀を当て、呆気に取られている針のメイドの肩を軽く叩く。

「これで終わりかな？」

「ああ、さすがセルフィル様が選んだ女傑だ」

ローブの男性にお墨付きを頂いたようだ。

「彼女達が本気なら手加減もできなかったが試しだしな。私としては石投げのロンブル翁に相手してもらえるなら本気を出せたかなと思っている」

「おいおい、老体に無理を言うなよ辺境伯。こんな狭いところじゃ一瞬でやられるわ」

中年に見えるローブの男の正体は当たったようだ。

その正確で弓よりも遠くに放たれる石は数多の人の頭部を割ってきたという。

そこから付いた二つ名は石投げ。戦場で笑った者の頭は仲間でもどこからか飛んできた石で割られたらしい。

なぜかセルフィル君の師匠で、よく会話の中でおのれージジイめーと毒づかれている人物だ。

「それに儂は当主の命令がなければ訓練もできんの。そいつについて行けばセルフィル様に会えるからさっさと行ってくれ」

しっしっと手で追い払うようにした後ロンブル翁はメイド達の方に向かった。怪我はさせていないと思うが念のためにだろう。

「それでは頼む」

ロンブル翁と共にいたもう一人、褐色の肌の執事に声を掛けると返事もせずに歩き始めた。

「君は私を試さなくていいのかい？」

無言で歩く執事に話しかける。

彼には殺気が少しもない。

だがその身のこなし方には猫のようなしなやかさがあった。いつでもどこでも瞬時に動いて殺せるような力を感じる。

「……セルフィル様のご命令がなければ殺せない」

小さな声で呟き、一瞬だけ殺気を当ててくる。

すぐに元の無言に戻り歩き出す執事。

まさか王都で、辺境の騎馬民族との戦場を思い出させるような人物に会えるとは思ってもみなかった。

その後は二人共無言。

やや足早になって庭園に辿り着く。

「ふふっ」

執事に誘導されて着いたのは大きな樹の下。

そこには横になっている私の馬、白王の腹を枕にして眠っているセルフィルがいた。

スヤスヤと眠る姿に、先ほど動いたせいで鋭敏になっていた感覚がほどけていく。

「ずっとその馬に乗ろうと頑張っておられた」

後を頼むと言って褐色の執事は去っていく。

無口で無愛想だが、馬に乗ろうとしていたセルフィル君にずっと付き合っていたのだろう。

私が近寄ってきたので白王が頭を上げた。

その首を優しく撫でてやる。

「もう少しそのままでいてくれ」

わかっているといった感じに鳴いて頭を伏せる白王。

移動してセルフィル君の隣に座る。

そのサラサラの髪を梳く。金の糸のような髪は手の中から逃げるように落ちていった。

「君と出会ってから新しいことがどんどん出てくるよ」

まだまだ彼は私には隠していることが……隠している気はないのかな？　まあそのうち思い出したら教えてくれるだろう。

今日は心も身体も満足した。

それに二人で寝るのもたまにはいいだろう。

起こさないように彼の頭を私の足の上に乗せて、私が代わりに白王に背を預ける。

起こしてくれるのは誰だろうか？　侍女長か三人のメイドたちか、それとも褐色の執事だろうか。

先に起きたセルフィル君が起こしてくれるのが一番嬉しいんだけど。

＊

グリエダさんが長兄と婚約の諸々を処理している間、我が終生のライバル白王と俺は雌雄を決していた。

馬に騎乗しようとするだけでロンブル翁が野次を飛ばし、三人メイドがハイブルク邸の使用人達に賭けを開き、補助をする名目でショタの尻を触ろうとしてくる変態な執事。

ハイブルク家はアットホームな職場です。

ではなく、貴族最高位の使用人という肩書はどこに行ったたと問いたい連中である。

そしていつも通り白王には騎乗できなかった。

俺以外全員が乗れない方に賭けたのは許すつもりはない。特にガキの小遣い程度しか増えなかったと言ったロンブル翁は絶対に許さないから侍女長にチクってやる。

いつもなら登校時間制限があってグリエダさんに乗せてもらっているが、今回はその制限がなかったので体力が尽きた俺は眠ってしまう。

気遣いのできる男、いや雄馬の白王が座ってその温かいお腹を枕にと差し出してくれた。

さすが俺の中の男前ランキングでは二位のグリエダさんに次いで三位に入る雄だ。

ちなみに一位は長兄。

胃を痛めながらも働くその姿は、前世のオッサンの魂が涙を流すぐらいの断トツの一位です。

気持ちのいい日差しと、人肌よりも高い体温の馬枕は疲労困憊のショタを数十秒で眠らせる。

軽い睡眠から覚めると、日差しの当たり過ぎで頭が熱くなるのを遮るように二つのお山が目の前に。

枕が蓄熱型馬腹枕からヅカ型美女太腿枕に変更されていたのを後頭部でわかった俺は、お山がグリエダさんで膝枕されていることを理解する。

異世界に転生して最高と心の中で叫んだ瞬間だった。

慌てて起き上がって顔にムギュッ！　のようなことはしない。

こういう時にセクハラ駄目ッ！　死ぬぞ社会的にっ！　が前世で精神に染み込んでいる。

相手からならオッケーです。

「グリエダさんはどのくらい強いのですか？」

俺を膝枕して一緒に眠っていたグリエダさんを起こし、睡眠中に消費された水分を補給するためにお茶会をする。

「興味があるのかい？」

「そうですね。婚約の話が出てからグリエダさんのことを調べてみました」

「乙女を調査するなんて悪い子だ」

ショタの額を指先でツンと突くグリエダさんは嫌な雰囲気はなく、苦笑していた。

もう少女漫画で主人公にコイツゥと注意するイケメン彼氏みたいで、俺のハートがドキドキです。

「で、どのくらい調べているのかな」

「アレスト辺境伯領の先にある大草原にいる騎馬民族の攻勢に先代の辺境伯が負傷し、その後の代理で軍を指揮したグリエダさんが騎馬民族を撃破したと」

「指揮はしていないかなぁ。ただ先陣を切って突撃しただけだよ。それに軍の皆がついてきてくれただけさ」

「グリエダさんは子供だったんですよね？」

確か十歳ぐらいだったはずですよね、おかしくない？

「そうだよ。あの時は父について行き、後方で軍を指揮するのを見学して戦場の空気に触れるだけだったんだ」

思い出すように遠い目をするグリエダさん。

おかしい。どうして貴族の辺境伯の子女という上位貴族の女の子が戦場に行くの？

ツッコむべきか。いや地方の貴族子女はそんな感じなのかもしれない。

怖いなー。

ショタは非力なナマモノなので無理。

「それが騎馬民族の魔術使いの少数精鋭に迂回後本陣強襲をされて、迎撃に出た父がかなりの重傷を負ってしまったんだ。辺境伯軍は瓦解寸前、襲撃した連中は意気揚々と自分達の仲間の元に戻っていこうとしていた」

「……」

おう、それはエルセレウム王国全体がかなり滅亡の危機に立たされていたのでは。

アレスト家が守護する領地は周囲を山に囲まれ王国と大草原、そして隣国に繋がる関所の役割を持っている。

ここを騎馬民族に抜けられると、その機動力で略奪されまくりで滅亡しなくても大幅な国力の減少を招く。そこに隣国が出兵してくれば、天然の防壁で囲まれて平和を享受していた王国は簡単に滅ぶだろう。

もしアレスト家がその時敗北していたら？

当時はハイブルク家は公爵交代の真っ只中だし、公爵軍は他の貴族より少しマシぐらいで役には立たない。

王国内で対処できそうなのはセイレム公爵家ぐらいだろうか。

騎馬民族に対処すれば隣国に攻め込まれ、アレスト家の領地を封鎖すれば騎馬民族が国内で好き勝手する。そして国が分裂して群雄割拠の時代に突入だ。

最後は疲弊したところに隣国に攻め込まれてアウトだが。

騎士団？　あれは機動攻撃よりも防衛を重視されているだろうから王都防衛にしか使えないだろう。

つまりエルセレウム王国はアレスト辺境伯家がなかったら存在できない。

「だから私は勝利したと油断している奴等の最後尾に突撃したんだよ」

「どうしてそうなるんです？」

ホワイ？　な展開だ。

「勘かな？」

うん、ショタにはわかんない言語なのかな？

どこをどうすれば十歳の貴族子女が突撃することになるの？

普通は重傷の父親の傍にいるんじゃないの？

「あの時はそうしないと生き残れないと思ったんだよ。後で父や辺境伯軍の指揮官クラスと話し合ったが、私が動かなかったら、指揮系統がボロボロの軍は父を討ったと威勢の高い敵になす術《すべ》もなかったらしい。それに自分達の当主の娘を死なせてはならないと士気も上がり、私を守るために突撃するという一つだけの指揮のようなものができたのもよかったと言われたよ」

今なら戦術を学んでいるからもっと上手くやれるけどね、と軽く言われても前世で培った営業スマイルしか返せません。

グリエダさんは本当の覇王様のようです。

本家覇王様も勝った気でいる大軍に突撃して大勝利をしていた。

騎馬民族も大勝利目前で一瞬気が抜けたところに、女の子が敵軍を引き連れて突っ込んできたら上も下も混乱しただろう。

「その時はどのくらいの損害を与えたんですか？」

「そうだね……当時の騎馬民族の精鋭の約半数と有力部族の長を一人倒したから」

「あ、はいわかりました」

思い出しているグリエダさんの初陣の功績がヤバすぎる。

辺境伯軍の立て直し、敵への強襲の成功、精鋭の半数ということはほぼ壊滅判定、その上に部族の集まりの騎馬民族の有力者を倒すなんて、騎馬民族は立て直すのに数年はかかるだろう。

それどころか弱った部族を身内で潰したりしているかもしれない。

現在は大草原で大きく動いた気配はないと長兄に聞いたので、かなりの損害を受けているのだろう。

毎年ヒャッハー！　と襲来してきそうな連中を数年大人しくさせるなんて、俺の婚約者は凄すぎじゃない？

しかし愚王よ。

お前ちゃんと仕事しろよ。

指揮権のないものが軍を動かした罰があったとしても。功績の方が圧倒的に上なのでどれか一つで相殺できる。そのくらいの功績をグリエダさんは残しているんだぞ。

そこは爵位の一つは与えるぐらいなのに、まさかの自分の我がままで近衛騎士にしようとする愚王イズムを発揮された。

まあ近衛に入団できるのは普通名誉なことなんだけどね。

でもそれが恩賞になるかと言えば全然別の話だ。

土地持ち貴族は自分の領地を繁栄させるのが一番の目標だ。

そんな不定期で長期間拘束されるような仕事をする余地なんて少しもないのである。

騎士団もそうだが、基本貴族の次男やそれ以下の子供か、土地を持たない法衣貴族がつくものなのだ。

名前だけでも籍に置くというのも打診されるらしいが、名があれば愚王や王家の命令があると働かなければならない。

だから土地持ち貴族で近衛や騎士団に入団したら、かなりの凡愚と蔑まれることになるのだ。

調べたら側妃の父親の伯爵は近衛騎士になっておられた。あと結構な数の王家派閥の土地持ち貴族も。う～ん、流石だねと納得できたよ。

ハイブルク家の寄子が入団したら、そんなに余裕があるんだ？　じゃあこちらの土地の運営もよろしく～と押し付けて、失敗したら没落させるけどね。

ハイブルク公爵領はやる気溢れる人材を求めています。今なら貴族の地位にまで上り詰めることができますよ。

「グリエダさんが常識外れの戦術眼の才を持っているのはわかりました」

「せめて凄いと言ってくれないかな。こう見えても私は女の子だから、セルフィルに化け物扱いされるのはあまり望ましくないね……」

両方の人差し指をツンツンと合わせて落ち込むグリエダさんが可愛い。

男前で可愛い美女なんて最高ですっ！　転生させてくれた神かもしれない現象よありがとう

っ！

「大丈夫です。こう見えて僕は同年代女子も含めて最弱を自称できる男の子ですから。守ってもらわないと死んじゃう儚い存在なので、強いというのは魅力的に感じてます」

「……そうなのかい？」

「はい」

「今まで男性にどう思われようと何ともなかったんだが。君に悪印象を抱かれるのはなんとなく嫌だったんだよ」

……かーわーいーいーっ！

愚王に感謝するよ！　こんな最高の婚約者ができてショタは幸せだ！

お礼は何をすればいいかな。破滅？

こらこら視界のすみで待機している三人メイドよ。それでいいのかショタとヅカ、という顔をしないの。

さてグリエダさんの軍を率いる才能の片鱗はわかったが、まだ愚王が近衛入団を拒否した彼女に寄こした騎士たちを全壊させた実力がわからない。

この前、俺達の婚約を渋った愚王に直訴《おど》した覇王様が通った後の騎士と兵士の惨劇ロードの話は本人と長兄からも聞いたけど、やはり実際に見てみないと把握できないのである。

ちょっとグリエダさんの良いとこ見てみたいとお願いしたら、俺が嫌わないことを条件に披露してくれることになった。

「うんこれでいいか」

グリエダさんが腕を軽く振ると、その細い指が握る木剣が鳴った。

ピッピピッ。

前世の頃に、刀の厚みが薄くて速く振れば高い音が鳴って、鋭い振りかわかるというのをネットで読んだことがある。

では厚みがありまくりの木剣をショタに見えにくい速度で振ってピタリと止めるグリエダさんはどのくらい凄いのだろうか。

「それじゃあ投げてくれ」

「いいんですか？」

グリエダさんはメイド達に用意させた訓練用の木製の武具から片手剣の形の木剣の剣先を俺に向けた。

俺の方は横に今いる中庭に生えている木の実をカゴいっぱいに入れたものを持っているメイドを立たせている。

彼女が自分の力を見せる方法は、俺が木の実を投げてそれを木剣で打ち払うというものだった。

正直言うとちょっとがっかりしている。

そのくらいなら武力過多次兄だけでなく長兄に姉もできるのだ。

ショタはできませんが何か？

「本気でいいよ。それでも当たることはないだろうけど」

「ほほぅ……」

肩をすくめて軽く笑うグリエダさん。

このショタ、仕事や命が関わるならば、プライドなどそこら辺の川にでも捨てて逃げもするし土下座もする。

ただしっ！　それ以外で舐められるのは、吹けば散るタンポポより高い見栄っ張りが許さないのだ。

「後悔しないでくださいよ」

木の実を一つ掴み、腕を頭頂部の上にまで振りかぶった。

グリエダさんも目を見開いて驚いていらっしゃる。

ふっふっふっ、ワインドアップ投法など誰も知らない中世ファンタジーな世界だ。

非力なショタでも魔力を使い投げるのを突き詰めた技術を使用すれば、成人男性ぐらいには球速が上がる。

ちなみにロンブル翁に投法を一通り教えたら、石を投げる速度、飛距離、命中率、威力が跳ね上がった。

おのれージジイめー。

「くらえッ！　一撃必殺閃光の一撃っ！」

考えないで叫んだら変な技名になったが、木の実にしっかりと力が乗って放たれる。

グリエダさんと俺との距離は約ショタ四人分、だいたい六メートル強。

人にものを投げていい距離ではない。

カンッ。

なのにあっさりと木剣で弾くグリエダさん。

「……」

あれ？

「その投げ方は予想より速く投げられるんだね。そのままでいいから数を増やしてくれないか」

くっ！　屈辱ぅっ！

だが余裕をもって弾かれた木の実だ。

このまま一個では何度やってもグリエダさんには当たることはないだろう。

「その余裕、次で終わらせてあげましょうっ！」

しっかりと木の実を二個掴んで先ほどより力を込めて投げる。

カンッッカンッ。

たった一振りで弾かれた。

完全に木の実の位置を把握してなければできない芸当である。

「次っ！」

カカカンッ。

流石に三つは一振りでは無理だと思ったのに二個目を弾いたあと、木剣の振りの進行方向が急に変わって三個目を弾く。

はい？

線を描くように進行先が変わるのではなく、定規で角度を付けて四十五度ぐらいにカクッと曲がった。

もう一度確認するように四個ではなく五個投げる。

カカカカカンッ。

あっさりとグリエダさんの斬撃は三度カクッカクッカクッと進路変更して木の実からその身を防いだ。

「五個に増やしたね」

「……個数は言われなかったですから」

「いやいいよ。正面からならたいして変わらないから」

あー、やばいグリエダさんは本物の覇王様だ。おそらく飛んできた矢を指二本で止め、同じ速度と飛行軌跡に返すことができるのだろう。

　更に追加して投げていくけど、彼女は全てを弾いていく。

　一歩も動かずに、体をほとんど動かさずに、木剣を握る右腕一本だけ高速に縦横無尽に動かして。

　中世ファンタジーな世界、魔力があってオリンピック選手クラスの身体能力を持つ魔力使いという人は世の中にゴロゴロいる。

　短距離選手並みに走り、長距離選手並みのスタミナを持ち、人の限界を超えるパワーを持つのがこの世界の魔力使いだ。

　グリエダさんもその延長線上にいる一人だと思っていた。

　それは間違いだ。

　どれだけ魔力を上手く使えても自分に向かってくる無数の物体を避けずに全てを打ち払うことはできない。

　おそらく動体視力にも魔力が使われ、見極める判断をしている脳も高速思考できるように強化されている。

　その上で剣の振りを途中で四十五度に曲げることができる圧倒的な力を持っているのがグリエダ＝アレストという女性のようだ。

「よしセルフィル君の投げる数も同じになってきたし終わりにしようか」

その彼女が俺の方に一歩前に足を動かした。

すでに俺の木の実を投げる個数は手に持てる限界に達していた。

その数だいたい十個。

「このまま私は君に近づいていくよ。私に木の実が当たるか、私がセルフィル君に触れるかのどちらかで終わりだ」

「僕を舐めてますね？　絶対に当てますよっ！」

オーバー、スリークォーター、サイド、アンダー全てを使い彼女を迎撃しようとした。

だが彼女には一個たりとも当たらない。

近づくにつれて弾く難易度は跳ね上がるのにだ。

圧倒的有利なのに一歩、また一歩近づかれると、遊びなのに絶望が心の中に湧き出てくる。

「さあ少し本気を出そうか」

「えっ⁉　今まで本気じゃなかったんですかっ？」

今の時点でも俺の予想した何倍も上なんですが。

だいたい剣士が踏み込める一歩足らないぐらいの位置にグリエダさんが足を着地したのを狙い投げた。

剣を振りにくいタイミングに合わせて投げた絶妙のタイミング。

グリエダさんが消えた。

「はい？」

投げる間も彼女から目を離すことはなかった。

なのに目の前から魔法のように消えたのである。

「捕まえた」

「はいー⁉」

脳がパニックを起こす寸前、何かが後ろから覆い被さってきた。

最近毎日のように嗅ぐ特有の甘い匂いに、背中に当たる柔らかい感触が後ろに彼女がいることを教えてくれる。

「は？　どうしてグリエダさんが僕の後ろにいるんです⁉」

「そりゃあ普通に走って、セルフィル君の横を通り過ぎて後ろに回っただけだよ」

「説明ありがとうございますっ！　でもなぜ見えなかったのがわかりませんーっ！」

「凄く速く動いた。さあこれで終了だ。お茶でも飲んで休憩しよう」

俺はいつものように持ち上げられ、抱きしめられ、後頭部の感触を満喫しながらメイド達が準備をし始めたテーブルに向かう。

夢中になっていて気づかなかったけどショタの体力はほとんど尽きていた。

自覚するともうダメ。

グリエダさん猫に運ばれるショタ子猫になってしまうの。

首を咥えられて力が抜ける子猫のように、ショタは後頭部に柔らかいものが当たると力が抜けるように躾けられたのだ。

幸せなので不満はない。

向かう間に考えるのだが、俺の婚約者のグリエダさんはかなり凄く超敵対してはいけないお人だ。

たぶん闇落ちさせたらエルセレウム王国が滅ぶ。

ショタが相手だったので上限が全くわからないが、王や貴族当主だけを狙っていけば余裕でできそうだ。

彼女は魔力使いとして破格の身体に、機を見る才覚、そしてその二つに驕ることのない人格が揃っている神が創ったような存在である。

……もしかして転生チートで俺に付加されるヤツだったんじゃないかな？

まさか神様忘れていて、外付けハードディスクのようにグリエダさんに付けてしまったとか。

よし、考えるのは止めよう。自分の婚約者に嫉妬なんて情けなさ過ぎる。

「はいあーん」

「止めてくださいグリエダさん。ウチのメイド達が生温かくて腐った目でこちらを見てきます」

体力を消耗した俺はグリエダさんに餌付けをされました。

クッキーにお茶にと介護されるのは恥ずかしいです。

十分もすれば慣れたけどね。

＊

ハイブルク公爵家とアレスト辺境伯家両家の間で婚約が正式に成立して、俺とグリエダさんは晴れて婚約者と名乗ることができるようになった。

照れくさくて、これから正婚約者としてよろしくお願いしますと冗談を交えてグリエダさんに伝えたら、腕を広げて迎える用意はできているよと言われた。

普通は反対だと思う。

抱きしめられたよ。だってショタが抱きつくまで待ち構えるんだもの。

グリエダさんに下手な冗談は言ってはいけないことを学んだね。

そして貴族には別にしなくてもいいんだけど、しないとお前常識ないから付き合い止めるねというお約束というものがいくつかある。

その中の一つに婚約者に贈るドレスというものがあった。

俺が転生したこの中世風世界でそれを手に入れるためには、仕立て屋に相手を連れて行ってサイズを測り、何度も調整する必要がある。

ぶっちゃけ婚約者をデートに誘うための方便じゃないかなと思う。

ほら、何回も仕立て屋に行くから誘う切っ掛けにいいんだろうね。

俺もグリエダさんと毎日デートだっ！　と喜んだよ。

ここのところ深夜までデザインを頭の奥から捻り出していた。

前世で早く帰って飲みながらテレビを見たかったのを我慢して、小太りオッサンのパーティーでペコペコ頭を下げていた時に見たモデルさんのドレスが参考になるとは本人も驚き。

そしてようやくデザイン画が完成してグリエダさんに見てもらおうとしたのだけれど、その計画はとん挫する。

デザインを描いた紙を彼女に見せる前に寝不足がバレた。

登下校の白王の背中の揺れは気持ち良く、枕が心地よくて眠ってしまい、落下しそうになったところをグリエダさんに確保されたのである。

「そろそろ許してください〜」

「ダメだ。もうしばらくはされるがままでいなさい」

それからグリエダさんに確保される日々。

詳しく述べると少し大きめのヌイグルミを抱きしめて持つ子供のように、俺は大体はグリエダさんに抱きしめられて移動している。

まさか更なる密着方法があったとは神様でも思うまい。

両足をブラブラ〜。

慣れてくると楽だけど、人としての羞恥心がすり減っていくような感じがする。

学園ではグリエダさんの持ち物と認識されかけていて、歩いていたらビクッとされるぐらい不思議議ヌイグルミ認定。

生きてるっ！　俺は生きてるよっ！

そして本日、ドレスに必要なサイズを測るためグリエダさんと仕立て屋に……ではなくハイブルク邸に彼女がやって来た。

「本日は私達が辺境伯様の採寸を担当させていただきます」

「「よろしくお願いいたします」」

「うんよろしく頼むよ」

俺を抱きしめたまま、挨拶してきたメイド達に挨拶を返すグリエダさん。

仕立て屋デートが実家デートに変更なの。

どうしてこうなったかといったら俺お付きの三人のメイドのせい。

ドレスの案ができた時に侍女長に良い仕立て屋を尋ねたら、俺のお付きの変態メイド三人衆アリー・セイト・カルナにその場面を見られてしまった。

「「「私達が仕立てますっ！」」」

自己主張が激しいメイド達で主の婚約者のドレスは私達が縫う！　だそうな。

主を朝這いしようとする変態達なんだけど有能なのです。

掃除洗濯裁縫マナー、その他なんでもござれの有能メイド達なんだけど、ショタが好きという点で大幅なマイナスになっているダメ人間なの。

もう一匹オスがいるんだけど大抵は三人に〆《しめ》られてぼろクズになっているから、そいつについてはそのうち。

で、この三人メイド、裁縫の腕が職人レベルなのです。なので俺の服は全部この変態達が作っている。

学園の制服だけは仕立て屋にちゃんとお願いしたけど、浮気されたと四つん這いで泣きまねした変態達。

でも気がつけば俺の制服が四つに増えていたの。もうどれが仕立て屋が作ってくれたのかがわからない恐怖は伝わるかな？

それが俺のために交代で休暇を取って仕立て屋に修業しに行って覚えた技術だというのだから、狂気が見え隠れしてもクビにできないのだ。

「では、こちらの部屋で採寸させていただきますので、不肖アリーがセルフィル様をお預かりします」

「いえいえ、アリーが測るのですからセイトがセルフィル様を預かります」

「何を言ってるの、縫うのは私主体になるのよ。ええ、カルナがセルフィル様をお預かりします」

「「「……」」」

「「「あん？　やんのか？」」」

お客様であるグリエダさんの目の前でガンを飛ばし合うメイド達。

「君は配下の者にも愛されているなぁ」

「ええ、少し重いですけど……」

ヌイグルミのまま顔を隠すよ。

止めて変態達、他のお客様の時はキッチリしているじゃないの。どうしてグリエダさんの前で本性を晒すの？

苦笑で許してくれるうちに止めようか。

「大変失礼しました」

「申し訳ございません」

グリエダさんとの会話が聞こえたのか睨み合いを止め、完璧な頭の下げ方をするメイド達。

「いや、私の前では普段セルフィル君に接するように振舞っていい。君達はセルフィル君が嫁ぐ時にはついてくるんだろ？」

「「「はい、終生仕えたいと考えております」」」

迷いのない目で返事している三人。

……俺、何をしたのかな？

味方がほとんどいなかった幼少期に新人だったメイドを顔と口八丁で引き込んだけどさ。ここまで忠誠心ＭＡＸになるようなことはしてないよ。

あれか？　ショタ好きになってしまったせいか？

ふっ罪なショタだな俺。

採寸用に用意した部屋の扉をメイド達が開けてグリエダさんは入って、

「待ってグリエダさんちょっ、待ってて っ！」

「なんだい？」

「どうして僕を持ち込もうとしているんですかっ」

ヌイグルミ（ショタ、セルフィル）を所持したまま採寸部屋に入っていこうとするグリエダさんを叫んで止めた。

グリエダさんはクルリとショタの向きを持ち替えて脇に手をやり、持ち上げて自分と同じ視線まで持ち上げる。

「何か問題はあるのかい？」

コテンと首を傾げて不思議そうな顔をしているよこの人。

ショタを男として見てないな覇王様。

こんな状況でグリエダさんの肌を見るなんて嫌だーっ！

「こらこらそんなに動いて、落ちて怪我したりしたらどうするんだい」

「ふぬっ！　ふぬぅっ！」

ジタバタもがいてもグリエダさんの拘束は全然解けない。この人マジで化け物だっ！

侍女長からも逃げ出せるこの俺が、どうして空中磔状態で手足の先しか動かせないのぉ!?

「アリー！　セイト！　カルナ！　ご主人様の危機だよっ。助けてっ！　そして逃してっ！」

「見ていいのなら見させてもらえばいいじゃないですか」

「椅子を用意しますから。部屋の隅でいいですよね？」

「薄目で見るのがコツですよ、セルフィル様」

「配下が味方じゃないーっ！　最後のカルナは僕の着替えの時だな？　そうだなっ!?」

「ハハハハハ」

「グリエダさんは笑ってないで降ろしてくださいーっ！」

ひとしきりからかわれて、通りかかった侍女長が助けてくれた。

涙目で侍女長に抱きついた。

そのおかげで三人変態メイドはあとでお説教コースが決定、ざまぁみろっ。

グリエダさんはお咎めなし。

くっ、鬼の侍女長も辺境伯には手を出せぬか。

「それじゃあまた後でね」

「しっかり測られてください。三人は最高のドレスを作るように」

「「「かしこまりました、セルフィル様。完璧に仕上げますので侍女長におとりなしを」」」

聞かないよ。ほら本人がいる前で言うせいで延長ですねとか呟いているから。

ヒラヒラ手を振ってグリエダさんは室内に入り、扉が閉まった。

「お捜ししておりました、セルフィル様。御当主様がお呼びです」

侍女長は俺を捜していたみたい。

長兄を名前呼びしないということは外向きのことかな？　いくつか相談したからたぶんそのことだろう。

侍女長？　荷物のように脇に抱えなくてもいいよ？　それ子供の頃にお尻ペンペンされたの思い出すの。もう十三歳っ、今年で十四歳だからあぁぁぁ……。

第三章　ショタ狙われてます

「最近のお前は子供の頃に戻っていないか？」

「なんですか？　喧嘩を売っているんですか？」

侍女長に荷物持ちされながら長兄の執務室に着いたら不本意なことを言われたよ。

買うよ？　買っちゃうよ。

公爵邸内を長兄に膝の上に乗れって強制された～と泣き叫ぶか、覇王様《グリエダ》を召喚するか、どっちがいいです？

ソファーに降ろされて着衣を直されて姿勢も正されて、侍女長は部屋から出ていった。

なぜ俺は年を取るにつれて子供扱いの度合いが増えていくのだろうか。

……よし、考えないぞ。

「お呼びということで参上しました」

「……全て人任せで最後だけ自信満々にされてもな」

楽だけど尊厳の体力ゲージは減っていくのでお勧めはできないよ。

長兄は机にあった紙の束を持って俺の対面に座る。

「これが調べたものだ」

長兄が二人の間にあるテーブルに持っていた紙束を置いた。

それを手に取って読む。

そこには劇場で出会った三人の令嬢について事細かに記されていた。

「情報が少ないですね」

「無理を言うな。当主や次代の当主候補当人ならまだしも、候補の婚約者の女性のことなど詳しくわかるものか。それこそアレスト女辺境伯やアリシア嬢のような際立った才覚でもない限りはな」

「あとは我が家の女性陣ですか」

「……まあそうだな」

二人で遠い目になるくらい前公爵夫人達と姉は個性豊かで貴族社会でも有名人だ。

あ、俺のママンは違うよ。ちょっと俺のお姉ちゃんと勘違いされるぐらい、外見年齢がおかしい貧乏騎士爵の娘だった人だ。年齢詐称のママンはハイブルク家限定有名人。

……俺、成長するのかなぁ。

まあママン以外は女傑、貴腐人、次代女傑と有名人である。

紙に書いてあるのはアガタ公爵家長女ジェシカ、ダバイン伯爵家次女ベラ、マモト男爵家次女ホリーの家の派閥と年齢と元婚約者が誰だったかぐらい。

ジェシカは王家派閥まとめ役のアガタ公爵家の娘で元宰相の息子と婚約していた。

ダバイン伯爵家次女ベラ、家は地方貴族をまとめるNo．2、元騎士団長の息子と婚約。

マモト男爵家次女ホリーは神職から貴族になった家だ。元大司教の息子の婚約者。

「王家派閥が貴族派閥の宰相との縁、地方貴族は有事の際の騎士団派遣のため、神殿は身内固めと国に今後ともよろしくですかね。完全な政略結婚ですよね。商人の息子も婚約者がいたのかな？」

「よくその情報だけでわかるな。商人の息子の婚約者へレナ側妃の兄の娘だ」

う～ん、これは国の上層部は中央集権国家を目指そうとしたのかな？

でも愚王とへレナ側妃がいる限り悪手なんだけどな、トップが圧倒的な力を持っていないと短期間で貴族の反発か民衆の反乱が起きる。

まあ三人には会ったから、その時の印象にこの情報を付け加えておこう。

「学園に第一王子の婚約破棄パーティーの誤情報を流した人物はわかりました？」

「いや、寄子達に子供から情報を吸い上げてもらったが、辺境伯が主でアリシア嬢が解決した、王子の自滅、セイレム、ハイブルクの者達が王子の横暴に反発したなどの話がグチャグチャに入り乱れ過ぎて、誰が発生源なのかはわからなかった」

「僕のことは？」

「ハイブルク家の者達を使っての王子達への暴力行為をおこなった。アリシアが断罪している横にいただけ、最初からいなかったという話もあったな。あの場にいた者たちからも聞き出したが、寄子達だけは真実を話している。それ以外は辺境伯が解決したと言っているらしい。ハイブルクの名を使えば本当のことを言うだろうが、まあ王家の情報操作だろうな」

ふむふむ、学園でボッチの俺では得られない情報だ。

グリエダさんが男前行動を取れば女性陣から話は聞けるだろうけど、それでも情報源までは辿りつかないだろう。

いろんな嘘がばら撒かれて伝言ゲームのように広まり、それが聞いた者の事実となる。

前世の日本ならネットでデータを辿ればいつかは元凶まで辿りつく可能性はある。だが今は中世風味、人の口で伝わっていけば二、三人もすればわかることはない。

「使い方は違いますが情報操作とあと隠蔽かな、学園で広めた人物は素人？　あからさま過ぎて下手なのか、わざとなのかわからない……」

「わかるか」

「ええ、これ僕を孤立させるために動いてますよね」

とことん俺の評判を落としている行動だ。

別に愚王から俺の婚約者探しを邪魔する御触れだけでもボッチになるのに、確実性を上げようとしている、雑だけど。

んー、なんとなくはわかってきたけど決め手がないな。

「長兄、ヘルミーナ様はいつ頃王都に？」

「母上か？　途中でがけ崩れが起きたと連絡を受けたから遠回りして半月ほど後になるだろうな」

本来ならすでに到着しているはずの前公爵夫人ヘルミーナ様。彼女がいれば解決していたかもしれないのに。

そんなにも俺が欲しいのか。

でもグリエダさんがいるのに工作を続けるのがわかんね。

この前長兄とグリエダさんで婚約を正式に交わして、貴族院に書類も提出しているのに。

考えついたことを長兄に話す。

すると長兄は頭に手をやりハァ——と大きくため息を吐いた。

「まだ愚王やヘレナ側妃の方がよかった……」

「ヘルミーナ様の到着まで大人しくしていてくれますかね」

「無理だな。アレハンドロを借りるぞ。あいつなら母上のところに最速で行けるはずだ」

「いいですけど一日か二日早まるぐらいですよ？」

俺付きの執事アレハンドロ。

黒髪褐色の肌の長身イケメン（グギギ）で、普通に立っていればモテモテ男のくせに何故か俺のことが好きな変態執事だ。

元父親が最後の抵抗で雇った暗殺者だったんだけど、ショタに魅了されて裏切った変態です。

自己申告では王国一の暗殺者だったらしく、技術と動きの速さはかなりのもの。

どこにいるかはっきりとわからないヘルミーナ様の下に派遣するにはアレハンドロはうってつけの人材だ。

今現在のハイブルク家は自領の発展強化中で王都にはあまり力を入れておらず戦力は弱体している、それがちょっと裏目に出たみたい。

だから虎の子ロンブル翁とアレハンドロが王都に常駐していたんだけど、その片方が出張か。

「全部僕の推測なんですけど公爵邸の戦力を削ってもいいんですか？」

「お前の意見に納得する部分があった。今はそれで十分だ。王都で不足した戦力分はセイレム公爵に頭を下げて何人か実力のある者を借り受けよう」

アリシア様からのお手紙には父が私よりも長兄に好意を持っていると書いてあった。胃薬をもっと用意するように家宰に言っておこう。

「全員がちゃんとした情報で動いてませんよね。敵も僕たちも」

「私からすればそれが当たり前なのだがな。前にお前から聞いた、往復で数十日かかる距離を一瞬でつないで正確に情報が伝わるなどということが信じられん」

「ここでも報連相を徹底してちゃんとした情報機関を作れば、それなりになると思いますが」

俺が学園でどういう風に思われているかハイブルク家は知らなかった。

それは仕方ないと思う。

貴族は当主が絶対で、貴族社会の情報はその当主達が夜会や茶会、サロンなどで他家の情報を集めるのだ。それを臣下が調べて確実性を補強していく。

その子供達は当主から与えられる側で報告する側ではない。

子供や臣下から聞いている貴族は優秀な貴族だと前第一側室のレアノ様から教えてもらった。

中世の世界はそんなものかと驚いたものだ。

正確な情報は超重要、ハイブルク家は情報重視に移行しているけどまだまだ不備が出ている。

そして一番正確な情報を持っている愚王が一番活用できていない現状。

敵対者は有能そうだけど果たしてどのくらい正確な情報を持っているのかな？　こちらの情報は知らなかったでは済まされないものが山ほどあるよ。

「お前がハイブルクの情報機関をまとめてくれたら私は楽だったのだがな、セルフィル」

「嫌ですぅ～」

がっつり跡目騒動になるじゃないですか。

何のために貴族関連で知識不足にしていると思っているんですか、奇抜なアイデアを出して上手くいっているだけで当主には不適格な三男坊がいいんですよ。

次兄も脳筋ですが長兄を尊敬していますからね。苦労人として。

情報の重要さを理解できなかったからレアノ様がしばらくは補佐で付くことになりましたけど。良い嫁を探さないとな～。

レアノ様を呼び戻せないかな、あの人の知識量と貴腐人のコネクションは情報機関のトップに最高なんですが。

「しかし、そんなに僕が欲しいんですかね？」

首を傾げてしまう。

中世風の世界を劇的に変える技術なんて令和に生きたオッサンは知らないのだ。できたのはゴミの元父親を追い出して家族を仲良くしたぐらい。

国盗りにもヒーローにも興味はないのに困ったものである。

「己の価値がわからないのも傲慢と言えるな……」

どうして遠い目で俺を見るんですか長兄？

自分の価値ぐらいわかってますよっ！

金髪碧眼美少年っ！　イコールショタっ！　最近は覇王様のヌイグルミとして生きていますよ。

ほら、理解しているじゃないですか！

＊

婚約が結ばれ、グリエダさんのドレス製作も順調に進んでいる中、俺と彼女はある作戦を実行する。

それは学園のテラスで昼食をグリエダさんと二人でイチャイチャしている時間にだ。

「それではグリエダ様がセイレム様を馬車までお連れしたんですの？」

「そうだね。あの時は王子の子飼いの連中が道を塞ぐから、全て払いのけていくのには骨が折れたね」

「「はうっ」」

いつもなら二人っきり昼食タイム。

そこにここ数日は数名の客が追加されていた。

少人数用のテーブルではなく六人掛けのテーブルに五人の貴族の子女達と座っている。

うん、数がおかしいよね。

愛でられ対象のショタはイケメン女子の膝の上が固定位置なので間違ってはおりませぬ。

どうもグリエダさんと一緒にいるとまともに椅子に座ったことがないのはホワイなんだろうか？

ふ、ジョブのショタを極めると羞恥心は大幅に減少するのだ諸君よ。

嘘です。

同年代の少女達に視姦されるプレイに前世のオッサンの魂が女座りで顔を隠して泣いているのぉっ！

ああ、忘年会で同僚三人とブリーフ一枚の姿で体の正面に負け犬、負け太、負け尤《もっとも》と黒、赤、ゴールドのマジックで太く書いて踊って、後輩の女性に引かれたのを思い出すなぁ。

でも大丈夫！

今の俺は美少年のショタ！

セクハラモラハラは相手側に起こるのだ。

そしてショタは見放題です。どうか列にお並びください、ショタは逃げません。男は消えろっ！

……はっ！

いかんいかん、ジョブショタといえども羞恥心の限界がきているみたい。

……ないよねそんなジョブ？

グリエダさんのドレス採寸の日。長兄との話し合いで得た情報から、前公爵夫人ヘルミーナ様が王都に降臨なさるまでのこの期間に、相手側からこちらに何らかのアクションがあると予測した俺。

採寸が終了したグリエダさんが長兄の執務室にやって来たので、話していたことを教えたら……ええ激怒ですよ。

はっはっはっ、危うく国が亡ぶところだった。

ウルウル目で抱きついて、ヤるならアレスト、ハイブルク、セイレムが有利になるように動いてからツケを払ってもらいましょうとおねだりした。

国はどうでもいいけど、貴族や民の恨みが三家に向かうと面倒なの。

あと長兄が部屋から出ていこうとするグリエダさんを見て胃痛で死にそうだったからね。セイレム公爵との一夜の過ち（ただの愚痴を聞くだけ）計画は止めておこう。どうせ俺がしなくてもそのうちあることだし。

不満たらたらのイケメン女子にお姫様抱っこされスリスリされながら、相手からの動きを待ちましょうと伝えたけれど納得いただけなかった。

覇王様は受けの作戦はお嫌いらしい。

なのでちょっとした暇つぶしを学園で実行してみることになったのだ。

まったく、敵より味方の方に気を使わないといけないとは、三男坊には荷が重いのだけど。

丁度いい手下ができたので調べさせてみると、誰かの情報操作によって学園での俺の存在はかなり貶められていた。

俺は自分の評判なんてどうでもいいけど、グリエダさんはご不満のようだったので汚名返上作戦を実行することに。

俺が放置を望んでいたから彼女は不満を顔には出していなかったよ。さすが辺境伯を継いでいるだけあって隠し方も上手い。

でも自分の恋人が馬鹿にされて怒らない人ではない。

愛なのか愛でられなのかはわからないけど、多大な好意を受けていることぐらいはわかる俺です。

嘘で塗り固められてた学園での第一王子の婚約破棄騒動の噂。

なので真正面から本当の話で塗り返してやった。

昼休憩、いつもは俺達に誰も寄ってこないのに、その日は二人の女子生徒が近寄ってきた。

緊張でお互いを支えながらショタを抱きかかえて座るグリエダさんの前に立つ。

何も言えない二人にグリエダさんがニッコリ笑って席に座ることを勧める。

ショタは飲み物を注文したよっ。褒めて褒めて。

俺達に無下に扱われなかったので落ち着いた二人は聞いてきた。

婚約破棄の真実を。

はい、サクラの二人です。

ちょうど公爵二家の間を繋ぐ家が欲しかった長兄とアリシア様と背後にいるセイレム公爵にお願いしたの。

まともだけどまとも過ぎて仮面を被ることもできない、派閥にも入っていない弱小貴族を、ハイブルクとセイレムに入れてあげることを報酬にして、その家の娘さん二人に女優さんになってもらったのだ。

ハイブルクやセイレム、アレストの寄子を使えばやらせがバレただろうけど、まだ派閥に入れる口約束しかしていない家の子女は、やらせとわかったとしてもどうしようもないだろう。

そしてきっかけがあれば好奇心に勝てないのが女の子なのです。

サクラの二人がいなくなった後は、蟻が甘いものに集まってくるように女子生徒が集まってくる集まってくる。

三日経っても俺達のテーブルは女の子でいっぱいだ。

王家に睨まれる？　はっ、みんなで渡れば馬車が目の前でも怖くないのだっ！

あまりにも多いので以前ダッシュで逃げたハイブルクの寄子の男子をグリエダさんに捕まえてもらい、他にも何名か集めさせて席の予約管理をさせた。

不幸を背負った感のあるモブよりの顔を持つ彼の名前はダッシュ君。

ちゃんと名前を聞いたんだけど、最後がシュぐらいしか覚えられない長い名前だったので、逃げた時の走りの素晴らしさにダッシュ君とあだ名を付けてあげた。

しっかり覚えているんだよ逃げた時にこいつにはダッシュと付けてやろう考えていたのは。

ダッシュ君にはこれから管理業務を覚えさせていこうと思う。

男爵の五男だというちょうどいい人材なので卒業するまで俺の雑用係です。

もの凄く嫌な顔を寄親の子の俺にできるからなかなかの貴重な存在だ。

こびへつらうだけの無能にはならないように育ててあげよう。

卒業後は長兄が引き抜いてくれるぞ。まだまだハイブルク家は事務ができる貴族《どれい》を募集しています。

「では、卒業パーティーの後に流れていた話は」

「まったく、どうして私が場を収めたということになっているのか」

目を伏せため息を吐くイケメン女子に魅了される貴族子女。

うんうんわかるよ〜、親の言いつけ通りに結婚する彼女達にはグリエダさんのイケメンぶりは染み込んでいく酒精のようだろう。

「あの騒ぎを最小限に抑えて解決したのは私の可愛いセルフィル君なのにな」

「ハイソウデスネ」

そして後ろからイケメンに抱きしめられて耳元で囁かれるショタは、酒精に酔った子女達には興奮を上げるツマミかな。

キャーーッ！　とも言わないのはさすが貴族の娘だ。目は限界まで見開いてイケメン×ショタを細部まで記憶しようとしているけど。

こんな姿は前第一側室レアノ様には見られたくないの。でもオッサンとの絡みよりはマシか？　どうしても襲われる側にしかなれないショタなのです。

さあこれで、事実を覆っていた嘘の殻は内側からグーでぶち破った。

いろいろやり方はあったんだけどね、所詮は暇つぶしでグリエダさんの機嫌が良くなる方法、まあ力業《ちからわざ》でいかせてもらいましたよ。

グリエダさんが堂々と真実を話す、それだけのお手軽さ。

俺はボッチがさらにボッチになるように貶められていったけど、代わりにグリエダさんは良いようにしか広められていなかった噂。

その彼女に事実を話す機会があり、そこで俺を甘々に擁護すれば彼女の言葉を信じる者は多いだろう。

噂を広めた子はマジ哀れ、俺がグリエダさんというチートキャラに装備されてからは愚王の最強裏目魔法が発動しているのよ。

いや、単純にグリエダさんの存在が俺にとって利益になっているだけなんだが、愚王の魔法かと思うぐらいに危機を逃れられている。うん、裏目魔法バックファイヤーと名付けよう。

「君達はこんな可愛いセルフィル君がアリシア嬢をかばい、私に任せて逃し、自分はたった一人で身勝手な婚約破棄をした第一王子殿下に立ち向かう……見たいだろう？」

「「見たいですっ！」」

止めてー、それはいったい誰なんですか？　ショタはハイブルクの連中を後ろに立たせて第一王子《おもちゃ》を会場から出さないようにしていただけですよ。

グリエダさんがショタ自慢で超楽しそう。

凄いのよ、女子生徒が変わるたびに一から自慢するの。

ギュッとされてナデナデスリスリするのをもう何十人の女子生徒に見られたのかな。

傍で何回も見させられたダッシュ君は目が死んでる。君のおかげで俺は心がなんとか保っているよ。

自分達のイチャつきで男の心が死んでいくのを見るのは楽しいなぁ。

でもそんなグリエダさんの婿《よめ》自慢の日々も今日で終了。

女の子達にそのことを伝えると不満の嵐が発生した。

君達、貴族子女のマナーはどうしたのかな？

グリエダさん、週一で開こうとか言わないでくださいっ！

ショタとダッシュ君は繊細なナマモノなんですから心が週五で死んじゃいます。

「少しよろしいでしょうか」

グリエダさんの甘々ショタ自慢会は週五を週三に変更されてお開きになった。

そして女子生徒達が解散して一息ついたところに声を掛けられる。

昼休憩の最後はグリエダさんとお茶を飲んで終わりなのだが、お茶請けになりそうなことが起きるようだ。

「どうぞ」

手でテーブルを挟んだ正面の椅子を指して着席の許可を出した。

ありがとうございますと丁寧に子女の礼をしてから伯爵次女さんが座る。

「アレスト女辺境伯だ」

「僕はセルフィル＝ハイブルク、前ハイブルク公爵の三男坊です」

先に地位が上である俺らが名乗ることで、この場は貴族として話を受けると暗に彼女に示した。

これは事前にグリエダさんと話し合った上での対応である。

彼女にとってもたぶんそちらの方がありがたいはずだ。

「ダバイン伯爵家次女ベラです。先ぶれもなくお声掛けしたこと申し訳ございません」

「構いませんよ。僕たちはまだ子供として扱われている身なのですからそこまで堅苦しい作法は求めません」

頭を下げた伯……ベラ嬢に優しく言ってやる。

いやいや流石に伯爵次女さんはあだ名では失礼だ。ベラ嬢ベラ嬢ベラ嬢、よし！　覚えたぞ。

伯爵次女さんなんて呼んだ時にはグリエダさんに呆れられてしまう。

貴族の礼儀なんてガチガチの形式の時以外は無駄だ。

そろそろ子供に勉強させたいんですよと言ったら、お前のところに良い教師はいねえの？

に変換されていきなり人が派遣されるような裏を読まないといけないなんて馬鹿らしい。

ありがとうございますと再び頭を下げる伯しゃ……ベラ嬢ベラ嬢、あだ名は忘れろ俺っ！

ベラ嬢は細身で身長が女性にしては高く髪はショートで貴族の子女にしては珍しい。前世では普通にいたボーイッシュな子だけど貴族がいるこの世界でその姿はかなりの異端だ。

グリエダさん？　超イケメンの風格を出す美女です。ベラ嬢は女子生徒のスカートを穿いているけど、グリエダさんは男子の制服を完璧に着こなす美人さんなの。雰囲気が覇王様だからイケメンに見えるだけ。

「で？　ベラ嬢は私達に何の用かな」

「っ……」

軽く威圧しないでくださいグリエダさん。

ベラ嬢は一瞬怯えたが、目を一度閉じて開けた時にはこちらを真っすぐ見てくる。

「今日はお二人に謝罪いたしたく参りました」

「ふむふむ謝罪ですか」

「はい、第一王子殿下の婚約破棄騒動はハイブルク様が収めたのに、噂を鵜呑みにして劇場では失礼な発言をしました。ハイブルク様、誠に申し訳ございませんでした」

ベラ嬢は劇場で俺を軽蔑したのを謝罪するようだ。

「もしかして僕達が話していたのを聞いて謝罪しに来たのです？　それも噂と同じ嘘かもしれ

ませんよ」

「お二人のお話を聞いた後に父に相談して事実に近い内容を教えてもらいました。父から聞いた状況は、ほぼお二人の話と同じものでした。情報収集の稚拙さを叱責され、父に叩かれましたよ」

ははっと笑うベラ嬢は自分の頬に手をやる。

化粧で隠されているがよく見ると頬が薄っすらと赤くなっていた。

「そしてアレスト女辺境伯様、私はあなたの婚約者であるセルフィル＝ハイブルク様の間違った話を鵜呑みにして軽蔑しました。元婚約者が関わっていたというのに、間違った話を聞いて誤解したではすまされません。申し訳ございませんでした。全て私の責任です、処罰は全て受け入れます」

そう言ってベラ嬢は頭を下げたままになる。そのまま俺達から声を掛けられるまで頭を上げるつもりはないようだ。

後ろを見るとグリエダさんは肩をすくめる。こちらに全て任せてくれるらしい。

「ベラ伯爵令嬢、あなたの謝罪は全て、僕と婚約者のグリエダは受け入れます。どうか頭をお上げください」

俺の言葉に少し間を空けてから頭を上げたベラ嬢。

その顔は蒼白、汗も一筋流れていた。

父親にでも窘《たしな》められたのかな？

彼女達が劇場で元婚約者を破滅に導いた俺達を感謝する体で見物しようとしていたのが、家が傾くかもしれないほどの火遊びだったということを。

俺は噂話と同じように別にどうでもよかったんだけどね。

でもグリエダさんは貴族の当主だ。

ちゃんとした情報を得ずに噂話で感謝されても不快で、しかも見世物として会いに来たことがバレバレ、そして俺を下に見たのもバレバレで怒らないはずがないのだ。

物理で動く覇王様は怖いけど、貴族として動くグリエダさんも怖いのよ。しかも今はハイブルク、セイレムという公爵二家と縁続きになったアレスト辺境伯家です。嫌がらせされたらえげつないことになりそう。

貴族というものは子供がしたことでは済まされないのだ。

事実を教えてもらわなかったからしょうがない？　なら調べようよ。

噂に騙された？　なら慎重に動こう。わざわざ虎の尾を踏むような行動をする方がおかしい。

今回、学園の噂を払しょくするのには、グリエダさんの機嫌取りもあるが劇場で会った三人への謝罪の場を設けるのもあったんだよね。

三人への対応は俺に任せてもらった。

当主のグリエダさんが許すと相手の当主が出てこないといけないから面倒なのです。

う〜む、学園マジで教育をどうにかしようよ。教育が足りてないよっ！

ベラ嬢は合格です。

ちゃんと当主の父親に話している。遅くなったけど情報を確認、ちゃんと俺達二人に謝罪した。そして全て自分の責任と言うだけで御家にはなどと同情を誘うようなこともしない。

うん、子供でここまでできるのなら将来有望だ。

経験、知識不足なんて若いなら当たり前！　反省して次に生かしていくのが成長なのだよ。貴族社会ではベラ嬢はギリセーフだけど、伸びそうな人材として確保したくなるのは前世の感覚かな。

あと数年で卒業するのに婚約が解消された貴族子女。

問題ありとされて修道院行きか訳アリ貴族の後家にされるのはもったいない。

「ところであとお二人いたはずですが」

「あ、その、あの二人とは元婚約者達が問題を起こし始めた時に相談し合って仲良くなったのですが……。劇場から合わなくなってきて今はほとんど会っていない状態で」

申し訳なさそうにするベラ嬢。

劇場で俺達と一番長く話した彼女は婚約破棄の話に疑問を持ったのかもしれない。そうするとア、ア、あばた？　なんだったっけ？　まあ無能公爵令嬢で無嬢にあだ名は決定して。

傲慢なだけの無嬢とベラ嬢では合わないだろう。元婚約者のことで一致団結したものの、亀裂が入れば簡単に割れたか。

もう一人いたけど無嬢とベラ嬢が印象強すぎて覚えていないんだよな。

ま、いいか。

ベラ嬢だけでも陣営に引き込めたのはよかったよかった。地方貴族との縁は持っておいて損はない。

「ベラ嬢は今は婚約はしていないんですよね」

「こら」

「あ、はい……」

いきなり話が変わるけど、これを話しておかないとこの後なごやかに会話ができないの。主に覇王様が。未婚の女性と俺が会話したら嫉妬しそうなので。

装備されているとわかるのよ。覇王様は少し執着気味な人だって。今現在も胴に回された腕に少しずつ力が入っている。

なので先に予防線を張っておかないと。

「将来有望な子爵になる二十歳の体格がっしり系の婚約者もおらずに訓練ばかりしている男がハイブルクにいるのですが、そのうち会ってみませんか？」

長兄からも相談を受けている次兄の婚約者探し。

ええ、ちょっと脳筋ですけど家族みんなで女性には優しく気を使えと教育したので、元騎士団長の息子より遥かに良い男の次兄です。

あの次兄の好みはベラ嬢なんだよね。

気位がお高い貴族の女は嫌だと言うので今まで婚約者がいなかった次兄。

たぶんハイブルクの女性陣に恐怖を植え付けられたからだと思う。

ベラ嬢は髪は貴族子女としてはありえないショートカット、手もよく見るとタコができているから剣でも握っているのかもしれない。

ふう、覇王様の拘束が少し緩んだ。

大丈夫ですよ〜側室や愛人には興味がないショタですから。本の中では俺が側室か愛人か妻ですけどねっ！　はっきり言うけど男なのにだ。

おお業深し腐の世界よ。

ベラ嬢は顔がポカンとした後、徐々に赤くなっているから乗り気のようですな。

三男坊でも公爵家が紹介するなら間違いなくいい物件だもんね。修道院行きか訳アリ貴族の後家になるのとは天国と地獄だ。

グリエダさんもショタを獲られる心配がなくなったので、ベラ嬢に先ほどまでのショタ自慢を再公演されることに。

おおう、それはショタには追加ダメージですよ。

さーて、メインまでの暇つぶしでグリエダさんのご機嫌と、地方貴族との縁をゲットできそうだ。

二人取り逃したけど時勢も読めないのはいりません。まあどちらも毒にしかならないからいらないけど。

彼女らはどこに行くのかな？　愚王？　黒幕？　どちらも泥船なんだけどな。

今日が劇場で会った三人のタイムリミットになったのは愚王が動いたから。

早朝に王名で夜会開催の招待状が届けられた。

通常の招待状は参加して欲しい人に届いて、一緒に行くパートナー、妻、婚約者には送られない。

それなのに今回はグリエダさんと俺、二人には必ず登城せよと書かれたものが届いた。

俺の分は長兄の元に届いたので胃を押さえて悶絶していたね。

罠に嵌める気満々なのが透けて見えるけど、グリエダさんのドレスもできるタイミングだし楽しむつもりだ。

それにこの茶番劇の全貌も把握したいしね。

俺は主人公じゃないので全てを推理できないのよ。黒幕は出てきてくれるのかな、是非とも自信満々に教えて欲しい。

そのあとに絶望させてあげるつもりなので。

あと愚王！　側妃と何かやらかすだろうけど、もう愚王過ぎて予測もできないよ！

唸れ裏目魔法バックファイヤー！

「こら、君の話をベラ嬢にしているんだぞ。当事者は聞いて補足してくれないと」

「ハイ」

意識を未来に飛ばしていたらグリエダさんに注意されてしまった。

え、もう舞台で披露できるくらいに物語としてできてますよねグリエダさん。これ以上どう自分を美化しろと。

おおお、俺のジョブ、ショタよ。羞恥心を下げてくれたまえ。

「よし、ベラ嬢だけでは可哀そうだな。そこの君、こちらを見ている令嬢たちを呼んできてくれ、大勢の方が楽しいはずだ」

「ダッシュ君を使って人を集めないでっ！」

グリエダさんの腹話術ではないショタ膝置き独演会は午後の授業をサボってまで開かれることに。

ふっ、みんな、愛でられ過ぎはペットの負担になるから注意してくれ。

第四章　愚かな夜会

王主催の夜会の日、王城は緊張に包まれていた。

いや正確に言えば現状を知っている者達がだ。

とうとうエルセレウム王国の滅亡の日が来たと考えて絶望している。

宰相、騎士団長が辞職したあと、王と側妃の浪費から国庫を守っていた財務大臣が夜会を開催すると王命まで使われた時、そのまま前のめりに手も使わず倒れた。

床に伏して見えない顔の辺りから真っ赤な液体が広がったが、それが果たして鼻血なのか吐血なのか、介抱した者達にもわからなかったそうだ。

逃げられる者は城から逃げた。

残ったのは仕事から逃げられない者と、理解できていない者、人の胃を痛める才能しかない上位貴族達だ。

夜会に参加するために登城してくる貴族を正面玄関で出迎え、応対する者達の大半は気が気ではない。

正面玄関前の大階段に到着する馬車に付いている家紋を見て、夜会が始まるまでの待機部屋に誘導しなければならない。

つまり家紋、顔、部屋割りを全て覚えている者が出迎えを任せられる。財務大臣の最後の仕事で、出迎えの者達だけは職務に忠実な者に任されることになる。

王と側妃の取り巻き貴族をそこに入れれば問題を起こすことは確実。夜会が始まる前に内乱が起きることだけは防がれた。

というより、側妃派の連中が職務を奪い取っていた時もあったのだが、ある日を境に全員が辞めた。そのため、職務が元の真面目な者達の手に戻っていたというところが大きい。

だがそこまでだ。

次々とやって来る馬車から降りる貴族達の間にはすでに温度差ができている。

王家派、側妃派は我が世の春と言わんばかりの態度で馬車から降車して、派閥仲間と大きな声で騒ぎながら大階段を上がっていく。

その反対にハイブルク、セイレム、アレストの三家派閥に笑みはなく、話もせずに誘導する者に従って移動していた。

他の派閥も登城してくるが二つの派閥を前に少し怯えてこそこそ行動している。

三家派は人数を制限されているのかいつもの半分も来ていない。反対に王家派側妃派は最大人数呼ばれているのか、この日だけは三家を上回っていた。

誘導する者達は貴族社会の奥までは詳しくは知らない。だが貴族というある種、人ではない者達の顔色を窺うことに長けた彼らはこう思ったのだ。

無能な王に軍配が上がったと。

それは正しいかもしれない。

一般に勝者は笑顔で、負け犬は余裕がない表情であるものなのだ。

派閥のものが笑顔なら王と側妃は大笑いだろう。

だとすれば、これから城の下の身分の者達は彼らの横暴に我慢して職務を遂行していかなければなくなる。

絶望とまではいかないが最悪な職場になるのは間違いない。

表情には出さないが陰鬱な気分になる誘導者達。

彼らの予想は間違っていない。

だが正しいとも言えないのだ。

他家より立派な馬車が入ってきた。四頭立ての豪華な馬車に飾られる家紋は天秤。片方には平民と貴族を分ける剣が、もう片方には人を表す心臓が描かれている。天秤は心臓側に傾いている。

国内はもとより諸外国にも有名なハイブルクの家紋である。

その時その時の当主によってその天秤の傾きは変化する。前公爵の時には剣の方に傾いていた。絶対に釣り合うように描かれない天秤はハイブルクの意思を示すためと言われていた。

まあ、今の家紋はある三男坊の『え、民に媚を売っていた方が楽ですよね？　圧政さえしなければバレないバレない』という言葉によって心臓側に傾いたというのは身内だけの秘密である。

停車した馬車のドアが開かれて降りてきたのは現在存在する公爵の中で最も若い男、バルト＝ハイブルク公爵だ。

美丈夫の彼が地面に降り立つだけで周囲にいた貴族のパートナーの女性達がホゥとため息を吐いた。

黒に近い紺のタキシードを一分の隙もなく着こなす彼には男でも視線を奪われてしまう。

ある三男坊が『男は女性の飾りですよ？　ゴテゴテしたのを着て目立ってどうするんです。ですが女性に見合うようにはしないといけません。ヘイッ！　メイド達よ少しでも太ったら着られないような服を作るのだ！』

『『かしこまりましたっ！』』

という当主の彼の意思を無視して数年前から三人のメイドが製作しているのはハイブルク家の秘密事項である。

「アリシア嬢」

その彼が馬車の中に声を掛ける。

スッと現れた白磁のような白く美しい手。

その手にハイブルク公爵が手を差し出す。

公爵に支えられながら現れたのは湖の女神だった。

美しい湖の青を切り取ったようなドレスを身にまとった少女は公爵の隣に立つとその美貌をさらに際立たせた。

「バルト様」

その彼女、アリシア＝セイレムが少し不満げに公爵を見る。

「嬢はお止めください。どうか呼び捨てで」

「……アリシア」

「はいっ！」

少し困った表情の公爵に、嬉し気な表情のアリシア。

今の仲睦まじい様子に、数か月前の疲れ切っていたアリシアの姿を知っている者は信じられないものを見た気分になる。

第一王子の横暴と浮気によってボロボロになっていた蝶は王家という鎖からようやく放たれ、その美しい羽を最大限に魅せる相手と出会ったのだ。

あの王子はどうしてこの令嬢を手放したのか、王城で働いている者達の中ではいまだに謎とされている。

「そうだぞバルト殿。いつまでも遠慮していてはいかん」

周囲も二人の雰囲気にあてられて幸せになっていたところに巌のような声が馬車の中から冷や水を浴びせた。

ヌゥと鍛えてゴツゴツした指が出てきて馬車のドアの縁を掴む。

その後に続く身体は、少し贅肉が付いてはいるものの、がっしりとした体躯の持ち主と言えた。

ハイブルク公爵が令和の美丈夫なら、昭和の時代劇に出てくる男前。

それが馬車から降り立つセイレム公爵である。

「もっと近づいて、ほら腰に手を回してだな」

「もうっ、お父様っ！」

先代の王もひるませたと言われる眼光を緩ませて娘とその婿になるハイブルク公爵を眺めるセイレム公爵。

第一王子の婚約破棄に怒髪天で王に迫って漏らさせた人間と同一人物とはとても思えない。

派閥の者達がみなどんよりとした雰囲気だったのに、三家の内二家のトップは落ち込むどころか、普通に夜会を楽しみにやって来たという風に見える。

「行きましょうバルト様。馬車の中ではずっとお父様が話していたのですから、部屋で私とお話をしましょう」

「ワハハ、甘いぞアリシアよ。私も同じ部屋だ」

「っ⁉　セイレム家のための部屋があるでしょうっ」

「ふんっ、愚か者達がうるさかったからな、譲ってやったわ。まあ今回だけだがな」

「お父様はいらないですっ。せっかくセルフィル様とグリエダ様とも一緒にいられる機会なのに」

「ほうっ？　それは聞いてなかったぞ。ちょうどいい機会だ二人には直接感謝を伝えなければと思っていたのだ」

「いりませんっ！　椅子でも用意してもらって廊下で一人でいてくださいっ」

「……アリシアよ、それは酷くないか？　なあバルト殿」

「はあ、そうですね。……胃がシクシクするなぁ」

なぜかハイブルク公爵を真ん中に置いて、アリシア嬢とセイレム公爵が両脇を固める形で城内に向かう三人。

貴族を出迎えていた者達は自分達の考えが間違っていたのかと戸惑う。

どう見ても公爵二人に敗者の気配はなかった。

混乱していても馬車はさらにやって来る。

彼等が何とかさばいていると一台の馬車が来た。大きさはそこまでではない、だが曳《ひ》いている馬が純白で他の馬車の馬を圧倒する大きさだったのだ。

その馬車に飾られている家紋は剣とその周囲に花がちりばめられている。探せば何家かありそうな家紋だがその花はある地域にしか咲いていないものだ。

深紅に咲くその花には名前はない。ただそこを支配する貴族の名で呼ばれている。

アレストの華と。

守護する者達と敵の血で染まったと言われる花だが、現当主は『あれは蜜が美味いんだよね。蜂の巣箱から盗み取るのがまたいいんだよ』と婚約者に語ったとか。

巨馬が曳くアレスト家の馬車が停車する。

その瞬間、場の音が消えた。

アレスト女辺境伯、男尊女卑の貴族社会の中にあって十歳で爵位を継いだ女傑だ。

パーティーやお茶会には男性の恰好で現れる彼女を女のくせに男の恰好していると蔑む貴族は多い。かといって普通に女性の恰好していたら貴族を舐めているのかと囁かれる。

その彼女が夜会にやって来たとなれば興味を抱かない貴族はいない。

しかもあのハイブルク公爵家の三男と婚約したと知れば見たくないはずはないのだ。

馬車の扉が開く。

ゴクリと喉を鳴らす音が聞こえてきそうになる。

「よっと」

従者が用意した馬車の乗降用の台をピョンピョンと降りてきたのは白い小さな妖精。

金髪を後ろに流して少し大人っぽくしているがその整い過ぎた女の子のような顔は幼く見える。

周囲は全員大人なのに全く怖気づかずにニコニコと笑っていた。

少年に夫人たちが魅了される。

その装いは純白のタキシード姿。着られているのではなくその小さな身体にぴったりと合わされて、彼に似合っている。

その胸元を深紅のハンカチーフが紅一点とばかりに彩っている。

彼が馬車の室内に手を伸ばす。

女性の手が伸びてその手を掴んだ。

ゆっくり馬車内から現れるその全貌。

きめ細やかな腕が現れ、それが途中から深紅の布に包まれていた。

馬車から降りた人物にその場にいた全ての人の視線が集まった。

流行りの柄の付いたスカートが膨らんだドレスではない。

鮮やかな赤に金を合わせた色のドレス。靴にも赤に染めたシルクが貼られている。

太ももから下は広がっているが他はその肢体の全てのラインを魅せていた。

コルセットを装着せずにその細いくびれにぴったりと張り付くドレスは男を惹きつけ、女性を嫉妬させた。

豊かな胸元は途中からレースになってギリギリ谷間を見せている。

そしてドレスを着るなら髪を纏めるという常識を無視して、美しい銀髪を流していた。

アクセサリーも耳飾りに小ぶりのネックレスなど、必要最小限に留めている。

全てが流行りのドレスと正反対。嘲笑されても不思議はないのに誰もが彼女、グリエダ＝アレストに魅了されてしまう。

彼女は馬車を降りる時に支えてくれた妖精の少年に微笑みかける。

その唇も美しい紅に彩られていた。

身長差があるため腕は組めず、少年に手を取られて城に向かう彼女。

誰もが停止した世界で金髪の白の妖精と銀髪の深紅の女神が動く。

階段の途中で彼女が止まった。

振り向く彼女につられて銀髪が揺れる。

その下の背は腰近くまで大胆にスリットが入ってそこをレースで彩られていた。

それを目にした男性陣が開いた口を閉じ、周りに聞こえるほどにゴクリと喉を鳴らす。

「彼が私のために仕立ててくれたドレスだ」

美しいだろう？

綺麗な笑みを浮かべる。

残りは言わなかったが笑みにその言葉がこもっているのを誰もが理解した。

少年に寄り添いその背中を再び銀髪で隠しながら階段を上がる女辺境伯。

二人の公爵、そして深紅の女辺境伯、誰がこの三人に勝てるだろうか。

貴族を出迎えた者達全員の考えが一致した。

＊

ふっ、ショタは満足です。

おもしろおかしい人生はこれからだ！　ショタの次回作をお待ちください。

おっと、自分の仕事が完璧すぎて物語を終えそうになってしまった。

俺の左手の先には婚約者のグリエダさんがいる。

俺がデザインしたドレスを着てくれていた。

この国がある地域の流行りのフリルや色とりどりの柄入り生地、パラソルのように膨らんだスカート、権力を持ってますと言わんばかりのゴテゴテのアクセサリー。

それら全てに喧嘩を売ってみたらハリウッド女優が着てそうなドレスになってしまいました。

血より深い紅のドレスをその身に纏う彼女は美しいの一言に尽きる。

男装していた時には誰も見られなかったその身体のラインが浮かび上がり、コルセット着用や詰め物する今までのドレスとは一線を画している。

いつもは結っているか軽くリボンで纏めている銀髪を、今は光り流れ落ちる水のように垂らしている。

クックックッ、男共はリビドーマアァァックスゥ！　そして女性達は己の体形と見比べて大ジェエエエラシイィイーッ！

ショタは背景にもなれませんでしたね。

三人メイドがグリエダさんドレスに隠れて俺のタキシードも作っていたのに出オチのみ……。

時間的にありえない速度で二着作った変人共は本当に真っ白に燃え尽きていたよ。

それでも、絵師を、絵師を呼んでお二人の姿をぉ～！　と叫び続けていたから大丈夫だろう。

変人は好きなモノのためには灰の中からでも復活する生き物なのだ。

王城の廊下を誘導係に従って歩いているのだけど何度も曲がるところを間違っているの。チラチラこちらを見ないで案内に集中するのっ！

あ、グリエダさん、そんな密着しようとしないでください。

綺麗なお顔がショタの身長だと間を取らないと、二つのお山で見えなくなるの。

う～ん、グリエダさんはマジでスタイル良すぎない？

前面と後面で反対なのよ。

ドッカーンとお山があってその後は美しい丘陵で、背面はそれが下から上になのだ。

銀髪で隠せているけど実は背中が腰まで全開スリット、見える白く美しい肌が金で縁取られて、それがまたヤバし。

覇王様が女王様になってしまいました。

エロいのだけど美しい芸術を見ているようでもあり、男性陣達の脳みそはどちらを優先すべきかで混乱している模様です。

欲望まる出しで手を出そうとすれば死ぬのでよかったかもね。

肉体的にはグリエダさんからで、精神と社会的には俺が死なせてあげよう。

ブラジャーを販売している店で○○様が大変興奮なされた下着ですと噂を流してやるのだ。

独身なら嫁が来なくなり、嫁がいるなら家での居心地が悪くなるぞ、あと貴族社会でも。

「こら、悪い顔をしているぞ」

「む、していませんよ。ただグリエダさんを襲おうとしようとする輩がいたらどうやって制裁しようかなと考えていただけです」

ムニムニと頬っぺたを摘ままれる。

この身体の頬っぺたはつき立てのお餅並みに柔らかいのが自慢だ。

「ん～、もしかして嫉妬してくれているのかい？」

「見るのはグリエダさんが美しいし、僕が自慢したかったのもあるので我慢しますが、手を出そうとしたら嫉妬どころではすみませんよ」

俺の顔を覗き込むグリエダさんの顔がその言葉に驚き、内容を噛みしめたのかドレスと白い肌に合わせた紅をさした唇がニマーと口角を上げていく。

恥ずかしくないよ？

こういうのは正直な方が相手は喜んでくれると学んでいる中身のオッサンだ。

言わない方が恰好いいと思っている男共よ、それは悪手だぞ。

「好きな男にそう言われるのは嬉しいね」

そして握っていた手を離して改めて俺の腕を取り、組んでくるグリエダさん。

無理があり過ぎるので引き寄せられてお山に頭がフニョン。

心の中のオッサンが瞬間で自分の顎を打ってセルフ気絶、グリエダさんと一緒にいるようになって習得したマインドコントロールだ。

「無理です。身長差がありますよ」

「男の子だろ？　少しは私のために頑張ってくれよ」

いつも俺に甘々な彼女からの珍しいおねだりには男として頑張らなければならないだろう。

大丈夫っ、俺には魔力という不思議動力があるのだっ。

グリエダさんの魔力使いとして才能がずば抜けていたので、ちょっと検査させてもらった。

そのおかげで俺の身体能力強化は一・二倍から一・二三倍に増える。

そしてロンブル翁は石を投げる距離がさらに伸びた。

おのれー若作りジジイめー。

その一・二三倍の身体能力を今こそ使うべきっ！

「ふぬっ」

俺の身長が伸びる。

つま先立ちになっただけだが、ギリギリお山に寄り掛からないですむようになった。

「頑張れセルフィル君、女の子のパートナーをすることはあっても女の子として扱われたことがなかったから。うん、これは良いものだね」

「それは地味に悲しい過去話ですよ、グリエダさん……」

まったく、この世界の男共は何をやっていたんだ。こんな美女を放っておくなんて……。

いや、そのおかげで俺が婚約者になれたのだからグッジョブだ、見る目のない男共よ。

ところで誘導係の人、あとどのくらいで部屋に着きます？

俺の身体強化は全力で使用すると約五分で終了なの。そしてその後、十分は動けなくなるのでハリーハリーッ！

なんとか少しだけ魔力を残して到着したよ。

俺が誘導係の背中に念を飛ばしたのがよかったみたいだ。

グリエダさん、ショタの頑張りで数分間だけだがご機嫌だった。

あと数年待ってくれたら身長も伸びて釣り合うぐらいにはなるだろうから期待して欲しい。

……伸びるよね身長。

「確か義兄殿とアリシア様と一緒の部屋だったね」

「そうですよ？」

扉の前でなぜか緊張しているグリエダさん。

「いや、どうでもいい連中は大丈夫だったがお二人、とくに義兄殿とは何度も会話しているから、羞恥が今さらながらに湧いてきた」

彼女は頬を赤らめながら身をよじる。

うん、チョーカワエーッ！

なにっ？　覇王様オーラが完全になくなった照れるグリエダさんが可愛すぎるっ。

周囲はっ！　よしっ誰もいないな。

このグリエダさんは俺だけのものだっ。

いやっふぅぅうっ！

覇王様は何度もドキドキさせてくれるぜっ。

「セルフィル君？」

おっと、心の草原でショタとオッサンがマイムマイムを踊っていたよ。

オッサンは笑顔でセルフ顎打ち、大の字の形に寝かせてショタは現世に戻ってくる。

「大丈夫ですよ。そのドレスはもの凄くグリエダさんに似合っていますので見せつけてください」

ギュッと彼女を抱きしめる。

まあ差があり過ぎるから顔がおへそより少し上、前頭部がお山にめり込むのは勘弁して欲しい。

「ん、そうかな？」

少しビクッと身体が震えたけどグリエダさんも腕を俺の背に回してくれる。

「ええ、完璧すぎて僕が目立たないぐらいですから。こう見えてもご婦人には大人気になると思っていたのに、グリエダさんに全員目を奪われていましたからね」

「それはよかった。君は私のモノなのだからあまり見られたくない」

覇王様は束縛系と。

「長兄も男なのでしょうがないとは思いますが、目に余るようなら僕が制裁しますので許してあげてくださいね」

「いや、そこまでする必要はないよ？　ちなみに何をするつもりなのかな」

「アリシア様がいらっしゃるので、子供の頃に（水浴びのために）長兄に裸にされたんですけどどうして剥かれたんでしょうか？　と尋ねるだけです」

「待て、それは義兄殿の未来が凄いことになるから止めてあげてくれ」

え〜、少しぐらい家庭にスリルがあった方が面白くないですか。

彼女の声から恥ずかしさは感じなくなったからもう大丈夫かな。

でももう少し、男装の時とは全然違う感触をもう少し味わおう。

オッサンは眠っているから大丈夫っ。

ガチャ。

「おいセルフィル、部屋の前で何を……」

「「あ」」

グリエダさんとイチャついていたらドアが開いて長兄が目の前に現れた。

長兄の目が俺を見たあと抱き合っているグリエダさんを見る。

上から下まで視線が移動した。

そして長兄はスーと膝立ちになり、正座に移行。

そのまま上半身を折り曲げて頭を床に擦りつけ、両手は頭部の先に指を真っすぐ綺麗に整えて置いた。

「アレスト女辺境伯、私の弟が本当に申し訳ないことを」

「バルト様っ⁉」

「バルト殿っ⁉」

長兄、土下座はハイブルク家でしか通用しませんよ。

あと部屋にいるオッサンは誰？

＊

セイレム公爵。

昔ながらの規範を守る、いわゆる保守派と呼ばれる貴族だ。

領地が急成長することはないが、悪くなることもほとんどない。堅実なありようは賞賛に値する。常に成長しているハイブルクとはそりが合わず、長兄の胃痛の原因だった相手である。

先代の王の時までは御恩と奉公をその身で体現していて、貴族とはセイレム公爵のことであると称されるほど。

まあその忠誠は愚王までは続かなかったようだが。

愚王の目に余る行動を諫めていたセイレム公爵は次第に中央政治から遠ざけられていく。

なのにその財力だけ寄こせと言わんばかりに、セイレムの宝であるアリシア公爵令嬢は強引に第一王子の婚約者に据えられた。

公爵令嬢を第一王子の婚約者にするのを最後まで渋っていたのがセイレム派閥の者達だったというのは有名な話だ。

どこに王家と側妃派だけで占められた場所に自分達の大事な宝石を置きたいと思う者がいるか。

それでもセイレム公爵は婚約することを認めた。

娘が道具になるとしても国への忠誠を貫こうとしたのだ。

まああっさりと馬鹿王子によってその忠誠心は裏切られるのだけど。

「では、今日こそ無能共の首を取れるのだな」

「落ち着いてください。あれでも国の象徴ですから国盗りの不名誉を被ることになりますし、取ったら周辺国がこれ幸いと土地を切り取りに来ますから。あと無能ではなく愚王ですね」

「ハッハッハッ、なるほど愚か者の王か！」

「頭が軽い方が国は運営しやすいですから。ほら他国と問題が起きた時に責任を取らせるのに簡単じゃないですか」

「うむっ！　有能な者は下の言うことは聞かぬようになって問題を大きくするから、力を削いだ愚王を載せているのはいい案だ」

「幸い軽い首は予備がまだありますからね。第一王子殿下も残しておきましょうよ、愚王より使い勝手がいいですよ」

「むうぅっ、あいつは死ぬまで苦痛を味わわせようと考えていたのだが……それもありだなっ！」

「「ハッハッハッ」」

現在、その忠臣の象徴だった人はバリバリ逆臣の急先鋒になっています。

人間、我慢すればするほど正反対に振れるものなんだね。

さすが愚王、裏目魔法バックファイヤーはいろんなところで発動中のようだ。絶対に習得したくない魔法第一位だけど。

でも内心は今までの忠誠の相手に逆らうことに乱れ荒れているはずだ。

そういうのを隠して子供の俺を不安にさせないのはさすがの格の違いだ。

長兄のドア開け土下座から始まったオッサンとの出会いイベントはなかなか新鮮だった。

土下座の長兄にあたふたしながら駆け寄る美少女アリシア様。

土下座の長兄をもの凄く心配しながら駆け寄る昭和の大俳優みたいなオッサン。

廊下でイチャコラしているショタと美女。

うん、誰かに見られていたら三家の評判はかなり落ちていたと思う。

そのあと室内に全員入って、まずはハイブルク家における最上級の謝罪方法が土下座なのだと説明することになった。

俺が小さい頃に女癖が悪いロンブル翁が屋敷から締め出された時に教えたのがいつの間にかハイブルク家で広まってしまったのだ。

こう、首を差し出す感じがいいのだろう。致命傷の首を切れるから。

ちなみに土下座回数第五位が姉、第四位が次兄、第三位が長兄、第二位がロンブル翁、断トツトップがショタこと俺である。

侍女長が数えてくれていたから間違いはないみたいだけど、そんなにしてたかな？

前世を合わせればそこそこしているとは思うが。

なんとか場は落ち着き、その次は俺が土下座することに。

長兄いわく婚約者とはいえ、よそ様の娘で辺境伯になんてもの着させているんだということらしい。

納得いかないが土下座しとけば反省していると思ってくれるから楽々♪　侍女長とママン達と姉には反省していないとすぐにバレるけど。

そのあとようやく自己紹介に。

俺がオッサンことセイレム公爵を知らなかっただけで手早く終えられた。

ふ、初手土下座で場を和ませる長兄は流石だぜ。

で、なぜかショタはオッサンの膝の上に座らされています。

ショタはね、前世の頃結構時代劇が好きだったの。将軍様や桜吹雪の大俳優なんてたまりません。

髭は生えているけどセイレム公爵はそれはもう昭和男前でした。

転生してから若い兄たちか変態執事のイケメンしか見ていなかったから興奮してつい質問攻めにしちゃった？

いやはや歴史のある漢《おとこ》の話は面白い。

俺も渋みのあるセイレム公爵みたいに成長したいと言ったら膝の上に着席させられていたよ。なかなかの大物のセイレム公爵はショタと話が合うの。前世のオッサンが同じくらいの年だったからかもしれない。

そういえばロンブル翁とも話が合うんだよな。そちらは女性問題での相談に俺が乗っているだけなんだけど。

「バルト殿、セルフィル君を養子にくれないか。セイレム家の跡継ぎに」

「いやいや、セイレム家にはちゃんと跡継ぎがおられるでしょうが」

「お父様、領地で一人頑張っているお兄様が下剋上なさいますよ」

「なんだ？　アレストに喧嘩を売っているのか？　高値で買うぞジジイ」

昭和男前がとち狂った。

そして覇王様が覇気全開です。

ショタは年上キラーだな。いらん者にも目を付けられてしまう罪な男です。

公爵二人に公爵令嬢へ少し配慮していたグリエダさんも装備品《ショタ》を外されて、さらにショタが他家に獲られるとなると遠慮がなくなった。

ショタのために争わないでぇ～っ!!

あと長兄はずっと目を閉じていらっしゃる。

いわく婚約者がいるのに見るわけにはいかないということ。

本人自ら様付けを嫌がられたアリシアさんが、腕を組んでいる長兄に嬉しそうに寄り添われていた。

うんうん、仲良きことは良いことです。

ですが長兄はただ目の前のエルセレウム王国滅亡の危機という現実から逃避したいだけですから。

「さて、そろそろ夜会が始まる時間が近づいてきましたけど、お二方は愚王の行動だけ注意してもらえればいいと思うのですけど」

ちょっと昭和男前との会話が弾んでしまって打ち合わせ時間がなくなってしまった。

まあ長兄が事前に俺が予測した内容を伝えているから大丈夫なはず。

「その、セルフィル君は大丈夫なのですか？」

アリシアさんが不安げに俺に聞いてきた。

「たぶん僕がこの五人の中で一番安全じゃないでしょうか。あ、飲食はいけないですよ、何が入っているかわかりませんので」

「はい、さすがに敵地の中で食べたり飲んだりはしません」

予測でしかないけど今回の夜会は愚王の裏で黒幕様が動いていると思う。

何もしなかったら俺を手に入れるチャンスはゼロになるからね。

あれ？　愚王に恨まれ、黒幕様に狙われているショタって凄くない。でもざーんねん、ショタは覇王様の元に婿入《とつ》りますので。

グリエダさんとショタが出会ったのが愚王の裏目魔法バックファイヤーの最大の効果だったと思うの。

グリエダさんがいなかったら黒幕様の描いた通りに進んだのだろう。どうせ途中で俺は飛んでいたから黒幕様の思い通りにはならなかったけどね。

どこで俺のことを知ったのかな黒幕さん。

セイレム公爵ですら俺のことは小さい子供扱いなのだ。婚約破棄の阻止ぐらいでは才能があるどころか王家に歯向かった愚か者と評価されると思うんだけど。

夜会で黒幕さんが出てきてくれたら、心の中のオッサンが新年会用に覚えたアイドルのダンスを踊るよっ！　心の中でだから誰も見られないけど。

「大丈夫だ。私がアレストの名にかけてセルフィル君のついでに全員守ってあげよう」

「ああっ！」

とうとう我慢できなくなったグリエダさんがセイレム公爵からショタを強奪した。

膝の上はドレスが皺になるのでソファーで横に座らせられてギュッと抱きしめられる。

うむ。やはり女の子の方がいいね。

こう柔らかさが……ゴフッ！

あ、心のオッサンがセルフアッパーで大の字に倒れた。靴を顔の左横に飛ばしたから犬の文字だね。

まあ愚王の企みは全て婚約者であるグリエダさんが対処することになっている。

公爵二家が動くと本気の国盗りになるからね。

黒幕様は俺が対応かな。

セイレム公爵とかがいてくれたら面白いことになりそうだけど、俺が敵側ならそんなへまはしないから仕掛けてくるだろうな。

「作戦名は『ちょっと王家愚か者過ぎね？　ここいらで無能に戻してあげよう作戦』です」

「長いぞ」

「長いな」

「長いです」

「うんうん、ギリギリ死なないように手加減はしてあげよう」

「さすがグリエダさんっ。後の三人は微妙なので後始末をお願いしますね」

もの凄く嫌そうな顔をしていらっしゃいますが、公爵二家から夜会に呼ばれた寄子はほぼ全員内政系の人達でしょ？

解決はグリエダさん、後始末は公爵二家です。

さーて、王城の大掃除だっ！

＊

宴の時は位の低い者から会場に入っていくらしい。

それが昔から続く作法らしいが、下の者達が自分より上の者を覚えて無作法なことをしないための処置が本当の理由らしい。

そんな常識すら知らない三男坊に覇王様と昭和男前が、自分が自分がと争うように教えてくれる。

お二方、ショタの脳の容量はそこまで大きくはありません。

ぶっちゃけると興味のないことに関しては記録されない方式になっております。

鉱山が見つかって調子に乗ったある男爵が伯爵の順番に金の力で強引に割り込んで、三日後には一族全員奴隷になっていたとか聞きたくないのっ！

その時に手配した連中は聞く必要がない耳は潰され、爵位の順番を替えた口は舌を抜かれ、金にくらんだ目は潰された、なんて知りたくもない。

「入場の順番は招いた側が決めるんですよね」

ふと気づいた。

「そうだね。同じ爵位でも順番を慎重に決めないと問題になるから。招く時は神経が磨り減るよ」

グリエダさんはまだ数回しか招待側をしたことはないらしいが、自分の派閥の者でもかなり気を使うらしい。

「王城でする時は愚王が差配しているんですか？」

いやいや無理だろう、顔も知らない愚王だけど、まともな思考能力を持っているとは思えない。あと自国を危機に追いやるような実家を持つ側妃が傍にいたらさらに不安要素が倍に増えちゃうよ。

セイレム公爵、アリシアさん、長兄が目を逸らす。長兄は目を瞑っているのにやるな。

「そこはな、まあできる人がいるのだよ。そのおかげでエルセレウム国はなんとか維持できているというのが現状でな」

セイレム公爵が気まずそうに国の恥を教えてくれた。

「なるほどなるほど、愚王が無能だった頃はその人物と周囲が甘やかしていたと。先王はまともだと聞いていましたが子供の教育は最低最悪で終わらせていますから、王としては晩節を汚したと。長兄とアリシアさんは頑張って後継者を教育してくださいね。でないと今のハイブルク領民はあっさり見限って革命じゃぁぁ！　と長兄達の子孫の首を槍先に刺してこの国を滅ぼしますよ」

ウグッと言葉に詰まる長兄に、俺の言葉に少し青褪めるアリシアさん、セイレム公爵は他領のことだからまだ理解してないよね。

「セイレム公爵、あなたはまともな領地経営をしていると聞きますが、それを子々孫々まで繋げなければ意味がないですよね。領民は我慢してくれているだけです。それを忘れた時は領民はヒャッハーして首狩り族に進化しますので」

「革命は嫌だ革命は嫌だ……」

「どうしたんですかっ⁉　バルト様っ」

「あ、それある国の革命までの経緯を結構事細かく教えてあげたら長兄の心の傷になりまして、最期が何千、何万の前で首がポトンと落ちるのは嫌ですよねぇ」

革命と呟いているからフランス革命かな？

兄姉トラウマシリーズは結構あるのです。元祖覇王の暴君行為や、その次に統一した人の嫁のやらかしと一族の最後、将軍様を囲って脅したら族滅くらった人たちなどを、ロンブル翁と侍女長に怖く話してもらったら、兄姉三人はおもらしするほど怖かったみたい。それが話の内容による恐怖だったのか、女性関係で刺されて顔真っ青の状況で名演技をしたロンブル翁か、無表情で淡々と超接近で話す侍女長のせいだったのかは悩むところだ。

「アリシアさんは後継者がどれだけ大切か歴史御家残酷劇場を聞いてみますか？　セイレム公爵も是非」

「いや、私は忙しいのでな……」

「アリシアは聞くな。心が死んでしまうぞ」

「私は聞いていいのかい？」

「グリエダさんは聞きますか！　そうですね～。臣下の心に配慮しなかったので教会に泊まった時に数万の兵に囲まれて焼き討ちとか、正妻に子供が生まれなくて愛人に二人子供を産ませて、あれ？　本当にその子供は俺の血を継いでるの？　とかドロドロで楽しいですよ」

ママン達、臣下の女性陣には大人気でした。貴腐人レアノ様と侍女長は現代昼ドラが特に好きだったけどグリエダさんも好きなのかな？

「アレスト女辺境伯様、そろそろご入場の準備を」

さあこれからノリノリで話そうとしたら誘導してくれる人がやって来た。

おっと愚王に関わりそうなお話を考えていたけどタイムオーバーみたいだ。

婚約者としての役割を果たさなければならないからね。

足が届かないソファーから勢いをつけて飛び降り、グリエダさんに手を差し出す。

「ん」

嬉しそうな笑顔のグリエダさんはその手を取って立ち上がってくれた。

「ではセイレム公爵、長兄、アリシアさん、お先に行かせてもらいます」

「私が入場するまでは絶対に大人しくしておけよっ」

「ハハハハハ、お約束ですか？　なら引っ掻き回しておかないといけないですね」

冗談を言ったのに長兄が必死な形相で止めろ頼むから止めてくれと言っていた……した方がいいのかな？

ほら日本人にはやるなよやるなよドボンッ！　の心が眠っているからね。

＊

誘導係の後を追ってグリエダさんと通路を進んでいく。

「そういえばセイレム公爵はパートナーがいませんでしたけど」

「それは亡き夫人に操を立てているからというのは聞いたことがあるね。だからアリシア殿とその上に男子一人しかいないらしい」

むうやるな昭和男前公爵。

男前ポイントを1進呈しよう。役には一生立たないけど。

「なんだい。君は他の女性にも手を出したいのかい？」

「？　いえ、セイレム公爵みたいに僕もグリエダさん一筋でいきますよ。でも綺麗な人を鑑賞で見るぐらいは許してください」

イケメン美女という至高の存在がいて浮気をするなんてありえないっ！　大勢の人を魅了するショタだけど心は一途なの。

だがショタも一応男《おのこ》なのでつい見てしまうのは性《さが》なのです。

「あの、腕を組むと僕の魔力が底を尽くので……」

「ん〜？　聞こえないな〜」

手を繋いでいたのに、なぜか強制腕組みに変更される。

グリエダさん凄い嬉しそう。何か機嫌が良くなることを言ったっけ。

腕の組み方を少し変えて補助してくれてるから楽だけど、ほとんどの負担はグリエダさんが受け持ってくれていた。

もう少し成長しようと決意するショタだ。

外廊下を歩きながらグリエダさんと庭園を見る。

センスのあるのが三分の一、センスが全くないのに金だけかけて貴重な木や花を植えているのが三分の二を占めていた。

すぐに愚王と側妃がセンスのない部分だと気づいたよ。

今までとは桁違いにお金が使えるようになった人が、とにかく無駄遣いして作ってみましたという感じ。

庭師は裏で泣いたと思うね。

「セルフィル＝ハイブルク様は、あるお方がお会いになるのでこちらです」

「あ？」

夜会の会場があともう一つ曲がればそことというところに一人のメイドが立っていて、グリエダさんの機嫌を一瞬で不機嫌に変える言葉を放った。

ヤクザの脅しみたいな声が出ていますよ、グリエダさん。

あ〜、ここで黒幕様は手を出してきたか。

あちら側からすればいいタイミングでの俺への接触だろうけど、これで相手に何の情報が不足しているか大体わかってしまった。

黒幕様、あなたは一番知っておかないといけないことが抜けています。

情報収集がちゃんとできなかったのか、その身分ゆえの傲慢さか。

どちらにしろこの世界において最悪のジョーカーを引いてしまっている。

「もう一度言ってみろ。彼が誰の婚約者かわかって」

「グリエダさんグリエダさん」

覇気を全開にしてメイドを潰そうとしはじめた彼女を止める。

「残念ですがグリエダさんとのダンスはお預けみたいです」

「……っ、だが！」

俺に止められてお預けされたワンコのように美しい眉を八の字に歪めるグリエダさん。

ああ、この人は本当に可愛い婚約者だ。

俺みたいな性格の悪い子供との夜会を本気で楽しみにしてくれていたみたい。

嬉しかったので彼女に少し前かがみの姿勢になってもらって、その肩を抱きしめる。

「ダンスは楽しみでしたけどあの愚王ですから、できなかった可能性が高いです」

「ん」

グリエダさんも俺の背中に腕を回してくれた。

その動きに銀の髪がフワリと浮いて戻り、ドレスと一緒に贈った香水の香りが俺の鼻腔をくすぐる。

「今度公爵邸で婚約パーティーを開きましょう。俺達を祝ってくれる人達だけ呼んで、その前で踊るんです。初ダンスは祝いの場でですよ」

「ふふっ、そうだね。愚王には私達のダンスはもったいないないか」

落ち着いたかな〜。

抱きつかれるのとお山の下で抱きついたのはあるけど、グリエダさんを肩ごと抱きしめたのは初めてだ。

思っていたよりも彼女の身体は細い。

ショタを簡単に持ち上げるから肩とかがっしりしていると思い込んでいた。

ほとんど守ってもらう立場だけどその肩に綺麗に腕を回せるくらいには成長したいものだ。

その美しい背中をサワサワしたいの。

「俺は黒幕様のところに行ってきます。愚王なら夜会に参加させると思うので、この誘いは黒幕様でしょうから身の安全は大丈夫でしょう」

「私は君と一緒にいたいよ」

くっ！

キュゥ～ンと子犬のように甘えられても我慢だっ！

普段のグリエダさんとのギャップがあって堪らない。

「ん～、それはとても魅力的なお誘いですが掃除をしないといつまでも落ち着きませんからね。愚王と黒幕様をさっさと整理しましょう。ね？」

「……わかった」

少し迷ったみたいだけどグリエダさんは頷いてくれた。

屈んでいる体を持ち上げて俺から離れていく。

離れているのにグリエダさんの顔は逆に近づいてくる。

「ん」

柔らかい感触が額に触れ、そしてすぐに離れていく。

彼女は指の腹で少し湿り気を帯びた箇所を拭いながら今度こそ離れた。

「これから寂しくて不快になるんだから少しくらい前払いでご褒美があってもいいだろう」

凄く嬉しそうなグリエダさん。

それはどちらのご褒美なんでしょうか。

なぜか成長したライオンに舐めまくられている育て親の猫の動画を思い出した。

あれ実は猫は自分のものだとマーキングしているよね。

ショタは覇王様《ライオン》のものだと主張されるようですよ。


「……愚王の首はいりませんからね」

「……」


目を逸らさないでーっ⁉

もう一度いつものお山の下で抱きしめあってようやく離れる二人だ。

「そちらで何かあったら私の名を叫んでくれ。城の中ならすぐに駆け付けるから」

「グリエダさんの耳は何でできているんですか？」

高性能マイクなのかな？　本当に聞こえそうでちょっと怖い。

でも気になるからグリエダさん召喚を試してみようかな。成功したら黒幕様を驚かせることができそうだ。

「おい」

グリエダさんがポカンとした顔でこちらを見ていたメイドに声を掛ける。そこには覇気ではない異様な冷たさがあった。

「彼に危害を加えたら、アレスト家の全てが敵に回るとお前の主に伝えておけ。マモト男爵家次女ホリー」

「……っ、はい」

あ、どこかで見たことあるなと思っていたら劇場三人娘の一番家格が下だった子だ。

覚えているなんて凄いなグリエダさん。だって無嬢とベラ嬢の後ろに隠れてて、ショタはほとんど顔を覚えられなかったのに。

あと雰囲気が別人過ぎる。

先日はおどおどしていたのに今は背筋を伸ばして、ウチの変態三人メイドよりメイドらしい。

まあ女辺境伯状態のグリエダさんの冷たい圧力にカタカタ震えているけど。

「よし誘導係、私だけ会場に連れて行ってくれ」

誘導係の人いたんだね。

イチャコラを見せたのと怖い思いをさせたのはすまない。貴族社会ではよくあることだろうし業務の範囲内だから頑張ってくれ！

別れる前に、もう一度屈んで抱きしめられる。

俺は罪なショタだな〜。

「本当は僕じゃなくて俺なんだね」

「へやっ!?」

俺を驚かせてからグリエダさんは離れる。

ニヤリと笑いながら、誘導係の後をついて夜会の会場に行く彼女に呆気にとられてしまう。

ムムム、俺と言っていたのか。

何か本音が漏れたようで少し恥ずかしいではないか。僕僕僕、よしショタには僕呼びなのだよ。

「さあ、こちらも行きましょうか」
マ、マ、まとも？
マトモ男爵令嬢ハリーだな！　珍しく一発で出てきたぞっ！

あれだな、あだ名をつけられないくらい印象がなかったのがよかったみたいだ。

いまだに忘れてベラ嬢を伯爵次女さんと脳内で呼んでしまう情けない脳だけど少し成長したみたい。

あとは身長よ伸びてくれ。

「……はい、こちらです」

グリエダさんから解放されたマトモハリー嬢はメイドの仕事に復帰した。

俺を連れて廊下を歩いていく。

沈黙は平気だけど、さっきまで楽しかったので寂しいなぁ。

なのでマトモハリー嬢で暇つぶしをしようと思う。

グリエダさんと離されたストレスを解消しようと思ったわけじゃないからねっ。ふんっ！

「ところで君は教会派のままなのかな、それとも今のご主人様に完全に鞍替えしたのかな」

「……おっしゃる意味がわかりません」

はい一瞬、肩が震えたよ。

まあ今、俺を呼びに来ている時点で黒幕様に縋ったのだろうけど。

「ん〜、ベラ嬢はさすがに覚えているよね？　元婚約者の件で一時お友達になっていたんだから。彼女とはウチの次兄の婚約者候補として沢山お話ししたんだよ」

「……」

声を掛けているのに反応をしてくれないのは寂しいな。

「例えば婚約破棄の現場での僕の行動を誰から聞いたのか。あの日劇場に行くのを誘導して俺達が見に来ているのを他の二人に教えたのは誰かなのかとかね。いや〜、次兄は興味のあるもの以外の記憶が頼りないからベラ嬢の記憶力は支えになってくれそうです」

彼女に追いついて横から顔を覗く。

「ねえ、誰だと思いますか？」

沈黙を保って歩き続けるのは凄いな。

俺の中ではマトモハリー嬢が俺の噂を流した一人だと思っている。

ベラ嬢は根が真っすぐで嘘を吐くタイプではない。

公爵令嬢の無嬢は傲慢さがありありと出ていてすぐにわかる。

「迎えにあなたを寄こした時点で犯人はわかっているんですけど」

彼女の前に出て進路を塞いだ。

「僕は自分の噂はどうでもいいんです。でもあなたの家は三家に、特にセイレム家から恨まれますから頑張ってくださいね」

ハイブルク家もアレスト家も俺がほっといてくれと言えば少し嫌がらせをするだけだろう。

だがセイレム家は別だ。

アリシアさんを救った恩人の俺が愚か者にされているのを許すはずがない。

学園で噂を流した大元の子供達はそのうちセイレム家によって見つかるはずだ。

う～ん黒幕様よ、未来ある子供たちを潰すことになったあなたが、賢いのか間抜けなのかシヨタにはわかりかねます。

「……私が噂を流したのはジェシカ様とベラ様のお二人だけです」

小さい声だがようやく答えてくれる。

「それをあの公爵令嬢が流したんですね。愚かだなぁ、一番婚約破棄のことを知れる地位にいて確認を怠るなんて」

凄いよ無嬢、でもちゃんと自分が噂を流したとはバレないように工作はしていたんだね。

「どうすればよかったと思いますか……」

「ん？」

「婚約者を聖女に取られ、他の二人のように諫めることもできない爵位の娘です。婚約破棄のあとは教会に家ごと見捨てられました。使い捨てにされるとわかっていても家のためにあのお方の手を取るしか方法がなかった私はどうすれば……グスッ」

涙を浮かべてポロポロと落とし始めるマトモハリー嬢。

うん、いじめ過ぎちゃった。

見捨てようと思っていたけど目の前で女の子に泣かれると精神の狭間でオッサンがあたふたします。

無嬢なら容赦なくガンバレーと言うけど、マトモハリー嬢はどうしようもなかったみたいだもんな。

国と教会とのつながり強化のために婚約を結び、教会派の貴族なのにそのトップがぐちゃぐちゃに引っ掻き回してポイッと捨てられたら藁にも縋るよね。

う～んう～ん、婚約破棄の噂はどうせ他の連中が広めたから別にいいし、二人にしか話していないって言ってるしな～。

それにこの子が劇場に三人で来てくれなかったら、今日を情報不足で迎えた可能性が大きいの。

その場合は……グリエダさんが愚王の首を刈っちゃうなぁ。

あと黒幕様のことも知らないので後々が面倒になったかもしれない。

よしっ！

胸元のハンカチはグリエダさんに合わせたから使えないので、予備のハンカチをポケットから取り出してマトモハリー嬢に差し出す。

ハンカチを見て泣きながらもキョトンとした顔をするマトモハリー嬢。

「ごめんね、これでも婚約者がいる身なので慰めるために抱きしめるとかはできないんです」

差し出されたハンカチを受け取った彼女の頭をナデナデしてあげる。今はこれくらいが限界なの。

「君はできる範囲で頑張ったんだよね」

こんな子供が頑張っているのにまったく親は何をやってんだっ。

あとでセイレム公爵にお願いしないといけないよ。

確実性がなかったから劇場三人娘のことはアリシアさんにも教えてないのがセーフだった。

まだマトモハリー嬢の家があるってことは長兄からも話してはいなかったようだし。

まあ縁戚になるとしても情報を簡単に流すわけはないか。

はいはい、ハンカチは使っていいから声は出さないように。人気がない廊下でよかったよ。

見られていたら俺とマトモハリー嬢はグリエダさんに何されるかわかんないね。

「僕に助けてもらいたい？」

俺の言葉に泣きながらもコクンと頷くマトモハリー嬢。

十代の女の子はもう限界だったよな、よしよし助けてあげるよ～。

こちとら天下のハイブルク公爵家前公爵の三男坊です！

自分に力はないけど権力カードは持っているのよ。今は強力過ぎるカード三枚もあるから大丈夫。

で、マトモハリー嬢は内政とか事務関係が強くない？　ハイブルク公爵領は数字に強い貴族《どれい》を求めているの。

泣き止んで落ち着くまで待ってから再出発した。

口約束だからまだ不安だろうけどマトモハリー嬢はこちらからの声掛けに応えてくれるようになってくれた。

まだ黒幕様に雇われている身だから元婚約者で元大司教長男の愚痴とか聞いてみる。

まあ出ること出ること、マジであの性女《聖女》は手を出していたのかぁ。

聖女って清らかな乙女しかなれないって聞いたけど魔法には関係ないのね。

回復魔法は神から授かったんじゃないんですか教会？

あとで長兄とセイレム公爵にお話ししておこう。教会への寄付金が減らせると喜ぶよね。

角を曲がったらメイドさんが二人待機している扉があった。

どう考えても黒幕さんの部屋だ。

「本当にお話ししなくてよいのですか？」

「いいよいいよ、直接聞くから。お楽しみは残しておかないと」

マトモハリー嬢が心配してくれるみたいだけど、派閥を乗り換える相手がいなくなるかもしれないからじゃないよね、ね？

扉に近づくとメイドが中にお伺いを立てているようだ。

途中でマトモハリー嬢は足を止める。

ここからは一人で行けということらしい。

横を通り過ぎる時にどうかご無事で、と小さな声が聞こえた。

反応したら彼女に害が及ぶ可能性があるので無視する。

扉の前に着くとメイドが何も言わずに開けてくれた。

素直に部屋に入る。

「ようこそハイブルクの三男さん」

窓際に置かれた歴史のありそうなソファーに座る女性が声を掛けてきた。

失礼のないようにその場に片膝をついて立ち、頭を下げる。

「ハイブルク前公爵の三男セルフィル＝ハイブルク。ジョデリア王妃のお招きに参上しました」

頭を下げているから見えないけどニヤリと笑っているんだろうなぁ。

＊

不機嫌なのに気分は良いというのは不思議だ。

セルフィルと別れて会場に入場してからジロジロと不快な目で見てくる男共は鬱陶しいが、見るぐらいなら許してやろうと思ってしまう。

声を掛けてくる下品な連中にもにこやかにやんわりと断りを入れることもできた。

それでも触れてこようとする者には腕の骨にヒビぐらいは入れてやったが。

夜会というのは戦場とあまり変わりはない。

違いは武具で攻撃するか口で攻撃するかで、共通点は自分達の陣地を築いておいたりすることか。

最年少で女で辺境伯になった私は貴族社会では異端過ぎて、今までは女が爵位を持つのが気に入らないジジイ共が皮肉を言ってくるぐらいだった。

その他は男の恰好をしている私に近寄ってくる奇矯な者が両手で数えるくらい。

女性達が集まってくれて男が寄る隙がなかったのもある。

だが今の私はドレスを着ていて、しかもセルフィルが私のために贈ってくれたのはなかなか煽情的なものであった。

似合っていると、それを着た私を彼が褒めてくれていなかったら少し躊躇したかもしれないドレスだ。

あれほど私を見下していたのに、ただ服装が変わっただけで男共が集まること集まること。

これまでのように一人でいたならば、さすがに途中で隙を見せてしまったかもしれないが、今の私には休憩できる陣地があった。

会場の、王が入ってくる扉から一番離れた場所にそれはあった。

体格のいい貴族がその一角に数人、外部からやって来る者を拒絶するように立っている。

近づくと私だと気づいて横に避けて通してくれた。

その中にはアレスト、ハイブルク、セイレムの三家派閥の貴族が何人もいる。

ここは敵地の中に作られた橋頭堡《きょうとうほ》だ。

武闘派を外に置いての休憩場所の確保は普段のパーティーではほとんど実行されることはない。

今回はそれだけ三家が警戒しているのだということを他の派閥に向けて意思表示しているのだ。

「グリエダ様っ」

中の椅子に座っていたアリシアが私を見て喜びの顔で出迎えてくれた。

私からすれば義姉になるのにセルフィルと一緒に呼び捨てで構わないと言われて、私は呼び捨て、彼はさん付けで呼ぶことになった。彼はさすがに義理の姉を呼び捨てては心苦しいらしい。

言っておくが私が二歳年下だ。

お姉様と呼んでいいかと言われたが、それは拒否させてもらった。

もう一度言っておく。私は二歳年下だ。

アリシアに勧められて椅子に座る。

「社交に力を入れなかったのが、今祟っているね」

「ふふっ、それでも上手く立ち回れておられますよ」

普段の口調でいいと言われているのでこちらも遠慮なくさせてもらう。

王妃になるはずだった彼女は案外話しやすい相手だった。

学園で気を張り詰めていた人物と別人かと思うくらいに柔らかい雰囲気に変化している。

「私は公に出るのは久しぶりなので注目されると思いましたが、グリエダ様の美しさのおかげで目立たずにすんでいます」

「それならば見世物になった甲斐があったが、あなたの婚約者とお父上がおられたら、何も心配はいらないと思うがね」

ちらりと目を向けた先には自分より年上の貴族達と対等に話している義兄と、圧倒的な格の差で他派の者ですら思わずひれ伏しそうなセイレム公爵がいた。

この二人の傍にいる限りアリシアを宴の肴にするような輩はいないだろう。

国王主催の宴ははっきり言って最悪だ。

まず私達の入場の順番が凄すぎた。

下位の爵位から会場に順に入っていくのが普通である。これは敵対していてもどの貴族も変更することはない。せいぜい同じ爵位で前か後かを変更するぐらいだ。

ところがこの夜会では、辺境伯の私、侯爵である元宰相、最高位である二組の公爵のあとに入場してきた者達がいたのだ。

王家派のまとめ役のアガタ公爵と派閥の下位貴族、そしてヘレナ側妃の実家、ランドリク伯爵とその派閥の者達。

アガタ公爵はいい。だが他の貴族のほとんどは全員私たちより爵位が下だ。

そいつらが先に会場にいた我らを見下しながら入場してきたのである。

若く、爵位持ちとなってまだ数年しか経っていない私にはたかだか順番くらい、なのだが。

愚王が何かやらかすとわかっているセイレム公爵すらこのことに静かに激怒した。

元宰相の貴族派もあきらかに怒りに震えている。

これが、国を象徴する王がまともな貴族に対する仕打ちなのだ。

セルフィルが予想した黒幕であろう王妃が差配しない状態では、初手で臣下の忠誠を減らすどころか敵意まで抱かせる。もはや呆れるしかない。

それでも彼は愚王の首を獲る許可を私に出さなかった。

正当性のない主君討ちは後に祟る。

それが彼が私に愚王を殺させない理由だ。

理不尽な目に遭おうとも臣下が恨みで主君を弑《しい》した時点で他の家臣、隣国にも国を獲る正当性を与えてしまうらしい。

私にはいまいち理解できなかったが、義兄からそのことを聞かされていたセイレム公爵はなんとか激情を抑え、今は貴族派を味方につけようとしている。

義兄もベラ嬢を始めとする地方貴族や少数派閥を取り込もうとしていた。

私のドレス姿はそれらを気づかせないための陽動、謂わば踊り子のようなものだ。

『愚王が最悪なら無能で何もできない状態に戻してやればいいんですよ。どうせ張りぼての力しか持っていないんだし、王家には象徴としての首だけになってもらいましょう』

それを言った時のセルフィルは私が抱きしめていたので表情は見えなかったが、自分が彼をモノにしてよかったとゾクゾクさせてくれた。

まあ無能に戻す方法が私頼りというのが可愛らしいけど。

「愚王は何をしてくると思う？」

「……私は第一王子殿下の心情もわからなかった女です」

そういう予想ができない私はアリシアに何の気なしに聞いてみたのだが、どうやら過去の傷を開かせてしまったみたいだ。

「最初は自分が何か気に障ることをしたのかと考えました。その次は聖女様が何かをして殿下の心を支配したのだと思いました。そして最後は全てが自分のせいだとおかしくなっていました」

アリシアはもう終わったこととして淡々と話している。

そこには何の感情もない。

彼女にとってはすでに終わったことなのだ。

「セルフィル様が傍に来てくれて、情がないならと言ってくれた時に、初めて自分が第一王子殿下に一筋の情もなかったことに気づいたんです」

くすりと笑う彼女は同性から見ても美しかった。

「今は第一王子殿下はご両親の血を受け継いでいるのだとよくわかります。なので本当に推測できません。……もしかするとセルフィル君ならわかっていたかも」

「彼も愚王は愚か者の天才だから理解不能と言っていたね」

その後に愚王は裏目魔法持ちだから、私は激怒しないで首を刈らないようにと何度も注意された。

愚王が魔法使いとは聞いていないが王家には隠された魔法があるのだろうか。

「ふうっ、貴族派はこちらについてくれるようになった」

「私の方もセルフィルのおかげで地方貴族とは話がついた」

セイレム公爵と義兄が疲れた顔で戻ってくる。

その背後にはこの国でも有名な二人がついて来ていた。

「元宰相のボルダー侯爵と、元騎士団長のヒルティ子爵ではないか」

「失礼するよ、アレスト女辺境伯」

「……失礼する」

少しやつれた二人をからかい交じりに呼んだら、元宰相は飄々と躱して、元騎士団長は苦虫を潰した顔をした。

セルフィルは大まかには計画を立てたが中身は二人の公爵にお任せすると放棄した。

その公爵達は愚王が差配した入場の件を上手く使い、二つの派閥と二人の大物を釣り上げたようである。

「ここに来たということは、私を止める気はないのだな」

「ああ、そうだ」

「これ以上は国が傾くのでね」

はっきりとこの二人には誓わせる。

一人で会場に入場した後、義兄たちに私を止める存在をできるだけ少なくしてくれと頼んだのだ。

セルフィルの額に口付けをして満足したが、離れ離れにされたのはまた別の話である。

愚王を擁護する者には容赦をするつもりはない。彼の判断なら止めはするが、その彼が現在いないのだ。

「何人かは諦めろ、どうせ愚王に付き従う連中だ。少しぐらいはいなくなってもいいだろう？」

「待ってくれグリエダ嬢。爵位を引き継がさせなければ民が混乱する」

少しは憂さ晴らしがしたかったが義兄が慌てているので仕方ない。

「……アレスト女辺境伯」

元騎士団長が声を掛けてくる。

その表情は陰鬱で、縋る者の目だった。

「なんだ」

「私の息子が屋敷から逃亡した。おそらくここに来ているはずだ」

「私の息子もだよ」

元宰相も続く。

「ふむ？」

それは第一王子の無能の側近だった連中だろう。

本人達は愚王側で何かあって来たのだろうが、私からすれば自分達で死に場所を選んだのだろうという考えだ。

セルフィルからは王族以外はどうでもいいとも言われている。つまりそういうことだ。

「最後は家で処理したい」

「同じく」

なんともお優しい父親たちだ。

国の中枢にいながら自分の子供に甘すぎる。

「知らん。諦めろ。私の婚約者を逆恨みしそうな奴らを逃す親など信用できない」

ギリッと口から音が鳴る元騎士団長と静かに目を閉じた元宰相。

そうだろう？　彼らはセルフィルを恨んでいる。彼のおかげで少しは生き延びられたことにすら気がつかないような連中は死ぬべきなのだ。

「ただ愚王が予想外な行動をして、止《とど》めを刺すことすら面倒臭いと思うようになるように期待しておけばいい」

二人の希望は自分達が支えるべきだった王が、さらに醜態をさらさないと叶えられないという罰を与える。

愚王が会場に入る先触れが出された。

さて、国を運営できる貴族のほとんどに見限られた王はわざわざ呼びつけた私に何を見せてくれるのかな。

どうか笑って許せるくらいで収めて欲しい。

今の私は止めてくれるセルフィルが傍にいないんだ。

手が滑ってその首を城門に晒すことになっても許して欲しいな。

＊

ジョデリア＝エルセレウム王妃。

愚王の嫁さん、以上。

……。

え〜、調べた（長兄が頑張りました）のを思い出さないといけないの〜。

愚王の便利な道具、真実の愛の被害者、後始末人、お飾り妃。

先王が愚王過ぎる息子のために、力が弱い侯爵家から優秀な彼女を王妃に迎えた。

女性が男の所有物の時代だからこその傲慢な方法だ。

愚王と側妃の一族の陰で、年を取ってようやく産んだ第二王女である娘を守るために王の仕事を肩代わりする女。そして印象のない王妃。

それが貴族側からと民衆側から見た、彼女の人物像である。

「お茶はいかがかしら？」

「そうですね、甘くしてもらえれば嬉しいです。まだ舌がお子様なもので」

テーブルを挟んで座ったその人は世の人物評価とは全く正反対の女性です。

グリエダさんの武力とは別の覇気を纏っていて若く見えた。

知的な顔はなかなかのお美人さん。

もし前世で相手企業の担当者として対応に出てこられたら、その美貌に眼福して手を緩め、その隙をがっつり攻め込まれそう。

長兄、セイレム公爵よ、あなた達は王妃に騙されてますよ。

男尊女卑の考えがまだまだ残っているみたいなので、次回二人には悪女と呼ばれても国の安定のために、争うことしかしない男達を押さえてトップに立った女性達の話をしてあげよう。

男の天下話より容赦ないからドロドロだ。

さあっ！　今回のいろんなところで裏で動いていた黒幕様こと王妃様よ。俺の推測の答え合わせのためにいろいろと自慢話をしてください！

そのためにグリエダさんとのダンスの機会をふいにしたんですからハリー！　ハリー！　マトモハリー嬢！

「さて、遠まわしに話す時間はないから単刀直入に言うわね。あなた、私の娘の婿になりなさい」

……がっかりです、王妃様。

なんですかその上から目線で最後に言うことを最初に言うのは。

これであなたの情報不足が確定しましたよ。

そして動かせる配下も情報を流してくれるお友達も少ないのもわかってしまって悲しいです。

ネタバレされた映画を見させられた気分で少しあったやる気がゼロ以下になった。

なんだよう、普通は最後にバレるもんじゃないの？

これなら無視して愚王と側妃の顔を拝見した方が面白かったよ。

何をするのかわからない愚王イズムは楽しそうだと思う。

グリエダさんは楽しんでいるかな、勢い余って首狩りしてなければいいけど。

「はぁ〜、いくつか質問してからお返事していいですか？　それともさっさと終わらせます？」

「……ここがどこで私が誰かちゃんと理解しているの？」

急にだらけた俺に不快になる王妃様。

覇気を出しても殺すつもりがない現状では意味がないですよ。

「あなた何なの。最初は子供のくせに礼儀正しい子だなと思っていたのに、私と対面したら目を輝かせた後、すぐに興味が失せたような顔になるし」

「だって王妃様の思うような結末がやって来る可能性がなくなったので、僕に緊張感は維持できません」

「へぇ」

王妃様、美しい顔に青筋が立ってはしたないでございますよ。

「いいわ、あなたの質問に答えてあげる。そして今日の夜会が終わった時には、あなたは娘の夫だけど、私の完全な駒になってもらうわ」

「わぉ、王妃様の駒はさぞかし働きがいがあることでしょうね。まあ、そんな将来はきませんが」

よし、召喚まではこのオバサン王妃で遊ぼうか。

敵地で命の危険がないやり取りは初めてだなぁ。

こちとらブラックな会社と、味方が母一人の公爵家でタイトロープな生き方をして今のショタになった、結構波乱万丈な人生を送ってんのよ。

なんでも自分の思い通りになっていると勘違いした女性一人ぐらいは暇つぶしにへこませてあげよう。

「じゃあ、まずは第一王子殿下とその側近達の婚約ですが王妃様が干渉していますよね？」

「……」

沈黙は肯定と受け取っておこう。

あとその額の青筋をピクリと動かすの抑えた方がいいですよ。

「愚王、あ、愚王て言ってしまいましたけど王妃様は近くで見てきておわかりだからいいですよね」

許可取り許可取り。

夜会の後からは無能な王で無王になるから、最後の愚王チャンスなのである。

無嬢といい無王といい変なあだ名をつけるな俺。マトモハリー嬢はちゃんと覚えたから何人かに一人は大丈夫っ！

「一見、愚王と側妃の権力強化に見えますけど、第一王子殿下の抑えにセイレム公爵令嬢、宰相の息子には王家派のアガタ公爵を抑えに、騎士団長のクソガキには地方貴族を引き入れ、大司教の息子は貴族との繋がりがあるようで爵位が低い男爵家、これは王妃が男爵家を可愛がっているとでも大司教にでも伝えました？」

いや〜、よくやるよこの王妃。

愚王たちの力が増えるように見えてがっつり削いでるの。

まず会ってわかったけど、セイレム公爵は後ろ盾だけでいるような貴族ではない。

第一王子が馬鹿なことをすれば遠慮なく縁戚を使って介入してくるタイプである。

元宰相は貴族派のトップだ。

無能な王に付き従う王家派から遠慮なく優秀な貴族を引き抜いていくだろう。

元騎士団長のところは地方貴族に恩を売って言いなりにするため。何かあった時に騎士団を派遣するのはどうしようかなーと脅すだけで地方は従うことになる。

元大司教はマトモハリー嬢を見る限り騙されている。

宗教は国を維持するには必要だが、発展させる時には邪魔にしかならないからね。

あ、大商人はヘレナ側妃のところと婚約だけど、アレスト辺境伯領との交易をタダの嫌がらせのために阻害するようなアホ伯爵が商人の食いものにされるのは目に見えている。

はい、これで第一王子が王になったら傀儡にする準備はできました。アリシアさんに子供ができたら、王になった第一王子は急な病で死んだだろう。

「楽ですよね、愚王を少し調子に乗らせれば思い通りにいくんですから」

婚姻だけで中央集権を作ろうとしてたよこの王妃様は。

ほかにもいろんな策を施しているだろうけど愚王を上手く使っておられます。

ジッと俺を見つめる王妃様。

イヤン、ショタをジッと見ていいのは覇王様だけです。あとお説教タイムの侍女長にママンたち。姉は横暴だから拒否します。

あと不本意ながらハイブルク家の変態達、たまにご褒美をあげないと噛みつきそうなので放置だ。

沈黙に困ったタイミングでお茶がやって来た。

う～ん、王城勤めなのにウチの変態三人メイドよりつたないよ？　ギリギリ一つ丸をあげよう。

再び二人きりになってお茶を飲む。

緑茶が欲しいなぁ。紅茶があるなら緑茶も作れるかな？

「そう簡単ではなかったのよ」

おっと緑茶に思いを馳せていたら王妃様が話し出した。

「あの王は愚かどころかまともに書類も読めないし、こちらの話も理解できないのよ。それなのに自尊心だけは誰よりも高いし、側妃も同じようなもの」

カップに視線を落とす王妃様。

「わかる？　自分にどう利益がありますと言っても理解されないの。国のためと言ったらじゃあ自分達の得はどこだ？　と言われて絶望させられる気持ち、わかる？」

あ、ヤバい愚痴が始まっちゃうよ。

前世の上司達が飲みに行った時の愚痴と同じだ。

まともな上司だと話の中身に説得力があり過ぎて、聞く側からすれば凄く面倒で悲しくなるの。

「ええわかりますよ。でも婚約は残念でしたね」

「……まさかあんな小娘に全てを台なしにされるとは思わなかったわ」

ヒッ！　カップからピシリと音がするのっ。

は、早く次に持っていかないと、ショタがヒステリック愚痴の渦に呑まれるのっ。

やっぱり俺は自己主張の激しい主人公にはなれないなぁ。

「で、その王妃様の計画を壊した婚約破棄の現場で、大きなやらかしをした公爵家の穀潰しを、自分の大切な王女様に婿入りさせようとしたのはどうしてでしょうか」

中央集権は王妃様の目標だったのだろうが、俺には何の興味もない。

それより王妃様の自分に執着するのが気になった。

婚約破棄は彼女にとって予想外だったのだろうが、その後は俺を獲得するために動いている。

愚王が俺を捕えようとしているのを自分の娘との婚約にすり替え、愚王のせいで学園で婚約相手を探せなくなった時はさらに孤立するようにマトモハリー嬢たちを使い仕向けていた。

「あなたは自分の価値をわかっていないようね」

「？　僕はただの前公爵の三男坊ですよ」

ほーら、首を傾げると可愛らしいショタっ子です。

カップをテーブルに置いた王妃様がこちらを見てくる。

「あなたが幼少期ぐらいからハイブルク公爵家は随分変わったわ。領内で奴隷制度を排したにもかかわらず文句の一つも出ない」

「みんないい人だったんですねぇ」

「奴隷がいないのに国に納める税は年々右肩上がりに増えていってる」

「元からみんな真面目だったのでしょう」

知らんよそんなの、前公爵夫人ヘルミーナ様に奴隷制度の限界をレポートにして渡したことはあるけど、俺にはそんな実行力はありません。

「ヘルミーナもそこは教えてくれなかったのよね」

おや、ヘルミーナ様と親交がおありですか。

でも長兄から王妃様の情報をほとんど聞かなかったということは、子供の頃の長兄は王妃様に会っていないのだろう。

かなり王妃様はヘルミーナ様に信用されていませんね。まあ王族だからしょうがないか。

「ハイブルク公爵家は上位貴族ではありえないほど仲がいいわ」

「みんな子供の僕が可愛いんでしょうね」

尋ねる側から聞かれる方に変わっちゃったけど、まあいいか。

俺も少しは自分の立ち位置を確認した方がいいだろう。

「ハッキリ言って、ハイブルク公爵家の躍進は調べれば調べるほどおかしいの。それはあなたが生まれて以降から始まっているのよ」

そう言われてもな～。

中身のオッサンは一気に数世代発展するような技術なんて持っていませんよ？

硝石作るのにウ○コに近づくなんて全力拒否です。

せいぜい地球の残酷歴史を教えるぐらい。

あ、ブラジャーは作ったな。でもあれは必要だったの、ヘルミーナ様の巨乳が垂れるのを許せなかった心のオッサンの意地だ。

おかげでグリエダさんも使用されているみたいなので嬉しいショタとオッサンなのである。

「あなたを手に入れれば国は繁栄できるわ」

「話が一気に飛びましたね」

世界の半分をくれてやると言われた勇者は困ったよね。たぶん内心でうわっ面倒臭いこと言う魔王だなと思っていたはずだ。

「領内を不安定にさせずに発展させたその技量、本来内部で争うはずの貴族の家をまとめた統率力。私の娘と婚姻すればその力の全てを国の規模で揮うことができるのよっ。あなたが立てばハイブルク公爵家も動くわ。男として目指す頂きを目指せるの」

「スゴイデスネー」

「あなたと娘の子供が生まれたらあいつらの血筋は用済み。そしてようやくエルセレウム王国は飛躍するのよっ」

懐かしいな～。よく会社で狂い始めた奴にこういう妄想にひたるのがいたよ。

ん？　前世のオッサンも経験済みです。人って追い込まれると楽しくなってくる時がたまにあるのよ。

その後は地獄の底を掘って潜るくらいに落ち込むけど。

王妃様はそこそこ愚王達によって追い込まれている模様。

そりゃ旦那が愛人と遊び惚けてて仕事の他にその後始末もして、跡継ぎは愛人の息子だけど実権は手に入れようと画策したら、その息子は性に奔放な女に騙されて計画は頓挫。心のオッサンがスーと涙を流して王妃様に敬礼している。

でも俺は同情はしない。

残念ながら最近はグリエダさんのボディタッチのおかげでショタとオッサンの感情を分離できる術を編み出しているので流されないよ。

はぁー、蓋を開けて見ればただの家庭問題に俺達は巻き込まれただけだ。

ショタは王妃様の最後の希望だったみたいね。

でも残念ながらヘルミーナ様と長兄にお願いしているんだよ。

俺に何かあってもハイブルク公爵家は動かないようにと。

まあそこそこハイブルクでは大切にされているぐらいは理解しているよ。でも三男坊がいなくなるくらいで揺らぐような家にしたつもりもないんです。

何のために長兄の胃を痛めるようなことをして成長させたと思っているっ！

あ、はい、大半は弟妹三人の普段の行動で胃を痛めていました。

だからご期待に沿えません。

「まあまずは、第二王女殿下との婚約はお断りします」

過大評価されているけどハイブルク家をいい方向に向いたのを褒められるのはちょっと嬉し

かった。

「ダメよ。あなたがこの部屋に来た時点で婚約は決まっているの」

「……僕はすでにアレスト女辺境伯と婚約していますが」

狂った目でこちらを見て暗い笑みを浮かべる王妃様。

ふっ、現代日本のブラック会社ではまだまだいけるレベルですよ。

「あら、おかしいわね。貴族院にはその婚約の契約書は届いていないわよ。あなたの言う愚王が側妃と一緒に何か企んでいたのを見たような気がするけど」

ふーん、そっかそっかぁ。

情報不足は味方になるかもしれない俺を簡単に敵に変えてくれるみたいだ。

でも愚王よ、お前は本当に裏目魔法バックファイヤーを持っているようだな。一応王妃もその効果範囲に入っているぞ。

「王妃様は夜会で愚王が何をおこなうか知っておられますか？」

「そうねぇ、例えばあなたが婚約していると勘違いしていたアレスト女辺境伯の婚約発表があるとか」

指を顎に当てて小首を傾げても可愛くもねぇよババア王妃。

愚王どころか王家全員首刈りかなこれは。

あ、ハイブルク公爵家には優秀な元暗殺者の変態な執事がいるので、グリエダさんの手を煩わせることはない。

ヘルミーナ様のところに出張中だから帰ってきたら即実行させるかな。

執事アレハンドロは俺にこき使われると喜ぶ変態なのです。

じゃあ最後に、根本的に致命的な王妃の情報不足部分はどこまでなのか知ろうか。

「では、そのアレスト女辺境伯のことをどれだけ知っておられますか王妃様」

「？　先代アレスト辺境伯が自由に動けるように立てたお飾りの娘でしょう」

何を聞いているのこの子は？　という感じのババア王妃。

「愚王が近衛に入れようとして断り、派遣された騎士団百名を無傷で倒したという話はお聞きで？」

「はっ、有数な魔力持ちでもできないことよ。実際は辺境伯軍が出てきたのでしょう。アレスト家が一人娘の彼女を爵位に据えたいがために流した噂ね」

まあ女の子一人に倒されたとなれば騎士団の連中も口を噤むか。

でも王妃の情報収集能力は予想より数段低いようだ。

「では僕と女辺境伯を認めない愚王に会いに直接王城に乗り込み、騎士と兵士をなぎ倒して、玉座に座る王を脅したことはお聞き及びですか？」

「何を言っているの？　そんなこと、この王城であるはずがないじゃない」

はい、アウート。

このババア王妃の情報収集能力が最低値というのがわかりました。

たぶん直属の情報機関なんていない。

上がってくる資料から推測するのが上手いのかな？　あとはお友達とのお話ぐらいが情報源か、部屋の前にいたメイドも普通のメイドなんだろう。

それだけでここまで国家運営していたのならかなり凄い才能をお持ちなんだがなぁ。

愚王が完全に足を引っ張っているよ。

愚王よ、お前は自分の恥を隠蔽するのが上手いな。あと夫婦仲は完全に冷え切っているようで、おかげで王妃は大ピンチになっている。

グリエダさんの王城での覇王行進を知らないとか、王妃としておかしい。

隠蔽するのは聞いていたけど王妃にまで隠すなんて愚王ヤバすぎる。

きっと今までは元宰相や元騎士団長が情報を伝えていたんだろうな。どうりで第一王子の婚約破棄まではなかなかいい策略家なのに、それ以降がグダグダしているはずだよ。

せめて騎士達の壊滅をちゃんと聞いていれば……。でもこのババア王妃は男尊女卑が頭の中にあるみたいだから判断するのは無理だろう。

まあ俺も本人に会っていなかったら信じられなかったのだからしょうがないか。

でも愚王の裏で動いていたならアレスト家ではなくてグリエダさんを知っておこうぜ。

まあ、ありえない噂は今回の夜会で現実になるから真実を知ることになるけど。

＊

エルセレウム王が夜会に現れた。

何代にもわたって美姫ばかりを血筋に取り込んだ王家はその容姿を最上のものに作り替えたと言える。

今代の王もかつてはそれなりの美形だった。

だった、と言うのは年齢に加えて己の為すべき役目を忘れて享楽のみに耽った結果、その顔はむくみ垂れ、体には無駄な肉が付いているからである。

それでもどうにか見られる容貌範囲にとどまっているのは長年積み重ねられてきた王家の血によるものだろう。

何の功績も成しておらず負債しか残していないのに、王は恥もなく堂々と会場の中を歩いていた。

そしてその横には、流行りのドレスをさらに装飾過多にしたものを着た女が侍《はべ》っている。

年を考えない色とデザインは、その欲に彩られ衰えの見え始めた美貌にはある意味似合っていた。

王の側妃ヘレナは本来ならば王妃がいるべき場所に立っている。

「皆の者、余の夜会によく来てくれた」

「「「ははーっ！」」」

王が会場の一番奥に据えられた玉座に着いて、夜会に来た貴族を歓迎した。

だがその呼び掛けに応えたのは、王の近くに侍る王家派アガタ公爵達と側妃派ランドリク伯爵達。そして状況を知らぬ見捨てられた貴族達だけだ。

それでも夜会に参上した貴族の三分の二が王寄り派閥であった。

「今宵は余に頭を下げられぬ愚か者達も呼んでおるが、そなた達忠臣がいてくれれば安心だ」

驕る王は会場で自分から一番離れた場所にいる集団を見やって味方と共に大笑いする。

王たる自分を見下す連中は今回の夜会で、全員が泣いてひれ伏すと確信している。

王の味方の貴族の数が多く、不遜な奴等の貴族は鍛えたこともないような者達と年寄りだけを選んで呼んだと、誰にでもできることを王妃は報告してきた。

今までは王の自分がやることではないと思っていたが、愚か者達の最後ぐらいは入場の順番を考えてやった。

愛する側妃ヘレナの手伝いもあって王はありえないほどの短時間で順番を決め、やはり自分は最高の王だと自画自賛していた。

ただ自分達に擦り寄る者達を後にしただけという稚拙で最低な采配だったのだが。

そしてその入場の順番で王の威光を思い知らされ、会場のスミで愚かな者達は小さくなって

いると思い込んだ。

彼等は実は愚者達から抵抗できない事務方や妻や相方を守るための陣地を構築していただけであるのに、それに気づく者は王の下には一人もいなかった。

「ふんっ、宴が一段落してから落ち込む顔を見ようと思っていたが、最初に余に怯える者達をどん底に落としてやろうかの」

「まあっ、素敵ですわ王様。まさに機先を制する王の戦いなのですね」

調子に乗った王に抱きつくヘレナ側妃。

「おおそうですなっ！」

「王の采配の冴えは私などでは及びもつきません」

アガタ公爵にヘレナ側妃の父であるランドリク伯爵が王を褒めたたえる。

そこにあったのは己の権力欲に取り憑かれた浅はかな考えだけで、政略など一欠片も含まれていなかった。

本当の愚者は気づかない。

自分がどれだけ危険な場所にいるのか、そのことを気づかないからこその愚者なのだ。

「皆の者っ！　今日は良きことを伝えたい！」

王はその場に立ち上がり、興奮で赤くした顔で言い放つ。

「空席になっていた宰相位に我が忠臣であるアガタ公爵をつけるっ」

おおっ！　と会場にどよめきが起きた。

名を呼ばれた陰湿な顔のアガタ公爵が王の前に出て跪く。

「このアガタ、王からの宰相の任命を承ります」

王家派のトップを自分の最も近い地位につかせたことに満足する王。

「次にもう一つ、空席になっていた騎士団長の位に戦上手のランドリク伯爵を任命するっ」

小太りのどう見ても戦上手には見えないランドリク伯爵がアガタ公爵の横に来て跪いた。腹がつかえて片膝を立てるのも一苦労している。

「ふぅ、このランドリク、ふう、王からの騎士団長の、ふう、任命を承ります、ふう」

王の目には知恵者の宰相と一騎当千の騎士団長が誕生した瞬間だった。

二人の国の柱石が誕生したことに拍手と祝いの歓声が鳴り響く中、王は負け犬共のいる場所を見た。

そこには天井を見上げ目を瞑っている何かとうるさかった元宰相と、王たる自分を恫喝までした元騎士団長が顔を床に落としている姿があった。

二人の敗北に愉悦が王の背筋を痺れさせる。

だが王はまだ満足できない。

元宰相と元騎士団長の傍には自分に屈辱を味わわせた者達がいるのだ。そいつらを絶望させてこそ王たる自分の治世は続くと思っている。

彼が宰相になったアガタ公爵に目を向けると、公爵は頷き配下の者に命令した。

するとと会場の正面扉が開かれて、若い人物が四人入ってくる。

その四人を見たセイレム公爵令嬢アリシア、そして元宰相、元騎士団長は目を見開く。

全ての視線を無視して四人は堂々と歩いていき、王の前に整列した。

「新たな宰相と騎士団長の誕生に、余は誤った罪を着せられたジェイムズ＝エルセレウムを王太子に復帰させ、その側近達も元の地位に戻す！」

アリシア達が驚くのは無理もない。会場に入ってきた内の三人は件《くだん》の婚約破棄騒動の首謀者だったのだ。

三人が王の言葉に当然という態度でいた。

「ジェイムズの側近にはあと二人いたが、その一人は余が当時は力がなかったばかりに一族郎党処刑されてしまった」

王は悼む振りをする。

それが彼には恰好良く思えたからしただけで、実際は商人が何人死のうとどうでもいいことだ。

「もう一人元大司教の息子。そしてジェイムズの愛する聖女マリルは教会が頑なに解放しなかった。だが余は二人も解放すると誓おうっ」

「ありがとうございます父上っ！」

王の言葉に喜ぶ第一王子。

夜会の会場は異常な何かに動かされていた。

それはある三男坊によって名付けられた愚王が描いた、都合のいいことしか起きない物語のようだ。

「そして聖女には教会のお役目があるゆえ、ジェイムズの正妻にアガタ公爵令嬢のジェシカを」

「お受けいたしますわ」

入ってきた最後の一人は、劇場でグリエダ達に不敬な態度をとったアガタ公爵令嬢ジェシカだった。

「彼女は聖女マリルのために政務を行ってくれることになった。聖女マリルは側妃としてジェイムズの心を支えてくれるだろう」

「「「おおっ！」」」

同じ境遇に息子をすることで、王家は安泰だと知らしめたい愚王。

ハイブルク、セイレム、アレスト、貴族派、地方貴族には理解できなかったが、王におもねる連中にはヘレナ側妃を重ねて大きく賛同していた。

ジェイムズにはマリルの子を王にするということで納得させてある。

だが王に聖女の子を王位につける気は少しもなかった。

アガタ公爵とはすでに話がついており、ジェシカの子がジェイムズの次の王になる予定だ。

下賤な血を王とするわけにはいかない、それが王家と派閥の意思だ。

自分と同じ愚行を許しながら子供には血を選ばせるおかしさを王とその周囲は当然としていた。

際限なく熱が上がっていく王達に、氷のように冷たくなっていく三家達。

本当の愚か者達は楽しく下り坂を転がっていく。

「ハイブルク公爵っ、セイレム公爵っ、グリエダ＝アレストっ！　余の前に出てこいっ！」

そして愚王と名付けられた王は、自分の進む下り坂に茨を添えるサインを記そうとした。

＊

馬車の中でセルフィルが愚王の行動が楽しみだとはしゃいでいたのを思い出した。

つくづく彼をこの場に連れてこなかったことを悔やんでいる。

たぶん愚王達が何をしているのか私達にわかりやすく教えてくれただろう。

「義兄、セイレム公爵、あいつらは異国の言葉で話しているのか？」

「聞かないでくれ」

「私にもわからん」

額を押さえる二人は凄い頭痛がしているのだろう。

アレスト、ハイブルク、セイレム三家と一緒にいる貴族達も同様で、元宰相と元騎士団長、年若い私からみれば遥かに貴族として経験を積んでいるお歴々の方達も唖然か悄然としている。

なぜあんな愚者に仕えていたのかという失望が全員からにじみ出ていると感じるのは気のせいではないだろう。

「アガタ公爵家からは一度も宰相になった者はいないが……」

「初代国王の次男の血しか誇れぬ一族が、国で一番重要な要職とはなぁ」

「こちらは跪くだけで息ができない男だぞ」

「心中お察しします、ヒルティ子爵」

男達は同族意識ができたようでなによりだ。

だがそういうのは後からにして欲しい。特に元の二人は完全に自分の息子達を無視しているだろう。

私に彼らを生かして渡して欲しいと頼んだのは空耳だったのかい？

貴族は血を大事にし、家を至上にしている。

元の二人は最後まで家族想いであった父親だ。だがそれでも家の存続を第一とする時、当主は愛情とは別の視点で考える。

おそらく性別関係なく私には無理な考えだ。尊敬はできないが畏敬は捧げてしまう。

私はどちらかというと愛をほざいている第一王子や側近達と同種の人間だ。

だが坂を転げ落ちるどころか崖に飛び降りるような真似はしない。

「ハイブルク公爵っ、セイレム公爵っ、グリエダ＝アレストっ！　余の前に出てこいっ！」

喋るモノが私達三人を呼んだ。

反応もしたくないが義兄もセイレム公爵も気が進まないながらも前に出始めたので私も後を付いていくしかない。

アリシアが心配そうにこちら……いや義兄にのみ視線はいっているか、少しは父親を心配してあげて欲しいと思う。

私も敵の中に置いていくが、あれは父への愛情表現だ。

三家が構築した陣地を出ると公爵二人の格に後ずさる者、そして私のドレスに見惚れる者が現れる。

醜い連中に見られることがこれほど気持ち悪いとは思いもしなかったな。

それもセルフィルが傍にいてくれたら変わったかもしれないが、今はただただ不快でしかない。

「なぜ跪かぬ」

何も成さなかった愚王は色白く脂身がついた顔を歪ませて私達に聞いてくるが三人揃って無視した。二人の内心はわからないが同じようなものだろう。

その意味さえも理解できない空っぽの頭はフンッと鼻を鳴らして先に進めるようだ。

「セイレム公爵、ハイブルク公爵の両名はよくも王たる余を騙して専横してくれたな」

「騙す？」

「専横だと？」

義兄たちは理解不能なモノの言葉に首を傾げる。

「ふんっ！　ジェイムズの正当な婚約破棄を捻じ曲げ余に報告したであろうがっ！　セイレム公爵、お前の娘が実際に聖女に危害を加えていたことは息子達の訴えを聞けば余には明白であったぞ」

「素晴らしいご慧眼ですわ、陛下っ」

愚王に抱きつく気持ち悪い姿の側妃。

醜悪なモノが二つ組み合わさるとその醜さは何倍にも増えるものらしい。

「あなたの弟がよくも可愛いジェイムズを酷い目に遭わせてくれたわね。陛下〜、どうか爵位を略奪した偽物公爵に罰をぉ〜。その弟は惨たらしい処刑をしてくださぃ〜」

「まあ待て待てヘレナよ。物事には順序があるのだよ」

殺す。

その首を握り潰してやろうと身体が動こうとしたが、義兄達が私の前に立っていて瞬時には動けなかった。

庇うためではない、私が安易に動かないようにするための位置取りだ。

「まだだ、ここで全部吐き出させて孤立させる」

小声で義兄が話しかけてくる。

セイレム公爵は血がしたたり落ちそうなほど強く拳を握りしめていた。

私はセルフィル君から贈られたドレスを身体ごと抱きしめることで落ち着きを取り戻そうとした。

代々の王に忠臣を貫いてきたセイレム公爵家が矜持を捨てて己を抑えていることに敬意を抱く。

そして若いのに感情に動かされない義兄にも。

短い付き合いだがハイブルク家は異常なくらいセルフィルを大切にしているのはわかっていた。私に意見した侍女長、三人のメイド、褐色の肌の執事、ロンブル翁、そして義兄もだ。

自分をけなされ愛する弟まで殺すと言われても義兄はハイブルク公爵としてここにいた。

「王よ。私達はあなたを騙してもおりませんし、専横もしておりません。宰相と騎士団長が同時に責任を取りお止めになられたので仕方なく政務を代行していただけです」

義兄は暗にお前が何もしないから俺らに負担がかかっているんだと言った。

だがそんな正論、愚王が聞くはずはないぞ。

「はっ！　たかだか公爵のくせに王を無視して勝手にしおったろうが！　それこそが専横の証

拠よっ」

唾を飛ばしながら言い放つ愚王。

ほら思った通りだ。

なにせ二度も警告されたのに私をこの場に呼ぶような都合のいい解釈をする頭の持ち主だぞ。

「……私の娘は聖女に手を出していないとあなたに誓いましたぞ」

「それが嘘なんだよ。そして聖女であるマリルが嘘なんて吐けるはずがないじゃないか。王たる父を出してまでたばかるとは愚劣な娘を持ったな」

セイレム公爵の問いには第一王子がやれやれと頭を振りながら答える。

複数の男を侍らす聖女の証言が信用できないと微塵も思っていない王子。

親が愚かなら子も愚かモノになっていた。

「そうだぞセイレム公爵、余に誓いながらお前の娘は嘘を吐いた。これは本人もその親にも罪になる重いものだ」

「ほう……ならどんな罰が私達に与えられるので？」

「まず王への誓いを破った罪で公爵から子爵まで爵位を落としてやろう」

会場にいる全ての貴族がどよめいた。

もしアリシアが嘘を吐いていたとしてもありえない処罰だ。国内で貴族のトップのセイレムにそんなことをして王家でもタダで済むはずがないのに。

さすがに権力に擦り寄るだけの貴族連中でも、少しは賢いものは王の傍から離れていこうとする。

「そうなると広い領地は爵位には合わんよな。よし、ジェイムズの側近であるお前に爵位と一緒にやろうではないか！」

「ははっ、ありがとうございます陛下っ」

愚王が元宰相の息子を指差し、法も常識も超えた采配をした。

元宰相の息子は何の功績もないのにそれを当然のように受け取ろうとする。

「うむうむ、もう一人にはすでにやることを決めていて、お前にもやらねば釣り合わぬものな。ついでに王太子妃になり損ねた娘も貰えばよい。盾にすれば領地もまとまるだろうよ」

喜劇にもならない狂劇はまだまだ続きそうだが、もういいだろう。

「義兄、セイレム公爵、もうアリシアのところまで戻れ」

今にも王の顔を殴ろうと前に出そうなセイレム公爵の肩に手を置き、止める。

義兄の方には何も動きはないが、その身体には魔力が漲っていて突けば破裂しそうだった。

どうせこの後はセルフィルと私のことだろう。どちらかを聞いたら片方は聞けなくなるのなら私の分だけで十分だ。

「二人共もういいだろう？　怯えているアリシアを慰めてやれ」

ただでさえ頭がおかしくなることを聞いて、その上で自分をだしにされたのだ。父親と婚約者がいれば少しは不安を取り除けられるはずだ。

「というより二人は邪魔だ。さっさと戻れ」

あ、いかんな本音が口に出てしまった。

「娘に邪魔者扱いされて、さらに年が下の女子にも邪魔者扱いされるのか……」

「落ち込まないでください。私だって落ち込みたいんですよ」

なぜか義兄がセイレム公爵を慰め始めたな。

「待てっ！　逃げようとす」

「どうせありもしない罪を突き付けてハイブルク公爵家も爵位を下げて領地をそこのどいつかにやるつもりなんだろう？　そんな無駄なことはどうでもいい」

愚王がトボトボと三家の陣地に戻って行く二人を止めようとしたので途中で遮ってやる。

「なあ王よ。お前が一番楽しみにしていたのは私なんだろう？」

セルフィルがたまにお山と言っているモノの下で、腕組みして下に見るように笑ってやる。

今なら特別に見せてやるぞ。

その後は見ても楽しめない身体にしてやるがな。

＊

肌に吸い付くように添う紅のドレスを着たグリエダの姿に愚王は情欲を感じてゴクリと喉を鳴らす。

十六の小娘なのにその色香に椅子から立ち上がって近寄りたくなる。

だが以前に脅された屈辱が脳内に蘇って、色欲より傲慢がわずかに上回った。

「ふんっ、なんとも品のないモノを着ているな」

「ふふっ、節穴の目にはそういう風にしか見えないようだな」

グリエダの返しにイラつく愚王。

愚王にとってグリエダは相性が最悪に悪い。

十の女に爵位を継がせるのも気にくわなかったが、そのあと近衛に入れてやろうとしたのに断って、呼び出すために送った騎士百名を卑劣な罠に嵌めて壊滅させた。

そして息子の件で恨みのあるハイブルクの三男坊との婚約を認めろとコソコソ隠れて王城に忍び込み王たる自分を脅迫したのである。

その時のことは全員に口止めして情報は漏れなくした。

愚王にとってとても許せるものではない相手がグリエダなのだ。

それが彼の頭の中で都合のよい風に捏造された一連の出来事である。

そしてドレスを着たグリエダは愚王にとって大変都合がよかった。

王子を会場に入れた時と同じように新しく騎士団長になったランドリク伯爵に再び視線を送

って合図をする。

事前に手はずを聞いていたランドリク伯爵は合図を送る。

すぐに会場にある数か所の扉から完全武装の騎士と三人の上等なローブを着た者が入ってきた。

そしてグリエダを囲むように展開して各々剣や槍を彼女に向ける。

ローブの者達はその間から手を突き出していた。

「ふっ、ふははは、お前のために用意した精鋭の近衛騎士と魔法使いだ！　この一流の者達の前では卑怯な手は通用せぬぞっ」

「ふうっ、魔法使いは他国からも呼び寄せた凄腕だぞ。ふうっ」

卑怯な手を使ったとはいえ自分を脅したグリエダが包囲されて安心して高笑いする愚王に、自分の功績とばかりに息切れしながら自慢するランドリク伯爵。

「三、四……十五に魔法使いが三人だと？」

囲んだ騎士と魔法使いの数を数え終えて困惑するグリエダ。

一流と呼ばれる魔力使いの騎士でも詰みの状況。

「なんだ怖気づいているのか？　ハハハハハ」

グリエダの表情に、彼女がどうしようもない状況に追い込まれていると確信し、さらに機嫌が良くなる愚王。

ヘレナ側妃や王子達も嘲りの笑いをグリエダに送る。

この時もしも三家の陣地を見ていたら、彼らは笑えなかっただろう。

ハイブルク公爵、セイレム公爵は憐みの表情で彼らを見ており。

安全地帯を作っているアレスト家の家臣の貴族達は自分達の武を象徴するグリエダを笑われて怒りの目をしていることに。

「まあいい。私にも先ほどのセイレム公爵のように何かあるのだろう？　なあ、王よ」

グリエダはため息を一度吐いて騎士と魔法使いを無視することにした。

彼女にとっては先ほどの一人で立っている時とたいして変わらないのだ。煩わしい虫が周囲を飛び回っているぐらいでしかない。

だが愚王とその周囲にいる者には王が仕掛けた罠に諦めたという風に映る。

「あるぞグリエダ＝アレストよ。お前の家は今日をもって貴族ではなくなったぞっ」

自分で作った蟻地獄に嵌まっていくことに気づかない愚王はさらに愚行を重ねていく。

「ああ、だからさきほど爵位を付けなかったのだな。だが貴族院はどうした？　私は辺境伯だぞ？　騎士爵ではあるまいし」

グリエダの疑問はもっともだった。

辺境伯は山のようにいる騎士爵ではないのだ。貴族を管理している貴族院がそんな簡単に爵位を取り上げるはずがない。

だいたい貴族院にはハイブルク、セイレムの縁故の者もいる。そんな暴挙ができるはずがないのである。

「貴族院だと？　なぜ王たる余が決めたことに許可が必要になる」

この愚王の言葉には王家派、側妃派の貴族達からも大きな動揺のどよめきが起きた。

エルセレウム王国は絶対王政ではないのだ。

王家には王家の規律が、貴族には貴族の規律があって、王でもそこには絶対に踏み入ってはならぬのだ。

セイレム公爵の降爵《こうしゃく》なら理由があれば貴族院も通すだろうし、後からでも知らせれば認められるだろう。あくまで正当な理由があればだ。

だがアレスト家の爵位剥奪はどうやっても認められることはない。

それだけアレスト家のいる辺境の地はアレスト家でしか治められない国の重要地点なのである。

それでもグリエダのみの身分剥奪ならばどうにか通ったかもしれない。しかし王はグリエダの家と言ったのだ。

これには王に擦り寄りまくっているアガタ公爵ですら目を見開いた。

「そしてお前の家の領地だった辺境の地は元騎士団長の息子にその爵位と共に授けることになっているぞ」

「はっ！　女ごときに率いられる軟弱な辺境伯軍は俺が鍛え直して平原をエルセレウム王国の領土にしてみせます！」

狂った愚王の言葉に、元騎士団長の息子が自信に満ちた顔で応えた。

そして元騎士団長が座り込み顔を両手で隠して絶望した。

その隣ではすでに同じ体勢で元宰相が自分の息子の時から絶望している。

「よくぞ言った！　さすがはジェイムズの側近だ」

「父上、彼らは私の信頼できる側近でもありますが、強い絆で結ばれた友でもあります」

狂劇は続き、そして愚王は地獄へ続く最後の扉を自ら開けてしまう。

「ならばそこの平民になった女を嫁にするのは微妙だな」

ピシリと会場の空気が変化した。

「でしたら一度陛下に献上いたしましょう」

「おおっ、それから下賜するのだな」

平民に落ちて力がなくなり自分の敵ではなくなった美貌の女の身体を楽しめると想像する愚王は変化に気づかなかった。

その彼について行く者達の誰もが気づかない。

「バ、バルト様……」

戻ってきたバルトに抱きしめられていたアリシアがカタカタと震えている。

当事者でない者には空気が変わったことがわかるのだ。

「大丈夫だ。グリエダ嬢は味方だよ」

バルトが安心させるように言葉を掛けるが、その額からは汗が流れた。

すぐ傍にいるセイレム公爵は睨む対象だった愚王から視線をグリエダに移している。

「で、でもグリエダ様はたったお一人で」

「……セルフィルが彼女と婚約してから私に言ってきたことがある」

愚かな者達の劇は止まらない。

「その女はなかなかのじゃじゃ馬だからな」

「では足の腱を切っておきましょう。なに私の手をマリルが治してくれたようにそのうち治してもらいますよ」

「おいおい、私の愛する人を都合よく使うなよ」

「ジェイムズ様、私がいるのに今はそのようなことは言ったら悲しいですわ」

愚王の言葉に元騎士団長の息子はグリエダに近づいていく。

婚約破棄の時に壊された手は聖女の魔法で治されている。そしてその手には城の中では騎士と兵士にしか所持ができない剣が握られていた。

その切っ先をグリエダの胸元に突きつける。

「仕方なくだが将来お前の飼い主になる俺の命令だ。後ろを向いて跪け」

横暴どころではない言葉にグリエダは眉一つ動かさなかった。

彼女の表情は空気が変化した時から無表情で凍り付いている。

「おいっ！　早くしろっ」

剣の先端が脅しの意味を込め、その美しいドレスを裂き肌に傷をつけようとした。

「ぐっ⁉」

だが剣はグリエダの細い人差し指と親指に摘まれて止まる。

彼が押してもビクともしない。

すぐに片手で掴んでいたのを両手持ちにするが、軽く指の腹で持たれた剣は微動だにしなかった。

「なあ」

そこでようやく彼女が声を出す。

剣を動かすことに必死になっていた元騎士団長の息子はグリエダの顔を見た。

そして後悔する。

「お前はいったい何をしているんだ？」

仮にも騎士団長の息子として幼い頃から鍛錬を繰り返してきた。魔力の扱い方を覚えてからは同年代では負けなしだった。

王子の婚約破棄の時は剣がなかったから仕方がなかった。

剣さえあれば自分は最強だ。

なのに。

どうして捕まえた虫があがくのが理解できないという顔で見られなければならないのか。

「さっきのお前と愚王の言葉は死に値する。だがお前の父親と約束したんだ。だから殺しはしないでおいてやる」

十数年の訓練の日々が、たった指二本に壊されていく。

「だが女ごときに率いられる辺境伯軍が軟弱という言葉は許せないなぁ。うん、そのおままごとしかやって来ていない手はいらないな」

剣を摘まんでいるグリエダの腕が少しだけ振り下ろされた。

しっかりと握り込まれていた剣は彼女の常人には見えない振り下ろしに従う。

だが元騎士団長の息子の手は従わなかった。

グシャリという音が彼自身の手から聞こえたような気がした。

見たくない。見たくないが、見てしまう。

鍛えてごつごつしていた彼の指は親指以外がそれぞれあらぬ方向を向いていた。

その手首は可動域を大幅に広げている。

逞しかった腕は花の茎の部分を何か所も折ったかのような姿になっていた。

剣に生きようとして、女に狂わされ愚者の道を歩んだ彼の腕は、何も掴むことができない無

用の長物と化したのである。

冗談好きなセルフィルが真剣な顔で告げた言葉をバルトはアリシアに教えた。

「もしグリエダ嬢と敵対するならハイブルクが滅亡するのを覚悟してくださいと」

＊

この世界の生き物は魔力を持っている。

私も当然持って生まれた。

ただそれが人より遥かに多かっただけだ。

目の前で男がグシャグシャになった自分の腕を見て絶叫している。

なぜか私の夫になれると勘違いした男だ。

後始末は彼の父親に任せよう。

怒りというものはその限界を超えると、慈悲を施すことができるくらい冷静になれるから不思議だ。

「エイプ子爵、ランドン男爵」

「「はっ」」

私が呼ぶと三家がいる陣地から年老いた二人が進み出てくる。

二人だけではなく三家がいる場所を守っているのは皆アレスト家に仕える貴族達だ。

「腕はなまっていないな」

「息子に戦場の華は渡しましたがそれを落とすほど耄碌《もうろく》はしておりません」

「儂もじゃ姫様」

「では武器は何がいい？」

「剣を」

「槍じゃ」

城では武器の携帯を許されていないが、幸いにして私の周囲には武具が転がっている。

「ヒィッ！」

突き出されていた槍の穂先を摘まむと怯えられた。

愚王のお気に入りの近衛の騎士だろうに情けない。

軽く振って指を関節とは逆に満開に咲かしてやる。

教会に行けば聖女がいるだろうから癒してもらえばいい。

これで剣と槍が揃ったのでジジイ二人に投げ渡そうとしたら、三人の魔法使いが何かを発動させようしたので持っていた剣と槍をそのまま手首の振りで投げつけた。

どちらも柄の部分から飛んでいき二人の魔法使いの顎を砕く。

腕では魔法使いは痛みを我慢して火や氷などを放ってくる可能性があるので、狙うなら呪文を唱えられなくして集中できなくなる顎を砕くのが一番いい。

残った魔法使いには直接近づいた。

ドレスで腰から足を動かすと破けそうなので、膝下と足首だけで移動する。短い距離ならこれでも十分。

初めての動きだったが上半身を動かさないから初動が読めずに騎士たちは私を見失っていた。いい移動方法を見つけたかもしれない。次、父に会った時には遠慮なく試してみよう。

騎士達の間をすり抜け、囲んでいた私に向けていた腕を掴んで魔法使い自身の顔に向ける。

「おっと、土属性の魔法使いか」

手のひらから無数の小石が現れて驚いた顔に全弾命中した。

死んだかなと顔を覗いてみたが失明とボコボコになっていただけだ。魔法使いとしては未熟だったのだろう。

アレストの魔法使いなら頭部がなくなるからな。

それ以前に敵の攻撃範囲で魔法を使うような間抜けはいない。

ついでに両隣にいた騎士から剣と槍を拝借した。指はちゃんとダメにしてやる。

「ほら受け取れ」

ジジイ達に投げ渡す。

「すぐにでも折れそうじゃの」

「私の方もです」

「文句を言うな」

武具を確かめる二人は不満そうだった。

装飾ばかりで実用性に欠けていると私も思ったが。

「お前達はこの会場から誰一人逃さぬようにしてくれ。逃げようとしたら腕一本残して折っても切ってもいいぞ」

爵位の譲渡にはペンを持てる手が必要だからな。

義兄の言葉も私は忘れていないぞ。それくらい今の怒りは冷静に考えることができる。

「姫様の脇を固めるのではなくて？」

「いらん。愚王の目の前でご自慢の近衛を潰してやる」

私が近衛騎士団を潰してやると言ったのを忘れていたのだ。今いる人数は少ないがキッチリ恐怖を与えてやろう。

コツを掴んできた移動方法で騎士達に一瞬で近づき一人ずつその指を破壊していった。

あまりにも弱いのでこの国は大丈夫なのかと不安になるが、所詮愚王のお気に入りで血筋や見目だけで集めたのだろう。

残りの十三人はそうかからず折り終えた。

そして愚かな王に振り向き腕を広げて笑ってやる。

「さあご自慢の近衛騎士は全滅したぞ王様。まだいるなら全員出してくれ、綺麗に折ってさしあげよう」

「な、な、何なのだお前はっ！」

愚王が顔面蒼白になって叫ぶ。

「何なのだと言われても困るな。さっきお前らが言っていただろうが平民だと。だから今の私に貴族の忠誠や義務なんて期待しないでくれ」

元々愚王に捧げる忠誠なんてないがな。

ああ腹立たしい。愚王の戯言でも大勢の貴族の前で発言すれば、間違っていても私は貴族ではなくなっているという風に見られるし、私は愚王が決めた男と婚姻することになっている。

この後粛清される連中だけではない、私の味方の三家の中にも灰の中に隠れた埋《うず》み火のようにずっと私のセルフィル以外の男との婚姻関係の汚名は残るのだ。

こんな爪痕を残すとは思いもしなかった。

皆には悪いが愚王は殺そう。他の連中は我慢するからこいつだけは殺させてくれ。

「はーいっ！　今注目の的になっている男の子、前ハイブルク公爵三男セルフィル＝ハイブルクがやって来たよー！　……おや、失敗かな？」

ここ数年出さなかった本気で愚王を殴って頭部を破裂させようと力を込めていたら、正面扉が勢いよく開いてセルフィルが満面の笑顔で登場した。

込めた力は全て彼の元に移動するために使いそのまま抱きつく。

「オウフッ！」

第五章　婚約者の為の簡単な国盗り方法

「では夜会を見た上で第二王女殿下の婚約を決めさせてもらえませんか」

オバサンとの会談はその場では平行線みたいな感じで駄目そうなので、ちょっと夜会に誘ってみた。

召喚魔法《グリエダ》で終わらせようと思っていたけど、夜会が始まる時間からそこまで時は経っていない。

もうしばらくしないと覇王様もゴミ処理でお忙しいだろうから呼べません。

さすがに夜会の主役が抜けだすと長兄の胃に穴が開きそうなのでタイミングは計らないといけないのだけど。

正直、オバサンと二人っきりで部屋にいるのが飽きたのよ。

初手でつまらなくなって、この後ずっとオバサンの強引な見合い話みたいなのを躱すだけの時間は苦行です。

前世でも会えば結婚したかと聞いてくる親戚がいたけど、どこの世界にでも棲息しているんだなと少ししみじみ、大半がうぜぇと感じながら思った。

オバ、まあ王妃様に戻そう。

あんまり脳内で呼んでいたらつい言葉に出しそうだしね。

そして王妃様は俺の提案に乗ってきた。

自分の勝利が確定していると思えば、敗者のささやかな望みぐらい叶えてやる余裕ぐらいはできるからだろうけど。

情報不足で勝っていると勘違いしているのは哀れ過ぎて心のオッサンが同情しまくりで困っているんだよね。

同じブラック戦士で、理不尽が当然の現代日本の会社マンと同じで、オッサンが静かに号泣です。

夜会の会場まで、王妃様にはドアの前にいた二人のメイドが付き、なぜか俺にはマトモハリー嬢がファ○ネルになってくれた。

そういえばこの子の処遇も考えないといけなかったよ。

アリシアさんなら雇ってくれないかな。ほら婚約破棄の被害者同士で仲良くなれそうだし。

俺のところは変態三人メイドと変態元暗殺者執事で手一杯なの。

忠誠があるのはわかっているけど、毎回おかしい方向に爆走する連中なのでその中に叩き込むのは可哀想だ。

これ以上変態を製造してはいけないし、侍女長に何度もホイホイと拾ってきてはいけないとお説教されるのはごめんなのである。

歩いている間、王妃様はこれからの展望をお話しするけど、そういうことにはならないから全部脳にはインプットされずに、耳から入って鼻から抜けていった。

グリエダさんがいる限りこちらの勝利はゆるぎないものなので本当に困るね。

俺の婚約者グリエダ＝アレストを一言で表すなら物語の英雄だろうか。

以前にその強さの秘密を軽く測らせてもらったついでにと、現状の魔力使いでは不可能なことをしてもらったんだが、この世界が本当のファンタジーだと思い知らされた。

よく物語の中で鎧を剣で真っ二つに切ったりするシーンがあるだろう？

あれ無理だから。鎧はそう簡単に切れません。隙間を狙って切るか刺して倒すのが基本なの。鎧がそんなスパスパ切れるなら誰も重い物なんて着こまない。

前世で当時の最先端技術で作られた刀を使って車のドアを半分くらいまで切ったのを見たことあるけど、固定されたドアを上段から切ってたからまあできないことはない。

そこまでしてようやく切れるのに、グリエダさんは剣を横に振るだけで用意したフルプレートアーマーを真っ二つに切断しちゃった。

魔力で身体強化できるとしても限度がある。

たぶん国内でもトップクラスの魔力運用ができるロンブル翁が子供、いや赤ん坊に思えるぐらいグリエダさんは魔力使いとして化け物級だった。

　う〜ん、重機が人間になって反射速度や思考処理能力がコンピュータ並みになった感じかな？

　普通は筋力強化にしかならない魔力が脳にも神経にもいろんな作用してるのがグリエダさんだ。

　本人に聞いたら切るまでの間にもいろいろ考えていて、当たった瞬間にも調節して綺麗に切れるようにしているらしい。

　他にもいくつか試してもらった結果、次兄に鍛えてもらっているハイブルク公爵領軍の全軍でも勝てないことが判明。

　剣槍弓矢の世界での正攻法で、何百何千人程度だとグリエダさんの相手にならないの。だって全力戦闘を丸一日ぐらい余裕でできるんだって。

　重機が人間の判断をコンピュータの速度でして、ほとんど見えない速度で長時間動ける人にどうやって勝つの？

　重火器で不意を衝《つ》いても避けられそうだ。

　よく愚王と側妃は二回も知る機会があったのに敵対するよな。

　王妃は情報が得られなかったのでしょうがないけど、愚王は完全にグリエダさんを知っているのに挑発をするのは凄すぎる。

俺の待遇について話しかけてくる王妃様には曖昧な受け答えをした。

無駄なことには頭は使いません。

逆に残念王妃様の今後の処遇を考えているうちに夜会の会場の正面扉に着いた。

見張りの兵士がなぜかいなかったのでメイドが扉を開こうとする。

「王妃様、会場を見て予想外のことが起きていたら僕が指示するまで沈黙を保ってくださいね」

「はい？　あなたは何を言っているの」

同情と迷惑を掛けられたのを測ってみて、王妃様には頑張ってもらおうと思う。

国を栄えさせたいと言っていたから是非とも対外的なお役目をしてもらおう。だって愚王は無能の引きこもりになってもらうので、面倒臭いことをしてくれる人は必要だからね。

長兄やセイレム公爵に負担はかけられません。

国の責任は王家と元宰相の人達に取ってもらおう。

眉をひそめて俺を見る残念王妃様を無視して先に会場に入るように前に出た。

いや〜愚王と、傾国ならぬ自分が傾く側妃を見られるとはちょっとワクワクだ。

だって裏目魔法バックファイヤー使いなんてそうそう見られないよっ！

それに覇王様が会場でどんなことをしているのか興味ありまくり。

最悪愚王だけは生かしておいてねと、ウルウル目でお願いしたから生きているとは思うけど、愚王だから予想外なことをして首の骨をポキッとされてそうだ。

俺は負けないぞ愚王っ！

グリエダさんの関心は俺のモノ、そのために目立ってやるのだっ！

「はーいっ！　今注目の的になっている男の子、前ハイブルク公爵三男セルフィル＝ハイブルクがやって来たよー！」

扉が開いた瞬間に、少しジョ◯ョ立ち風味のポーズで自己紹介してみた。

視線は集まったけど誰も反応してくれないよ。

「……おや、失敗かな？」

あれ？　ショタはそんなに知られてなかったのかな。

……そういえば俺って第一王子の婚約破棄の悪評ぐらいしかないよね。

おうふ。恥ずかしいじゃないか。

ところでグリエダさんは、倒れた鎧やローブのオッサンに囲まれているけど殺っちゃったのかな？

グリエダさんは会場の奥の方でその綺麗な手を何故か握りしめてこちらを見て。

「オウフッ！」

瞼が閉じた一瞬でグリエダさんがいなくなったと感じた瞬間、何かに身体を持ち上げられてベアハッグされる。

お、折れるぅぅっ！　そして顔はすっげぇ柔らかいのっ！

「セルフィルッ！」

視界が真っ赤だけどもしかしてグリエダさんに抱きしめられているのかな。ということは顔が幸せなのはお山に埋もれているのだろう。

「ふぬふぅ～！《死ぬる～！》」

息がっ！

腕ごと抱きしめられているから手首から先しか動かない。

手をパタパタ動かす姿はペンギンさん。

気づいてぇっ！　プリティなペンギンさんが窒息するか、中身が出ちゃうのぉっ！

「セルフィル、セルフィル……」

むう？

ちょっとからかい好きだけどクールなグリエダさんが力加減を間違えて俺を抱きしめるなんて何かあったのかな？

ショタを抱きしめて落ち着くならいくらでもいいで。

無理、どんどん背骨がヤバいことに！　あと埋もれて死んじゃうの！

ああ視界が白くなって……て、前世で最後に見た便器の白じゃないかぁっ！

心のオッサンが『二度も最後の印象が便器なんて嫌だっ！　生きろっ！』とショタに叫ぶ。

「ぶはっ！」

上を向くことで何とか気道を確保できた。

プルンとした感触は頑張ったご褒美です。

今生《こんせい》では柔軟体操をしていてよかった。前世なら身体硬すぎて、すでに折られて死亡確定だったよ。

「グリエダさん、グーリーエーダーさん。そろそろ力を緩めてくれないと僕の中から折れた音がして何かがはみ出します」

「……」

俺の必死の訴えにグリエダさんは力を緩めてくれた。

抱きつかれた時点でサバ折れしなかったのは、少しは俺と認識してくれていたのだろうが繊細な力の調節はできなかったようだ。

ようやく下ろしてくれ……なくて脇に手を差し込まれてお山を越えて、綺麗なグリエダさんの顔まで持ち上げられる。

「ん～……」

そのまま今度は優しく抱きしめられた。

グリエダさんの肩越しに見える会場の奥にいる小太りで豪華な恰好のオッサン！

お前があの愚王だなっ。

物理最強のグリエダさんが、ショタで癒されないといけないほどの精神的ダメージを与えられるのはお前しかいない。

この名前を三秒で忘れる脳でお見通しだぞっ！

あと危うく味方の誤射で死にかけさせたのはなかなかの策士だな、油断せずに倒してやるからもう少しお山を堪能させてくれ！

＊

さて、全然現場の状況がわからないから情報を得ようか。

「長兄、僕が来るまでのことを教えてください。教えなかったら何か嫌なことをしますよ。さあっ」

「何をするのかお前だともの凄く嫌なんだが、それでいいのか弟」

グリエダさんがショタ嗅ぎでメンタル回復中なので、会場で集団で集まっているところにアリシアさんを抱きしめている長兄がいたからちょっと説明させるために移動してもらった。

はっはっはっ、まさか視界がブレたら移動していたとは、俺の婚約者は縮地でも習得したのですか？

今の俺はグリエダさんに通常装備、前を向いて抱きしめられている状態だ。

アリシアさんだけでなくセイレム公爵と崩れ落ちていたオッサン二人もショタを見てほっこりしているからいいんですよ長兄。

ふむふむ、長兄の話はいつもまとまっていてわかりやすい。

まとまっていない連中が愚王派の連中で、奥にいるバナナを見せつけられても貰えないで騒ぐ猿みたいなのが、愚王達というのはわかった。

そしてグリエダさんとアリシアさんに傷をつけたのも。

第一王子の側近の慰み者扱いにされたのが、グリエダさんにはかなりショックだったようだ。

貴族の子女で不名誉な婚姻が嘘でも残るのは嫌だったらしい。

アリシアさんは長兄が慰めていたから少しはマシなようだけど、グリエダさんを一人にしてしまったのは俺の落ち度。

世の中上手くいかないものである。

まあ取り返すけど。

宰相？　騎士団長？　降爵《こうしゃく》した公爵《こうしゃく》？

プッ。

まあいろいろあったみたいだけど別にどうでもいい。

ただただ俺は女の子をモノ扱いしたのは許せないね。

あ～そこの剣と槍を持っているお爺ちゃん達よ。王妃様をこちらに連れて来てくれないかな？　扉を塞いで貴族たちは逃げられないようにしてさ。

え、グリエダさんとこの人なの？

ごつい爺さん達が弱々しそうな貴族達を守っていると思ったら、辺境伯の家臣は年寄りばかり呼んでたのねあの愚王。

魔力使いなら年を取っても強い人は強いんだけどな。

うちのロンブル翁がいい例だ。

あのジジイいったい幾つなんだろうか？　外見が中年で止まっているから予想できないんだよ。

聞いたらひ？　み？　つ？　とかぬかしたから、屋敷を抜け出して首元を赤くうっ血させていたことを純粋な疑問口調で侍女長に質問してやった。

正座って慣れてないと地獄だよね。

ハイブルクのジジイの生態は横に置いといて、女の子二人分……プラスちょっと可哀想な王妃様の分も少し入れて愚王達には地獄を味わってもらおうかな。

貴族院を蔑ろにできるほどの権力を持っていると勘違いしているけど、支持してくれている貴族がいないと王家は権力権威がないとわかっているのかね。

ん～ふふん♪

後頭部がやわやわで良いものを思い出した。

前公爵を合法的に地獄送りにする時に知ったのだけど、現実的に無理そうだったのがいくつかあったの。

その中に正式に王家を潰せる方法があるのよ。

反逆、造反、下剋上という後で討たれるような不名誉はつかない方法がエルセレウム王国にはね。

初期の頃の上位貴族が作ったんじゃないかなと思うそれは、派閥争いしている今では実行不可能で国の終わりには自分達で終わらせることができるシステム。

これを作った奴はよほど国が亡びるのが嫌だったんだろうな。あとたぶん俺と同じ転生者。

「切れぇっ！　余に逆らう者は全部切れぇいっ！」

「お爺ちゃん達は転がっている武器拾って逃げたり逆らう奴ら遠慮なく殺し……半日後に死ぬぐらいで生かせます？」

「姫様の男は姫様よりも酷いことを言うのう」

「私達に怖がらないで命令できるのは凄いですよ」

「「姫は良い男を貰った」」

面白い爺さん達だ。

さて叫ぶ猿……は猿に失礼だ。

やはり愚王だな、叫ぶ愚王は最後の方に処理するので今は無視無視。

アレスト家のお爺ちゃん達は倒れている鎧姿の連中から武器を巻き上げていく。

なぜ一人、腕がグニャグニャで気絶している若い男をみんな蹴るの？

蹴られて起きては蹴られて気絶を繰り返しているけど……ああ、元騎士団長の息子かぁ。

グリエダさんの傷心の原因の一つだな。

後で地獄に行ってもらおうと考えてたけど、爺さん達の死体蹴りで死にそうだ。まあ生きていたらのお楽しみということで。

「さて長兄、今から女の子二人の名誉を回復させて、嫌なことを忘れてもらうので代理のピアスを貸してください」

「何をするつもりだ」

「ちょっと悪い大人達を懲らしめてあげようかと」

第一王子の婚約破棄の時に俺が長兄から預かっていた、ただの代行ではなく当主権限を持つことになるピアスのことだ。

不審な顔をしている長兄だけどピアスを外してくれる。

いいの？　言わないけど自分達で処理しないのかな。ああグリエダさんに一任したから迷っているのね。

駄目だなぁ大人達、グリエダさんは最強だけど心はまだ経験が少ない女の子なんだよ。いくら本人が任してくれと言ってもフォローはしないと。

これは味方の貴族全員に事なかれを修正する講習会をしてあげようかな？

「あとセイレム公爵もください。派閥の皆さんも代行のピアスを、それに息子達の教育に大失敗のお二人とその派閥も渡してくれますよね」

おや、どうして覇王様に装備されているショタを見て皆さん後ずさるんです？

ほらっ！　腕を真横にピーンと伸ばすとミニ磔みたいで可愛いよっ！

まあこれからすることは王国始まって以来の暴挙だけど、愚王が先に愚挙をしたからいいよね。

長兄とセイレム公爵と教育失敗親ズのピアスだけ受け取り、後は持てないのでついてきていたマトモハリー嬢のエプロンを広げてもらってそこにピアスを乗せてもらう。

「君は何をする気だ……」

教育失敗親ズの筋肉じゃない方……元宰相かな？　が聞いてきた。

ん〜そりゃ気になるよね。

「貴族院の貴族法２１４条の行使ですかね」

「っ!?　それはっ！」

さすが国を采配できる地位まで上り詰めた人だけあって記憶しているみたい。

そこの長兄とオッサンたち首を傾げるな、男がしても可愛くないんだよ。俺みたいな美ショタなら別だけどねっ！

「無理だ……数が揃わない」

元宰相さんの発言に何人かの貴族が俺の言葉の意味に気づき、それが不可能だと首を横に振った。

「貴族法15条、王が緊急に呼集した場合は限定的に貴族の最大人数はその場の人数に固定される、でしたっけ」

文言までは覚えていないけど戦時で即応即決する時の法が今回俺がやる方法を助けてくれる。

まあ覇王様の威を借るショタだからできることなんだけどね。

学生の頃に火災報知器のボタンを押したい衝動があったけど、今回のは同じくらい魅力的なボタンだ。

そして実行できるからドキドキだね。

うんうん、法律に詳しい人は俺のやっていることに顔が引きつっているよ。

覚えておいてね。法は組み合わせ次第で抜け道なんていくらでもできるの。

「あなたはいったい何をするつもりなの……」

「ん？　王妃様は自分の血族に王になってもらいたいんでしょう？　お手伝いしますけど王妃様も苦労してくださいね」

困惑気味でいる王妃様に笑顔を向ける。

どうしてヒッと怯えるんですか。

まったく皆、美貌のショタに失礼ですよ。

みんな素直に代行ピアスを渡してくれているけど大丈夫？

ショタが悪いことに使うと思わないのかな。まあ公爵二家が動けば下は追従するしかないか。

よし、これで会場の三分の一ほどの貴族の権限は手に入れた。

「グリエダさんそろそろこちらに戻ってきてもらえませんか」

これからは覇王様に再起動してもらわないと困るのです。ほーらあなたのショタが手足をパタパタしますよ。可愛いですよー。

後の三分の二は愚王に付き従うお馬鹿な貴族《ちのうなし》なので威圧が必要なのですよ。

「……いやだ」

おう、愚王の精神攻撃はなかなかのものだったようだ。

しょうがないなショタは装備したままでいいですから移動はお願いしますね。

「剣と槍のお爺ちゃん達、グリエダさんの両隣にいてくれませんか」

最初から武器持ちの狐目の剣使いとずんぐり狸体形の槍使いのお爺ちゃん二人についてもらう。

「さてあなた達は愚王に付き従う敵でいいんですよね？」

「「「……」」」

ん～愚王派の連中に聞いてみても誰も答えてくれないな。

「やはり敵対していては何も話すことはないんですね」

ショタは悲しいです。

悲しいと、つい過剰なことをしたくなるのがショタなんですよ。

「ではお爺ちゃん達、全員の足を折っても切ってもいいですのでピアスを委譲すると言わせてもらえませんか？」

「笑顔でお願いすることではないと思うのですが」

「アレスト家には合うが将来が怖いのぅ」

ぶつくさ言いつつも前に出てくれるお爺ちゃんズ。

そしたら諸手《ひめい》を上げてみんなピアスを渡してくれたよ。

うんうん、協力的になってくれて嬉しいよ。

マトモハリー嬢ー全員の貰っておいてね。渡していない奴がいるか三家の誰かに調べてもらってていいから。

「渡さなかったら握手してやる……」

おおっ、グリエダさんが握手すると言ったら渡す勢いが増したぞ。

何したの覇王様？

残るは現宰相と現騎士団長の二人か。

会場にいる貴族全員の代行ピアスを持たないと俺のやりたいことはできない。

ん～どうやってピアスを素直に《おどして》渡してもらおうかな。

あっ、第一王子とその側近には尊い犠牲《どうぐ》になってもらおうか。

「長兄、セイレム公爵少しやり返したくはありませんか？」

ピアスを持っていない奴はストレス解消に使わないとね。

元日本人なので全部食べないと《クズをじごくにおとさないと》落ち着かないの。

＊

「グリエダさん、長兄達と王子達が見える場所へ」

「ん、ここかい？」

またもや縮地で会場の奥より少し手前にいる王子達とそこから一番離れた正面扉近くに陣取る三家の中間に移動してもらう。

気づいているかい。

ショタはこの会場に一度も足を付けずに移動しているんだぜ。

覇王タクシーは短距離でも笑顔で移動します。ただし内臓にそこそこ負担が掛かりますが。

「ねえ長兄、自分の婚約者をありえないとしてもクズの慰み物にされると思った気分はどうでした？」

「……」

長兄は俺みたいなおかしい弟を必死でかばってくれる良い人だ。

自分から望んで鍛えて鍛えて、ハイブルク公爵として生きる道を歩いた素晴らしい人である。

「セイレム公爵、エルセレウム王国一の忠臣だったあなたは御恩と奉公という言葉を忠実に守ろうとした素晴らしい人物です。でも奉公に御恩で報いてくれましたか？」

「……」

セイレム公爵は新しく生まれ変わろうとしていたハイブルクに常に反発してきた。

それは古い常識に固執しないのを諫めるだけではない。進み過ぎる発展は周囲からの反感を多く買ってしまう。

それを己でまとめて暴発しないようにしてくれていたのだ。

そうでなければ長兄とアリシアさんの婚約を許すはずがない。

時代の進め方をわかっているからこその反発なのである。

二人は自分のことは後回しどころか忘れている大人なのだ。

恰好良すぎない？

「ちょっと今後のエルセレウム王国のためにそこの二人はぶっちゃけいらないし……。そういえば王子の方は教会に入るんじゃなかったんですかね？　なら今からでも処置していいんじゃないんですか」

部下は珠玉の玉のように磨き、そして替えの利く道具のように扱わないといけない。この比率を上手く調整する者が国や会社を興せるのである。

長兄とセイレム公爵は部下として最高の玉だ。

革新派と保守派の両輪を私情を持たずにできる稀有な人達で、その軸の役目をするだけで名の残る王になれたのに……。

「槍を貸してくれ……」

先にセイレム公爵が動いた。お爺ちゃんの一人から槍を受け取る。

王家に対しての情が枯れ果てた証になった。

長兄は、アリシアさんに何か言って安心させてから何も持たずに前に出てきた。

はい！　国内で一位と二位の権力を持つ公爵達のストレス解消祭りの開催でーすっ♪

愚王？　権威はまだあるよ。あと三十分もないけど。

あ、その前にやらないといけないことがショタにはあったよ。

「セイレム公爵セイレム公爵、少しその槍を貸していただけますか」

「？　構わんが」

渡された槍は、おおうっ子供体形の俺にはなかなかの重さだ。

「グリエダさん降ろしてください。男としてやらなければいけないことがあるんです」

ようやく落ち着いてきたグリエダさんは素直に降ろしてくれた。

なんとか槍を保持しつつ、は無理でグラリと槍と一緒に倒れそうなのをグリエダさんが支えてくれる。

「何をするつもりだい？」

「よしておけ、お前に武具は一生無理だ」

「私が代わりにしてあげるから返しなさい」

「……お三方、僕に対してあまりにも酷くないですか？」

セイレム公爵はおじいちゃんになっているよね。おろおろしているところが姪っ子の相手をしていた前世のオヤジにそっくりだ。

「ん～、まあけじめですね」

支えられてもヨタヨタしながらも、グリエダさんの家臣の爺さんズに死体蹴りされてぼろクズの男に近寄っていく。

「これでも一応男でグリエダさんの婚約者なので結構怒っているんですよ。こいつがまともな状態だったら敵わないので、家ごと滅ぼそうかなと考えるぐらいに」

簡単簡単、変態暗殺執事を一匹投入するだけで族滅ですよ。

んんっ？　そこの元のガタイのいいオッサン。しませんから青褪めなくていいですから。今回は本人だけに留めておくので。

さ～て、運が良かったね。気絶している間に性別がなくなるんだから。

刺すと汚れそうだから石突きで潰そう。

「ぬ？　あれ？　ふぬっ！」

ショタが非力なせいか上手く当たらい。

腕グシャグシャ、顔ボコボコの青年が気絶したままヒグゥッヒギィッと哭《な》いている。

うーん気持ち悪い。

「貸してくれ」

「あ」

振り上げた時にヒョイとグリエダさんに槍を取られた。

「初めての時は密着させて体重で潰せばいいんだよ」

グリエダさんは逆手で石突きをピタリとつけた。会場の男性陣から短い悲鳴が聞こえる。

「でも感触が気持ち悪いから、私はこうだ、ねっ」

「っ!?　ガアッ……ぁ……」

グリエダさんの手首から先がブレる。

槍が手を支点にブンッという音ではないプンッという音を立てた。

当たった音はしなかったのに、死にかけが目を剥いて悲鳴を上げようとしてクルンと白目になって泡を吹いてまた気絶する。

「鞭みたいにしならせると当てなくてもなぜかいいんだ。あとあまり汚れないし感触もないから今度教えてあげるよ」

「エエオネガイシマス」

それは人が習得するには無理な技です。

衝撃波で潰されたか……最後が触れられることもなかったとは男としては少し哀れだ。

心のオッサンが合掌してくれているぞよかったね。

「ちぇ、僕がやらないといけなかったのに」

「ふふ、その気持ちだけで十分だよ」

グリエダさんが俺の背から覆い被さるように抱きしめてくる。

機嫌は良くなったようだから結果オーライというところか。

まあ二人での共同作業ということでいいだろう。もともとは彼女の機嫌を直すために潰そうと思っていたし。

「さあ個人的なことは終わりましたので、ドキドキ気分発散惨劇を始めましょうかっ！」

「あれが惨劇ではないと⁉」

「私達はピアスをあんな恐ろしい子供に渡したのか……」

「気を落とすな、生かしてもらっているだけでもいい方なんだ」

「……あれなら殺してもらった方が息子はよかったかもしれん」

あれー？

敵方もだけど味方のみんなもドン引きだよ？

元のガタイのいいオッサン、あなたの息子は生かしておいてあげたのになぜ涙を流すのかな？

殺さなくて生かしてもいいのよ。

腕を見たけど聖女の回復魔法でも無理なんじゃないぐらいグシャァって感じだしね。

俺はそこそこ満足だし、グリエダさんも……もう存在も忘れているかも。

親としてあとはどうにかしてください。

なぜグリエダさんが返そうとする槍をばっちいモノのように受け取ろうとしないんですかセイレム公爵？

当たってませんよ。グリエダさんが言っているから絶対です。

あ、先に俺が当ててるやテヘッ。

しょうがない槍はお爺さんに返却を……なに他の爺さんの槍を取り合っているの？　ほらグリエダさんが渡そうとしているから早く取ってってっ！

なぜ叱られてトボトボやって来る爺さんを見ないといけないんだろうか。

「儂その槍、ヤなの……」

「爺さんが可愛くしても……やだちょっと可愛いっ」

よし、お世辞を言ったら照れながら家宝にするぞと叫びながら持っていったよ。中年より上は子供に甘いから扱いやすくて楽だね。

グリエダさん、このタラシめとか耳元で囁かないでぇ。

「さてお二人様、是非とも惨たらしくやってくださいね」

「バルト殿、セルフィル君の教育はどうしているの？」

「常識は厳しく教えられたはずなんですが自分に都合のいいように解釈してしまって」

全く動かないのは爺さんだけではないのかよ。

「グリエダさんあまり時間をかけると恐怖が薄れるので、こう威圧みたいなのできません？」

「こうかい？」

ズンッ。

という音が会場全体に響いた、ような気がした。

ぬおぉぉぉっ！　何かよくわからないモノに全身が下方に押さえつけられるのぉっ！

「あ、すまない。特定の人物だけを威圧するのは不得意なんだ」

「ふうっ、大丈夫です。これでうるさい生き物たちがしばらく動けなくなりましたから」

グリエダさんの謝罪と共に押さえつける力が消失して体が楽になる。

被害はどうも彼女の前面だけのようだ。

会場奥の愚王達だけが大きく息を吐いているのが証拠だろう。

あんなのを全方位にされたら収拾がつかなくなるところだった。

威圧なんて外見で決まるので、どうせこんな可愛い人にはできないからそこら辺にある置物を当たらないように投げてもらおうとしたのだけど、彼女はおそらくだが魔力ですくみ上がらせることができるみたい。

魔力は魔法使いなら他の性質に変化させて行使しているけど、グリエダさんの場合はその最強の身体を維持する莫大な魔力を放出しているのかな。

さあここでたまに役立つロンブル翁。

あの人も威圧するのに魔力を乗せることができるらしい。

ぼったくりのお店で大暴れする時に、俺から魔力運用を教えてもらってから個人個人で動きを鈍くさせることができるようになったから超便利とか言ってやがった。

もげろージジイー。

ちなみにそんなことができるのはハイブルクでもロンブル翁だけだ。

魔法使いは自分の外に人の身ではありえないことを行使できて、魔力使いは自分の中にありえないことを行使できるだけなはずなんだけど。

ロンブル翁のは魔力操作が抜群に上手いからできた擬似威嚇だと思っていたが、覇王様にはそういう常識は当てはまらないみたい。

絶対に浮気なんてできないよ。俺なんて下手すると擬似威圧でぺしゃんこにされるから。

さてこれで愚王科愚王目の愚王達は怯えて大人しくなってくれた。

俺？　前世で本物の威圧持ちの社長さんとかに会っているから平気平気。もしかしてあのブラックな日々が今生のチート能力なのかもしれない。だって今生は侍女長とママンズ達以外で恐怖したことないの。

嫌なチートだ。

「はいお膳立てはしましたから長兄からどうぞ」

「お前はいったい何をしたんだ……」

擬似威圧の効果をもろにくらった長兄とセイレム公爵だけど、少し顔が青くなっているくらいで平気そう。

味方陣営は影響が少なかったようだ。敵側は気絶している人もいるね。

呆れているような長兄はため息を吐きながら第一王子の側近の最後の一人、元宰相の息子の前に出た。

「決闘を申し込む」

「は、へ？」

長兄の言葉に言語がおかしくなっている元宰相の息子。卒業パーティーの時は知的イケメンみたいにしていたよね。半開きの口が情けないぞ。

「私の婚約者アリシア＝セイレムを奪おうとしたのだ。受けてもらうぞ」

こちらは本当の最高位の爵位持ちの威圧を放つ長兄。

あ〜懐かしいわ〜、前世じゃないよ？

侍女長と前公爵夫人ヘルミーナ様にマジ説教された時の恐怖。責任感を持つトップの人は絶対に脅しのスキル持ちだと思う。

頭だけ鍛えただけのような体格の元宰相の息子には少々強すぎたみたいで、ある部分が濡れ始めている。

胆力を鍛えないとダメだぞっ！　頭は危機管理の常識を学べ。

あと何日生きていられるか知らないけど。

「愚王から爵位を貰うのだろう？　それなら同じ貴族同士だ。いくら王命といっても婚約者の横取りという、私とアリシアの名誉を汚すことをしたのだ決闘を受けてもらう」

長兄は至極真っ当な貴族の法ではなく常識を持ち込んだ。

貴族の名誉は空より誇り高くて法でも及ばないものが多々ある。

ぶっちゃけ長兄にはそんなものない。

だって俺の教育で実利主義ですから。

道が十メートル石畳みになるのなら平気で頭を下げる人だよ。本気の時は土下座です。

これハイブルク家の常識。

「わ、私はまだ爵位を持っていない……」

ガタガタ震えながら必死で考えて出てきた言葉は、自分は爵位持ちではないから決闘を持ち出せば長兄の名誉に傷がつくというものだった。

「なら平民として殺してやろう」

だがそれも長兄は潰す。

「は？」

「お前はすでにボルダー侯爵家から廃嫡、追放の届け出が貴族院に出ているから平民だ」

長兄の言葉を数秒頭の中で考えて、慌てた様子で遠くにいる元の細身ダンディオッサンである自分の父親を見る息子。

それを見返す父親はすでに息子を見る目ではなかった。

「あ……ああ……」

知識を溜め込んでも活用できず、常識を放り投げて目先の欲に全力疾走だった彼は、ギリギリまで貴族としての尊厳を持ったまま最期を迎えさせてくれようとしていた父親に見限られて、ようやく自分の状況を理解できたようだ。

近くにいた第一王子はグリエダさんの擬似威圧と長兄の本物威圧に気圧され助けてくれない。

あれ、その隣にいるのはア、ア、やっぱりダメだ無能公爵令嬢がいるじゃないか。

グリエダさんが無嬢が第一王子の婚約者になったことを教えてくれる。

なんだよ～自分から堕ちる方に行ったのかよ。

無能は無能でしかなかったか。

自分で選んだ道だ。愚王達と一緒に地獄に落ちればいいさ。

「……何も考えず、負債しか生み出すことのないその手を貰うぞ」

もう決闘にもならないので長兄はショックで座り込んだ彼の手を容赦なく両方踏み潰した。

けじめはけじめ、それが特権を持つ世界で生きる者が請け負うものだ。

か細い悲鳴を聞きながら長兄は後ろを振り向き、そのままアリシアさんのところに戻っていく。

やだ恰好いいわ長兄っ！

レアノ様に教えといてあげるね♪　いい物語が世に爆誕しそうだ。

「あ、グリエダさんそいつもクシャッてして欲しいです」

「「ヒィッ！　悪魔だ」」

「バルト様、先ほどからグリエダ様は槍で何をしておられるのですか？」

「……そのうち、そのうち話すから今は聞かないでくれ……。あとで覚えていろよセルフィル」

なぜ味方貴族が一番怖がるのかな？

ほら子供って結構残酷だよね。

ボクマダジュウサンサイダカラコドモナノ。

嫌いなモノには残酷なのよ。

そしてなぜ長兄に俺は怒られそうになっているのホワイ？

再び狸爺さんの槍がグリエダさんの手に渡る。

唸る石突き！　クルンと上に行く黒目に泡吹く口に前のめりに顔から倒れていく。

うん今度は何かが破裂したような音が聞こえたね。

しっかり聞こえたかな現宰相に現騎士団長さん？　男性が最も聞きたくない音だよね。

あなた達は愚王と自分達の尻拭いをしてもらうから変なことを起こさないように、ちゃんと心に刻んでよ。

う〜ん、二度も同じことに使用されたその槍は男性の特効になりそうですね。ゴールデンスマッシュとか名付けましょうか？

え、嫌なの狸爺さん。

しょうがないな、そのうちちゃんとした名前を考えておくヨ。

「ジェイムズ王子殿下よ」

さあ前菜の最高級食材《くさっている》の処理《しんぱん》が始まる。

長兄みたいに緩かったら、ＧＳ《ゴールデンスマッシュ》がグリエダさんの手によってスマッシュするからね。

男相手なら効果ありだなとか言って、ショタを片手装備したまま見えない速さでＧＳを振らないで。

覇王様に嫌なものを覚えさせてしまった罪なショタだ。

「わ、私は王太子だっ！」

セイレム公爵の呼びかけに何とか反骨精神がメラメラと燃え上がったのか王子は叫ぶ。

「……王太子は王からの指名だけではなれぬのです。貴族院からの許可もあってようやくなれるのですよ」

「は？　私は王の第一子だぞっ！」

「先王は第三子でございます。上のお二人は他国に婿として出られたのと、病によって継承権を放棄なされました」

「健康だ！　私は！」

「よいですか。王太子には健康はたいして関係ないのです。ただ王になる資格があるかないかだけなのです」

セイレム公爵の言葉は幼子でも聞き分けられるように優しい。

「あなたの父である今の王は先王に子が一人しかできなかったゆえの……」

公爵の目が閉じられる。

おそらく先王のことを思い出しているのだろう。

忠臣であった自分が見限ることに最後の謝罪をするために。

ここまできてセイレム公爵が俺達を裏切ることはないだろう。真の忠臣は王家ではなく国を頭上に掲げているのだ。

先王は賢王だったらしい。

ただ子に恵まれなかった。

生まれた大事な可愛い息子のために賢王は晩節を汚した。

日本の頂点にまでなった男の最後のように、周囲を子供のための道具として扱い、そして死んだ。

賢王は愛に狂って最悪な愚王を作りだしたのだ。

そしてその罪は孫まで繋がれる。

「おさらばですジェイムズ第一王子殿下、セイレム家は王家を助けはいたしません。我が家はエルセレウム王国を支えるためにありますゆえに」

セイレム公爵は言葉のみで王子には危害を加えず、娘と義理の息子の元に戻っていく。

「あ……」

残されたジェイムズ＝エルセレウム第一王子は、歩き去る義理の親になるはずだった男の背にどうしていいかわからない子供のような顔をしていた。

「セイレム公爵も容赦のないことをするね」

「ええ、王子には何もしないでおきましょう」

公爵の言葉を理解しているかどうかわからないがその真意は届いたようだ。

ただ甘やかしていた両親とは違って王太子に、そして王になる義理の息子に、道を作ろうとしてくれた、義父になってくれるはずだった公爵の気持ちは王子の心を大きく抉ったようである。

うんさすが派閥を率いる公爵だ。

王になった方がいいんじゃないかな。でも本人は誰かを支えるのに使命を感じているみたいだし、本当に世の中ままならないものである。

さてこちらも動かないとね。

愚王まではあと三人、必要なのは二人だけど……あ、真っ白になってセイレム公爵を見続けている王子に縋りついている無嬢がいたよ。

しょうがないな、お残しは嫌いなのでプチッとしようか。

「ご婚約おめでとうございます」

「ひぃっ」

笑顔で祝福したら悲鳴を上げられちゃった。

俺が怖いの？

それとも背後にピッタリとくっついているス◯ンド《グリエダさん》かな？

「何も知ろうとしないで砂の山の天辺から見る景色はどうでした？」

俺の言葉にビクビクと困惑したままこちらを見る無嬢。

「あなただけです。あとの二人は調べ謝罪し、必死にあがいていたので助けてあげることにしました。ねえお家柄が公爵というだけで傲慢になれた人生は楽しかったです？」

「あ、あ、わ、たしは……」

無嬢が俺に向けて手を伸ばしてくる。

うん、自分がどうなるか予想がついたかな。

神は手を伸ばす者を助けるという言葉があったような気もするけど、俺は違うんだよね。

チャンスは早くに気づいて伸ばした者が確率は多くなるんだ。

ベラ嬢は早く気づいて助かり幸福になれるチャンスも手に入れた。

マトモハリー嬢はギリギリまで頑張り、俺という蜘蛛の糸を掴めた。

では無嬢は？

「これからは傲慢なままでは生きられない人生を歩むことになりますから頑張ってくださいね」

グリエダさんが俺を持ったまま無嬢と王子の前を通り過ぎる。

＊

王子達は物理的、精神的に動けなくなった。

その横を素通りしてセルフィルとグリエダは愚王の傍にいる男性二人に向かう。

「そこのお二人さん、あなたたちのピアスをくださいな♪」

「やるなっ！　何をするかわからんがやるではないぞ！」

セルフィルが現宰相アガタ公爵と騎士団長ランドリク伯爵の二人に代行のピアスをねだったら愚王が阻止してきた。

さすがに銀髪を背中に流して深紅のドレスを纏った女に抱きしめられている、この国ではありふれた金髪碧眼の子供が、王である自分が催して全てを自分の手中に収めようとしていた計画を壊したことぐらいは愚かな彼でも理解できた。

二人のピアスが渡れば何かが終わると感じるぐらいの危機感は残っているのである。

だけどそれはもう何歩も遅かったのだ。

「わ、渡すものかっ」

「そうだピアスがなければお前がやろうとすることはとん挫するのであろうっ」

愚王の言葉に力を貰ったのか、ただ王家に擦り寄るだけで家を維持し続けた公爵と、娘が王の寵愛を受けて次期王の祖父になるから自分には逆らえるものはいないと勘違いした伯爵がセルフィルに反発する。

「別に渡してくれなくても構いませんよ」

二人にコテンと首を傾げる子供の形をした悪魔の表情は会場に入ってからほとんど変わっていない。

「その時はこの会場にいる愚王に擦り寄った者達を全員数日生きているだけの物に変えるだけです。ええ僕の婚約者が」

自分では一人も倒すこともできず、人任せにしかできないその悪魔は、そちらの方が楽だと言わんばかりに笑う。

その彼を熱のこもった目で見ながら抱きしめるのは、たった一人で王城の騎士団を正面突破で壊滅させた人の女の皮を被った化け物だ。

「あぁセルフィル、君のためならこのドレスをさらに紅く朱く彩ってもいいよ」

「グリエダさんが汚れるのと、ドレスがもったいないのでその時は血が出ない方法でお願いします」

化け物のグリエダは悪魔の彼、セルフィルの為に動けることに興奮を覚えていた。

セルフィルは敵対する貴族、王族、そして王を地獄に沈めようとしている。

それはグリエダのため、彼女の誇りのためにあっさりと悪魔のディナーの用意を始めたのだ。

当初の予定ではグリエダの力業で愚王を黙らせて二公爵と復帰させた宰相と騎士団長で愚王達の大半の権限を奪い取る作戦だった。

それは被害を被った三家のため、御家のため国のためにである。

だが今のセルフィルはそれらを全部投げ出した。

彼が転生して最初に決めた目標、自分を産んでくれた少女を幸せにすること。

そのためだけに、ある一族の思考を元凶になった自分の父親を追い落とす方向に変えたように。

彼は目的を、グリエダとついでに同じ状況のアリシアの誇りの回復一つに絞った。

後の影響、自分の今後、貴族、国、家、敵対した愚王達の結末。

それら全てを考えなければどんな方法でも彼は目的を達成してしまう。

それが前ハイブルク公爵から全てを奪い、這い出ることのできない泥沼に沈めた悪魔なのだ。

「アガタ公爵、あなたの家は一度も宰相になった者はいないそうですね。今後の国の展望でも教えてくださいませんか？　そこの愚王の言う通りに実行すると言うのだったら失格ですので、その何も見えない目を本当に見えなくしてさしあげましょう」

グリエダが返さずに持っていた槍の穂先を宰相に値しない公爵の目にピタリと合わせる。

瞬時にアガタ公爵の目の前に現れた槍は動いたという事実の風で眼球を乾かした。

「ランドリク伯爵、あなたは騎士団長の前にアレスト辺境伯の隣という重要な領地を拝領しているにもかかわらず、国を危機に瀕させる行為をしていたことを理解していますか？　わからないのなら自分と娘の言葉しか聞こえない耳を削ぎましょう」

次は伯爵の耳に穂先が現れる。騎士団長なのに、彼にはその槍の軌跡は少しも見えない。

ただそこには自分の領地を困窮させた恨みが入ったのか先端が耳たぶをかすり、血を流させた。

「なあ」

セルフィルではなくその背後で槍を向けていたグリエダが二人に声を掛ける。

「二人共そのままその張りぼての地位にいてピアスを渡すな。御家より自分の身よりもその権力が欲しかったのだろう？　それなら最後までしがみついて私に首を落とさせてくれないか」

そちらの方がセルフィルのためになると言わんばかりの傲慢な懇願。

深紅に彩られたアレストの華は妖しく笑みを浮かべていた。

御家の存続を考えず、その身は誰にも傷つけられないと思い生きてきた二人、それは国防の最前線に咲いた圧倒的な暴力に塗り替えられる。

身の丈に合うことない権力を欲した二人は、悪魔に関わったばかりに深紅の華に手折られた。

「つまらないですね。選んだのは自分可愛さですか」

貴族なら絶対に敵対する者には渡してはならない権力を象徴するピアスを悪魔に渡す。

ほんの数分のやり取りで彼らは年齢よりも遥かに老けた。

自分達の派閥の者も命と変わらないピアスを渡したことは自分達を差し出したも同然。

それは今この時を生き残るためだったが、悪魔が手に入れたものをそのまま返すはずはない。

セルフィルは渡されたピアスをお前らの命はそのくらいの価値しかないと言わんばかりに軽く投げて掴む。

そして敗北者を置いて悪魔と深紅の華はメインディッシュに向かう。

関わらなければ世界でも上位の人生を送れただろう二人は、ハイブルク家に隠されていた悪魔を知らなかった故に、華の匂いに誘われその中に宿る毒を知ろうとしなかった故に食べられることになる。

「ハイブルク公爵家三男のセルフィル、王からの招きにより参りました」

「グリエダ＝アレスト女辺境伯、同様に参りました」

腰から曲げての一礼、この意味がわかっていたらまだ救いがあるのだが。

セルフィルとグリエダが頭を上げると愚王はヘレナ側妃を抱きしめて怯えの目線でセルフィルを見ていた。

彼らが最敬礼をしていないことにも気づいていない。

「さて自分達の全てを賭けた火遊びは楽しまれたでしょうか」

「火遊び……だと？」

セルフィルは愚王の愚行をそう判断している。

「だってそうでしょう？　忠臣たるセイレム公爵を散々コケにして見限られる行為、そこの側妃を使っての国を揺るがしかねないアレスト辺境伯領への荷止め、この二つだけでもあなた達はその首を王都の門の前に晒されてもおかしくないのですよ。自分から火の中に飛び込んでいっているとしか思えません」

わかりやすい重い罪を告げられても罪と認識していない愚者達は戸惑うばかり。

それがどれだけ重大なことか学ばなかった二人なのだ。

愚王も側妃も全ての我が儘が許され、自分達の息子のように学園で真実の愛に目覚めて国の重責を理解せずに成長してきた二人である。

先王が造ってくれた楽園に次第に不満を持ち、子供のように外に出た彼らは責任とこれまでのツケを払ってもらわなければならない。

「セルフィル様」

「ん、ああ全員分集められた？」

セルフィルにマトモハリー嬢と心の中で名付けられた少女がその身に着けているエプロンを広げて色とりどりのピアスを載せてやって来た。

その傍には元宰相と元騎士団長が付き従っている。

「その、ボルダー侯爵様に確認してもらい。ヒルティ子爵様に危険が及ばぬように護衛をしてもらいながらなんとか」

息子達に振り回された二人は自分達から動いた。

これから起こることを知った上で、少しでも印象を良くするために。

「私と貴族院に属する者で確認した」

「万が一この娘に危害が加えられられぬように付いた。アレスト家の者達が信用できぬわけではなく……」

「さすがお二人ですね。ありがとうございます」

「礼を言うヒルティ子爵、あなたが付いていれば誰も拒否することはできないだろう」

セルフィルもグリエダも感謝することで彼らの気持ちを汲み取ったことを伝える。

「さて、ん～んっあーあー」

セルフィルは声の調子を整える。

これから己のすることに少なからず緊張しているのである。その中身はそれなりの年季の入った心があるとしても所詮は元一平民でしかなかったのだ。

その彼を包むように槍持つ紅き女神が抱きしめる。

落ち着かせるために、そして彼を最強たる自分が守るために。

ひ弱な身体を持つ悪魔はその抱擁に笑って返すしかない。

「セルフィル＝ハイブルクは貴族法２１４条を全貴族の合意の下に行使する！」

セルフィルは宣言する。

最強の女神の加護を受け、行使されることがありえない王を超える簒奪者の法を発動させた。

＊

貴族法２１４条。

『エルセレウム王国全貴族の合意を得た者は王国最高権力を有す。』

これを最初見つけた時、作った奴はアホじゃねと思った。

他の法に隠れるようにあった、たった一行の国盗り法。

調べてみたらほぼエルセレウム王国ができた頃に作られたものだった。

三代目の王がちょっとやんちゃ坊主だったみたいで、まだまだ国内に目を向けなければいけないところを隣国を攻めることで国民達の支持を得ようとしていた。

それがある日を境にピタリと抑えられて内政に精を出している。

それが貴族法２１４条が施行された月からなのだ。

たぶん当時の貴族達がキレたんだろうね。

まだまだ国として小さいのに現状を理解できない三代目ボンボンを黙らせるために作ったのだ。

貴族の数も少なかっただろうから全員集めて脅した。そして実行されていたら三代目は殺されて初代の血を受け継ぐ誰かが四代目国王になったのだ。

味方全員から三行半を突き付けられた三代目は恐怖しただろうね。

王をたった一度正すためだけに作られた、それ以降行使されることない法が貴族法２１４条なのだ。

いや本当にこの法を作った奴は必死で考えたんだろうね。

だって国が栄えたら貴族は増えてこの法は絶対に行使されなくなるから。

実際に貴族というのは当主だけだ。その身内は世間的には貴族だけど厳密には貴族ではない。爵位持ちが貴族なのである。

今のその当主だけでも百ではすまないだろう、そんな数で全貴族の合意なんて絶対に無理なのだ。

天才ではないが後のことも考えている良い法なのである。

だから国が安定しても法を消すには面倒臭い手続きがいるので残り続けていた。

でもね、シンプルだからいくらでも拡大解釈される法なんて残していたらダメだよ。

特に一騎当千みたいな人が現れる可能性があるこの世界では絶対にダメ。

「というわけで王様、只今より僕がこの国で一番の権力者になりました」

ムンッと胸を張るよ。

グリエダさんに後ろから抱きしめられているので、後頭部が幸せなのはお約束。

俺の言葉がわかっていないようでポカンとしている愚王様。

う〜ん、ちゃんと言葉を話してください愚王様。

あ、愚王だから言葉が使えないのかな？　ショタは愚王語は話せないのごめんね。

「貴族法２１４条、エルセレウム王国全貴族の合意を得た者は最高権力を有す、を行使したんですよ。わかります？　シンプル過ぎて僕もこれ以上わかりやすくは……。お前の権力全部僕が頂いたぞ？」

前世は平民だったから、貴族の遠回しな言葉は難しいんだよね。

貴族としては不適格で困っちゃう、グリエダさんも最終的に拳で語ろうかタイプだし、今度レアノ様に教えてもらおうかな。

「さ、」

「さ？」

「簒奪だぁぁぁあっ‼」

愚王が俺を指差して叫ぶ。

「はい、そうですよ」

あーうるさいなぁ。

不摂生な中年の叫び声は本当にうるさい。

神様、チート能力でこういう時に、相手が猫耳の女の子に見えるフィルターを付けてくれませんか？

いやできることならこう中性的な女性の方が好みなので……うん、覇王様がいるからいらないや。

俺は愚王から王権どころか国の全ての権力を簒奪する。

俺が２１４条を行使することを知っていた元宰相達以外の貴族がざわつく。理解できた者、できなかった者それぞれだが全員が動揺しているのは間違いない。

長兄達は……沈黙を貫いてくれている。元宰相にでも聞いたのだろう。

「さて、どうせ聞いてくると思うので先に言っておきますが、全貴族の合意は先ほど取れましたのであしからず」

「は？」

いちいち問答するのは面倒臭い。

だって敵だよ？　世の中の主人公や大ボス様、言いたいことだけ言って倒せばいいじゃんと思います。相手の言い分や疑問なんて勝てば意味のないものなのよ。

「貴族法15条、王が緊急に呼集した場合は貴族の最大人数はその場の人数に固定される、というのがあってこの夜会に呼ばれた貴族が全貴族になるんですよね」

実際には限定的にというのがあって、戦時とか緊急時にしか当て嵌まらない法だ。

だから今回の夜会は実際には全貴族になるかというとかなり怪しい。

でもそんな法律を全て覚えている人なんて元宰相ぐらい？

でもその元宰相が俺の簒奪を黙認しているんだよね。

見捨てられるとはどれだけやらかした愚王よ。

「緊急時にしか適用されないと言うのなら緊急時にしましょうか」

逃げ道をなくして思考を何も考えられない袋小路に追い詰めてあげよう。

「セイレム公爵の子爵への降爵に、アレスト女辺境伯の爵位剥奪。これらがどれだけ国の存亡に関わるか、愚王あなたには聞きません。愚王についた貴族の皆さん、さすがにわかっていますよね?」

愚王はどうせ理解できないしね。じゃあその下の人達に聞くしかないじゃない。

その答えは全員が態度で示してくれた。アガタ公爵にランドリク伯爵でさえもだ。

沈黙、それは貴族では肯定と言える行動である。

味方全員が敵である俺に賛同する光景に驚愕してくれる愚王と側妃。

いいねぇ、その顔は間抜けすぎて最高だ。

これにはちょっとした小細工が入っているのは内緒だ。

全員の代行ピアスを俺が握っているから、そりゃ逆らうようなことはできない。

そこを気づかないからこそのさすがの愚王なのである。

まあ貴族院を蔑ろにした時点でかなりの人数が愚王から離れたと思うけど。

貴族を管理、そしてその地位を守る貴族院を通さずにセイレム、アレストへの愚王の所業は、そのまま味方であるはずの自分達にも行使される可能性があるのだ。

そのくらいは気づけなければ利益ばかり欲しがる貴族ではいられない。

味方をドン引きさせるとは愚王の裏目魔法バックファイヤー炸裂だね。

「あなたのおかげでこの会場にいる者達だけで全貴族ということになり、その代行権であるピアスを全て受け取った僕は貴族法２１４条の行使で、この国で一番の権力持ちになりました」

二つの法と代行ピアスでお手軽国盗りです。

覇王様の暴力を皆が見て恐怖していなければできなかったことだけど、まあそこは裏目魔法バックファイヤーの効果もあったのかも。

本当に調査してみようかな裏目魔法。

「グリエダさん、愚王と側妃を拘束してもらえますか。あと喋れないようにしてもらえるといいですね」

「わかった。おいっ」

何か叫ぼうとした愚王を遮ってグリエダさんにお願いする。

彼女はすぐに家臣の爺さん貴族達を呼んで愚王達を拘束していった。

ロープなんてないからそこら辺の飾り付けの布を裂いて紐状にしていくアレスト家の爺さん達。

それを見て王妃様とお付きのメイドが悲鳴を上げている。高かったのかな？　まあ必要経費ということで。

そして出来上がるまな板の上の愚王と側妃。他の生き物にはたとえないよ、だって愚王並みとされたらその生き物が可哀想じゃない。

「むーっ！」

「むーむー言われてもわかりませんから、そこで自分が全否定されるのを見ていてくださいね」

むむっ、なぜ愚王が亀甲縛りになっているの？　先祖から伝わる縛り方だって？　あとでお話聞いていいかな。絶対にそのご先祖様は変態な日本人だよっ。

あと何故にオッサンの愚王なの？　側妃の方がいい……いや、地味に気持ち悪いモノを見そうだ。

ピチピチとのたうち回る中年カップルは見えるところに置いてもらう。

だってこいつらのせいでやらなくていいことをやる羽目になったんだから絶望していくところを見たいじゃない？

普通なら王とその側妃に対しての暴挙だが、あいにくと俺はすでに簒奪しているので呵責なんてないよ。

元からないけど。

「まずは愚王、あなたの全権の停止をしましょうか」

最初にその口から発した言葉を無価値にしてあげよう。

動くことも喋ることもできないけど万が一猿ぐつわが外れたら何を言うかわからないからね。

さすがにこれからすることにグリエダさんの装備品では恰好つかないので降ろしてもらい貴族達の方を向く。

ショタはひ弱な生き物なのでグリエダさんには横にいてもらう。

うん、腕を組もうとしないでください。

合わせるためにはショタの一・二三倍になる魔力を使わないといけないの。

……手を繋ぐのも幼い王の代わりにグリエダさんが政治を執りおこなうって感じがしませんか？

まあ甘えん坊な覇王様の我が儘なので叶えてあげよう。

おっと装備《かかえて》はいけませんよ。

さてさて王の発言は止められたけど俺が国の頂点というのを会場全員に認めさせないといけない。

だって一応正当な法を使って、貴族の命に近いピアスを確保しても、王を害して簒奪したことは事実だ。

味方の三家からも反発が出るだろう。

だから俺に来ている流れを止めずに短時間で終わらせる。

「ボルダー侯爵、ヒルティ子爵」

「「はっ！」」

すぐ傍にいてくれてよかった。

もしかして俺に呼ばれると思ってマトモハリー嬢について来たのかな。

「君達は僕の簒奪を認めるかい？」

「エルセレウム王国のためなら認めましょう」

「我が子の愚行を止めてくれた御方に従います」

俺に深く頭を下げた二人。

「ではアガタ公爵とランドリク伯爵の二人の任命を無効にする。そしてボルダー侯爵は宰相に、ヒルティ子爵は騎士団長に任命する」

「「はっ！　任命承ります！」」

罷免された二人が何か言おうとしたがＧ　Ｓ《ゴールデンスマッシュ》を一振りしてグリエダさんが止めてくれる。

甘い。ここでごねれば俺の正当性に疑問が出るのに。

グリエダさんが奴らに危害を加えたらさらによし。

まあそういう覚悟が出てこないから愚王についたんだろうけど。

宰相と騎士団長が俺とグリエダさんの両隣についた。

国の文武のトップが俺を頂くに値すると認めた瞬間だ。

「さて、この会場にいる貴族の皆様」

トップだけでは半分、後の半分に認めてもらおうか。

「僕は王から最高権力を簒奪しました」

おおっと、王家派からだけでなく三家の方からも強く睨まれているよ。敵対していた連中はしょうがないとしても、味方の方は十三歳が動くことになったことを恥じて欲しい。

うん、顔は覚えた。名前は知らん。

「だがこの国を愛する故に起こした行動です。この夜会が終わる時には王家に権限はお返ししましょう。そして皆様からお預かりしたピアスもお返しします」

う〜む、一部以外嘘と裏があるのは心が痛むなー。

「どうか貴族院を蔑ろにし、貴族たるあなた達を害する暴君になろうとしていた王様を正す時間を僕にくださいませんか」

だから沈黙は肯定になるって親から習ってないの？

このあとは何を言っても俺は拒否するから最後のチャンスだよ。

そしてグリエダさん、あなたは俺と一緒に頭を下げなくてもいいんですよ？

「ハイブルク公爵家は従います」

「セイレム公爵家も従います」

長兄とセイレム公爵が素早く援護射撃してくれた。

どうしてあとで説教だという目で見るのですか長兄。

皆《おれたち》が勝利者になる最短を目指しただけなのに酷いっ。最高権力でイタズラしちゃうぞ。

「もちろん私も君に従うよ」

アレスト家はグリエダさんに従うし、貴族の中で発言力がある二家が俺に頭を下げれば後はドミノ倒しのように続いていく。

ねえそこで転がっている愚王様。

あなたの味方は俺の下についたよ。どんな気持ちかな。

でもまだまだ絶望してもらう。

「皆さまの支持を受けられたので、ひと時ですが最高権力者として動かさせてもらいます」

残念でもないが自分を王とは言わない。

ここ重要です、あくまで俺は貴族の代表として２１４条を行使した者なのだ。

誰か気づくかな〜、長兄、セイレム公爵、アリシアさんは反応した。宰相と騎士団長もだ、後は数人かな。

残念なことに愚王派には誰もいなかったよ。

「ボルダー宰相、僕は貴族院を認めています。僕の発言に貴族の法を無視したものがあったら教えてください」

「わかりました」

「ヒルティ騎士団長、僕が国のために動いていないと判断したら切る権利を与えます」

「……承知しました」

二人には自分の息子達が犯した罪を国のために働くことで償ってもらう。

俺が自分の不利になるのに咎める権限を与えたのはわかるよね。今後上が問題起こした時は死ぬ気で止めろと暗に伝えているんだよ。

「さて僕は大したことはしません」

大丈夫だよ〜そこまで酷いことはしないよ〜。ただ目的のついでに愚王をいじめるだけだからさ。

「まずそこに転がっている王が今日の夜会で発言したことを全て無効にします」

なに驚いているの愚王？

すでにあなたがした宰相と騎士団長の任命は無効にしたよ。なら他のも無効にするに決まっているじゃないか、上書きなら紙に残るかもしれないけど無効なら元々なかったことになるからね。

そこら辺は宰相にお任せだ。

息子が足を引っ張らなければちゃんと働いてくれるだろう。

「ジェイムズ＝エルセレウム王子の罪はそのまま、その側近達もです。無効にしたので王太子を僭称した罪はありません」

真っ白になった王子には聞こえていないが、その婚約者の無嬢はホッとしている。連座で罪になるからね。でも甘い。

「ただしあなた達は処遇が決まるまで謹慎処分中のはず。ここにいるのはそれを破っていますので刑罰が重くなるのは覚悟してください」

無効にはしたよ、でも婚約破棄の罪は夜会とは別なので逃亡したと判断されるよね。

「あとア、ア、」

「アガタだ」

グリエダさんが小声で教えてくれる。

うん知っていますよ。さっき父親を呼んだから覚えたの、でもずっと無嬢と心の中で呼んでいたから齟齬が出てしまっただけなの。本当だよ。

「アガタ公爵令嬢、あなたは今第一王子の婚約者です。そういう関係だと思われても仕方ありません」

「はい……」

王子が彼女に手を出していないという証拠はない。
ア、ア、ダメだ無嬢と脳がインプットしてしまっている。
こちらの言葉に頷いたのだから少しはまともになっているだろうに、残念ながら彼女は俺の中では無嬢になってしまった。

「では城で半年の謹慎を。そしてアガタ公爵には簒奪の疑いがあります。こちらも拘束してください」

簒奪までは考えてなかっただろうが、あいにくと今の決定権は俺にある。

強引にでも難癖付けて排除してやる。

無能な公爵はこれからのエルセレウム王国にはいらないしね。

愚王に付いた皆様、何を驚いているんですか。

あなた達は俺に敵対したグループなんですよ。そんな奴に自分の命運を任せるなんて奇特な方達だよね。

代行ピアス？　もちろん返すよ。

全員の力を削いでからだけど。

騎士団長が兵を入れていいか聞いてきたが許可しない。

それかなり困るので、だって一人でも爵位持ちが会場に入った時点で俺の権力は空気より軽いモノになるの。

２１４条はシンプル過ぎていくらでも拡大解釈できる代わりに、些細なことで破綻する法なのだ。

宰相は俺がかなりヤバい綱渡りをしているのがわかっているはずだ。でも国から膿を出すいい機会を逃すことはしない。

どうして息子はあんな風に育ったの？

長兄とセイレム公爵が家臣を数名出してくれて二人を拘束してくれる。

アレスト家の爺さん達は武力で逃げないように威圧してもらっているからあまり動かせなくてよかったね。

王子は拘束はされなかったが呆然としたままなので大丈夫だろう。

自分の未来を完全に理解した無嬢はシクシクと泣いていた。

その父親もなんだこれは？　夢か、夢だよなとかブツブツ言っている。

さて一組目は終了。

王子達はどうなるかな、側近は親が処分するだろう。だってセイレムとアレストに喧嘩を売ったバカだよ。今殺してやった方が温情だったよね。

王子にグリエダさんのＧ　Ｓ《ゴールデンスマッシュ》でのパンッはもったいない。

アレの処置は生き地獄らしいからゆっくり味わってくれたまえ。

運よく教会に入れたら会いに行くね。

ちょっと引導を渡さないといけない人に挨拶しに行かないといけないから。

あと罪人だけどまだ王子だから、処罰すると騎士団長が剣を腰だめでタマ取ってやりゃーっ！　と襲撃しそうで怖いの。

「というわけでもちろんランドリク伯爵は国防の危機を招いたので処罰します」

気分を変えて次は小デブなランドリク伯爵ちゃん。

焼いたら脂ばかり出そう。

「なっ！　わ、私は何もしておらん！　それに王の側妃が娘なんだぞ！」

「はい何もしなくなったが正しいですよね。アレスト辺境領への荷止めと増税は国家反逆罪に

「……」

「セルフィル様、そこまではいきません」

娘のモノは俺のもの伯爵を追い詰めようとしたら宰相からまったをかけられた。

なになに領地持ちの貴族の裁量権から考えるとよくあることなので、よくて通常の状態に戻すことぐらいらしい。

あ～確かにこのくらい他の貴族もしているもんね。

でも側妃に王子と王女のあと二人がいるから、戻したぐらいじゃ絶対にしばらくしたら今日のこと忘れて何かしでかすよ。

よし後で泣きついてくるようなことをしてあげよう。

「セイレム公爵、王があなたを子爵に降爵しようとしていましたが私がそれを取り消しました」

「は、感謝の念に堪えません」

「ではハイブルク公爵と連携して、辺境の地を守るアレスト家を助けていただけないでしょうか」

「おおっ！　それはこちらからお願いしたいことでございますっ」

この昭和男前はノリがいいと思ってたんだよ。忠義はあるけど普段は子供の相手をしてくれるような。

そして領地持ちの大貴族としての金の生る木を鼻で嗅いで探す力もあるだろう。

「ハイブルクは食料面でお助けできます（セルフィルてめー絶対に噛ませろよ！）」

「それは嬉しいです（義兄ありがとうございます）」

「はっはっはっならセイレムは衣料や資材ですかな、あとは武具など（うちはこのくらい出すけど利益は？）」

「ええっ！　お二方の御援助があれば平原の騎馬民族を押しやって、その昔良質な鉱石があったとされる山まで我が領にできます（うちは武力特化なので鉱山の運営は任せても？）」

「「おおっそれは素晴らしいっ！　（是非とも噛ませてっ！）」」

二公爵と一女辺境伯が裏で取引しているの。

僕いらない子なの？

寂しいからそこでやっちまったなみたいな顔をしている時勢も読めないお間抜けな伯爵で遊んでいい？

あ、宰相と騎士団長まで未来の鉱山に噛もうとしている！

いいもん。小デブ伯爵をプチプチして暇つぶしするよーだ！

「さてランドリク伯爵」

「あ、わ、私の領地も……」

「これからアレスト家はセイレムとハイブルク、宰相達がその国防の助けをしてくれるようです。隣の領地として苦労していたのは解消されたみたいだね」

ニッコリ笑ってやる。

「これからはいくらでも荷止めや税の値上げをしてください。あなたの領地を通らなくても困らなくなったので」

まだ二人いる王族の祖父？　落ちていくしかない王子と王女に擦り寄るのはよほどのアホな貴族だよね。

はっはっはっ一大交易路からハブられた土地に誰が行くのかな？

何年保つのか楽しみにしておこう。

味方の貴族達で何年保つか賭けてみようか？　配当金は伯爵領を分割してお支払いというので。あとで長兄にお話ししよっと。

俺は罰していないけど自業自得のセルフ地獄行き子豚伯爵だ。

さてさてやることが多くて疲れるなぁ。

あとは王家派と側妃派の貴族達か……メンド。

宰相宰相、未来の利益に夢中にならないでこっちに来て、息子さんのことでセイレム公爵に便宜を図ってあげるから。

「あいつら潰すと問題起きるよね。貴族院からも猛反発が起こるだろうし」

「まあ起きますが十年ほどで落ち着くかと」

「僕今夜どころかこの夜会限定の最高権力者だよ。十年ぐらい恨まれて過ごさないといけないの？」

「もうかなり恨まれていると思いますが。そうですな、こちら寄りの新しい旗頭がいればかなり落ち着くと思います」

「……その旗頭はちょうどいますねぇ。後で全部任せようと思っている人なんですが少しぐらい派閥があってもいいでしょう」

誰を？　と聞かれたけど後々、その前に今の旗頭をどうにかしようか。

「王様王様、助けてくれそうな人達はあなたが夜会でしたことを無効にしたらいなくなりましたよ」

ムームーと元気にのたうち回る愚王に覗き込むようにしゃがみ込んで話しかけた。

不思議ですよねーと可愛く首を傾げても凄い目で睨みつけてくる。

お隣の側妃様はお父様が真っ白になって燃え尽きたら大人しくなったのに元気な中年だ。

「別に俺は権力も権威も何も欲しくなかったんだよ。それなのにどうしてお前を追い落とすようなことをしていると思う？」

疑問の顔を浮かべる愚王は俺の顔を見て目を見開きガタガタと震え出した。

「俺の婚約者から身分を剥いだな。他の男にくれてやると言ったそうだな。なあ一度も自分で成したことがない愚王、先王の残してくれたものを自分の力と勘違いした愚者、どうすればそ

こまで無知でいられるんだ？　教えてくれよ。なあ」

グリエダを不安にさせないように余裕を持っているように笑っていたけど、愚王しか見ていないなら素の顔でいても大丈夫だろう。

あ、側妃が俺を見て気絶しやがった。

失礼な奴だな、こんなに可愛い顔なのに。

「さんざん彼女に脅されたろう？　献上？　下賜？　その頭はおかしいのか？　身分が平民になっても彼女の力は変わらないんだぞ」

本当に頭を開いて見てみたいよ。たぶんカラフルな色の脳なんじゃないかな。

理解はもう求めないよ。でもこっちがどうしてこんな強引な簒奪をしたのか教えてやりたかった。

「お前は彼女を欲しがった、それが許せない。お前が彼女の名誉を傷つけた、それが許せない。だから先王がお前のために残してくれたものを全部剥ぎ取ってやる。だからお前がしようとしていた愚かな行為は全て俺が塗りつぶしてやる」

愚か者は王という名の無価値なものにしてやった。

それだけじゃグリエダの分だけだ。

俺のいらだちの分で地獄に落としてあげよう。なにちょっとした嫌がらせみたいなものだ。

振り返り会場の貴族達に身体を向ける。もちろん顔は笑顔だ。

「皆さん聞いてくださいっ！　王は今回の自分の行いを深く後悔されたようです！」

愚王は拘束された身体を必死に動かして否定しようとしている。

いいよ猿ぐつわを外してあげよう。

「嘘だっ！　余はそんなことを言っておらぬっ」

「あなた達を混乱させ、国を乱そうとした王は側妃と共に城の奥に籠られるそうです」

「聞くな！　余は正しいことをしたのだっ。なぜ王が我慢せねばならぬ。余を助けよっ！　褒美は望むがままぞっ」

愚王の言葉に動こうとした貴族が数人いた。

「グリエダさん」

「なんだい？」

領地のことを途中から長兄達に丸投げにしていたグリエダさんを呼び寄せる。

「槍を全力で正面扉に投げてください」

「ん、わかったよ」

彼女は何故とは聞かずに俺の言葉に従ってくれた。

動きにくいドレス姿で限界まで足を開き、槍を持った右手は弓の弦を引き絞るように後ろに伸ばされる。

銀髪が少し横に流れて開いた美しい背中が目の前に現れた。

戦乙女とはおそらくグリエダさんのことを言うのだろう。

「耳を塞いで」

俺にだけ聞こえるようにグリエダさんが言った。

反射的に耳を塞ぐと同時に彼女の右半身がなくなる。

いや投げる速度が速すぎて投げるモーションが見えなかった。

ただフッと息を吐いたのが耳を塞いでいるのに聞こえたように思え。

ドガンッ!!

もの凄い破裂音が会場に響き渡る。

戦乙女に見惚れていた貴族が音の鳴った正面扉を見ると、しっかりと閉まっていたはずの扉がなくなっており、噴煙が立ち上っていた。

少しホコリが晴れてくると分厚い扉は左右で蝶番が外れて廊下側に倒れていて。

「うん？　吹き飛ばしただけになってしまったよ」

俺がゴールデンスマッシュと名付けた槍は廊下の壁に半ばまでめり込んでいた。

……扉に刺さるぐらいだと思っていたら扉は吹き飛ばされました。そして槍は刺さるのではなくめり込んでいます。

姿は戦乙女、中身は覇王様なグリエダさんは扉を粉砕するつもりだったみたい。

俺老衰まで生きられるのかなぁ。

ちょっと覇王様が予想以上だったけどこれはこれでオッケー。

これでグリエダさんを舐めてかかるような奴はいなくなっただろう。

戦乙女に見惚れ、覇王様に恐れろ貴族共よっ！

俺の婚約者に手を出したら本人が殺るからなっ！　ショタには無理！

「さて何か王様が言っておられましたが、皆様何と言っておられたか聞こえましたか？　聞こえていた人がいたら、一度その身で扉と同じ体験をしてから教えてくれませんかね」

うん誰も聞こえなかったみたいだ。

やはり一番の脅しは圧倒的な暴力だよね。

「誰も助けてはくれませんね王様」

「……」

唖然としている愚王には俺の言葉は聞こえていないようだ。

グリエダさんに驚いているのか、見捨てられたのにショックを受けているのかちょっと判断できない。

「正しいことをした？　それはあなただけの正しさでしょう。ほとんどの人が迷惑です。なぜ王が我慢せねばならぬ？　王は国のために生きているんですよ。王のために国はありません。余を助けよ、褒美は望むがまま？　褒美なんて出す気ないくせによく言えますよね」

現実を愚王と侍ろうとしていた貴族達に教えてやる。

「中身がない愚かな王は首だけの価値しかありません。愛する側妃と二人っきりで生きてください」

振り返って宰相を見る。

「宰相、城で二人だけでいられる場所に閉じ込めて、そして真実の愛を貫いた年月分、平民の最低の生活で暮らさせてください」

俺の言葉に酷いや残酷など言葉が飛び交った。

宰相さえもそれはさすがにとか言っている。

騎士団長、その持っている剣を抜いたらあなたに幻滅するし、たぶんグリエダさんにパンッかドガンッされるから止めた方がいいよ。

「なぜです？　この二人が真実の愛に目覚めたせいで、国の運営は滞っていますよね。国として象徴たる王は必要ですが、ただ自分達の我欲だけに生きて物を消費するだけの生き物はいらないんですよ。ねえ無能を放置し続けて愚王にした貴族の皆さん」

自覚ありますか〜、危うく亡国にするところだったんだからね。

本当に先王は頭が良かったんだろう。

本来不満があれば力のない王なんぞヒャッハーする貴族がずっと大人しいままでいて、いまだ愚王を擁護している。

さすがに孫のやらかしまでは対処できなかったみたいだが。

……ああそのためにあの人がいたのか。

よしっ！　少し方針を変更だ！

愚王の処遇を決める人はあの人しかいないだろう。

たぶん俺達よりも残酷だと思うよ。

＊

「皆さん、僕がする王への処遇に不満だとおっしゃるみたいで」

一応今はショタは最高権力者なのよ？

悲しい、悲しいから覇王様をけしかけ……いかん闇落ちしそうだ。

うん、やっぱり自分の身の丈に合わない権力なんていらないね。

そして皆さんが納得できる処罰を出してくれる方を召喚しようか。

「では王妃様、この度のあなたの夫である王の処遇はどのようにすればいいと思います？」

三家の貴族達に囲まれて影が薄くなっている王妃様。

そうっ！　左右を見てあたし⁉　と驚いているあなたですよ！

俺に呼ばれたことで一躍注目の的になった幸薄い王妃様はその場にいることはできずに、押し出されるような形で俺の前に来る。

俺はグリエダさんを伴って王妃に近づき片膝ついて最敬礼をした。

グリエダさんもカーテシーをして挨拶をしてくれる。

いやもう本当にできた婚約者です。

王にもしなかった俺達二人の最敬礼。

しかも現在エルセレウム王国最高権力を有している俺が敬うというのは貴族の皆さんには影響大だ。

「頭を上げなさい」

言われてから上げる。

王妃様お口が引きつっていますよ〜。

そりゃ自分が立ててた計略が実は最初から破綻しており、それをショタに心の中で笑われていて、舞台にも上がれずにすみっこにいるしかなかったのに、いきなりの強制スポットライト。

ショタならグリエダさんに装備してもらって全力で逃亡してもらうシチュエーションだ。

でも王妃様は逃げられない。

俺がこの場の王家の者として責任を取れと呼びつけたからね。

「王の処遇を私に決めろと？」

「是非とも」

宰相と騎士団長、セイレム公爵辺りはしまったという顔をしているね。

甘かった自分達を恨みなさい。

俺が殺すことを選ばずに温情を愚王にかけたことを思い知るがいい。

まあ、愚王で王殺しの汚名を被りたくなかっただけだが。

「……まずセイレム公爵」

「はっ」

王妃に呼ばれた公爵は素早く駆け寄り膝をつく。

俺とグリエダさんは公爵に場を譲って横にズレる。

「アリシア嬢の件にこの度の王の凶行、王家を代表して謝罪いたします」

「っ⁉」

王妃の王家からの謝罪に身体を震わせるセイレム公爵。

王家の長たる愚王がこの場にいるのに王家からというのはおかしいのだが、それをここで使ってくる王妃様。

つまり王妃が夫である王を見限ったことになる。

さすがと言うべきか先王よ、あなたの目は確かだったようだぞ。

だが息子の長年の愚行のせいで彼女はあなたの呪いから抜け出せる胆力を持ってしまったようだが。

男の貴族達情けないなっ！

王妃はセイレム公爵の返事は聞かない。

家臣に謝罪することがほとんどありえないことで、謝罪された相手は受け入れるのが当然という考えなのだから。

「アレスト女辺境伯」

「はっ」

グリエダさんが呼ばれて膝をつこうとしたので手を握って俺が阻止。

いつも男装だからついしちゃいそうになったんだね。

顔を赤くするグリエダさん可愛い。

「そのままで構いません」

言われて俺の手を握ったまま王妃に対面するグリエダさん。

策略を全てご破算にしたジョーカーが目の前にいるのはどういう気分なんだろう。

「国の防衛の要たるアレスト家を長年蔑ろにして此度の所業、王であっても首を落として謝罪すべきことでした」

おそらく夜会が始まって一番のどよめきが起きた。

王妃が王を処刑してもいいと思われる発言をしたのである。

貴族だけでなく、ずっと尻拭いをさせてきた王妃の発言に愚王も口をパクパクしている。

「ですが腐っても王、アレスト家のために王の首を差し出せば国が混乱しますのでできません。

その代わりに王家から蔑ろにしてきた年月の倍の年数、辺境伯領への無償の援助をします。それで許していただけますね」

「はっ、今後も我がアレスト家は国に忠誠を誓います」

謝罪だけなら返事はなしだが、許せと聞かれたら答えないわけにはいけない。

覇王のグリエダさんに頭を下げさせるとはやるな王妃様。

だがショタはそう簡単に攻略できると思うなよ！

「セルフィル＝ハイブルク様」

「あ、はい」

くっ！　これがロイヤルなパワーなのか、つい頭を下げてしまったよ。

「ん？　様」

「あなたは今この国で最高権力者なんでしょう？」

「あ～はいそうですね」

ロイヤルに心のオッサンが土下座していて忘れかけていた。

「その権力を少し貸していただけないかしら。私の身分では少し足りなくて」

「王妃様っ！」

宰相が止めようとするけど王妃様は目も向けなかった。

その目は俺の目をジッと見つめている。

早くその権力を寄こせと濁った眼が訴えていた。

ねえ宰相、あなたは先王が作った愚王の楽園を維持するシステムの一部で、王妃ともそれなりの付き合いはあっただろう。

だけどその心の内は知らなかったようだね。

ショタは少しわかるよ。だって女性が結構強くなった世界にいたことがあるから。

男爵に嫁いだ方がマシと思える男との結婚、自分を心配してくれる人がほとんどいない中でその男の楽園を維持し続けなければならない拷問。

ようやく愛せる子供ができても、女子で末の子で何もあげられない将来。

狂うのは当然だよ。

「どうぞ王妃様。その代わりにあの件は忘れてくださいね」

「……ええいいわよ。これからすることに比べたら」

グリエダさんがいる時点で王妃様の俺獲得は破綻したけど、一応約束しないとね。

やばい獲物を目の前にした王妃様は覚醒して知恵の覇王様になっていらっしゃると思う。

「では教えてくださいい王の処遇を」

宰相落ち込んではダメだよ。あなたは騎士団長と共に、これからずっと王妃様に使われるんだから。たぶん前よりやりがいがあって仕事の量は圧倒的に増えるだろうけど。

「ではまずは絞首刑で」

「セルフィル＝ハイブルクはジョデリア王妃の発言を認めます」

「……さすがにそれは私でもダメだとわかるよ」

俺と王妃様の渾身のジョークはグリエダさんにダメだしを貰ってしまった。

なぜ、えーなんでーという顔なんですか王妃様。俺もしているけど。

「そうですね……後宮に王妃教育であてがわれた区画があるのですが、そこに幽閉しましょうっ！」

いいアイデアを思い付いたと、少女のような笑顔を浮かべて手を叩く王妃様。

「そこはどういうところでしょうか？」

ショタは気になっちゃうの。絶対にろくでもないところだと思うから。

グリエダさんも気になる？

女性って好きだよねこういうの。

「常に日陰でジメジメ、夜は寒く昼は蒸し暑い。清掃はされておらず柱は朽ちかけ石壁は苔むしているの。昆虫だけがお友達になれるのよ。王妃はどんな状況でも泰然としなさいと言われてその区画に一年いたわ。おかげでどんなところでもあそこよりは良いところと思えるようになったの」

王妃様の人生の大半は昼ドラとレディコミでできているようだ。

ごめんなさい最初は愚王達を幽閉した後、容赦なく政務でこき使おうと思っていたりして本当にごめんなさい。

ギュッと俺の手を握るグリエダさん。

顔は笑っていて目には本物の狂喜が宿っていたら怖いよね。

大丈夫ですよ～こういう状態の人は目的を与えれば周囲に被害を出しませんから。

あとグリエダさんにはこういう目はさせませんので。

こう見えてもショタは幸せに老衰で一緒に死ぬのが目標です。

便器死にはもう嫌なのぉ。

「いいですね！　では王が反省してまともになったらそこから出られるようにしましょうか」

だから宰相達は愚王を保護できるとか思わないの。

もしかして学生の頃は愚王の側近でもしてた？　王子と同じようなことをしていたら本当に遺伝だね。

「ではその判断は王妃にお任せします。判断方法もご自由に」

「承りましたわ」

はい愚王は俺の考えた泥沼の地獄よりもさらに深いコールタールの地獄行きになりました。

確か熱持ち過ぎたら発火しなかったっけ？

「僕の考えた王への処遇に反対された方々これならよろしいですか？」

はい、ここで賛成した貴族はアウトだ。

本当に男尊女卑の社会はダメだね。だからたまに女傑が出てくるんだろう。

今回は自然発生ではなくショタが愚王を餌にして強制進化させた王妃様だ。

大丈夫！　ハイブルクとアレストが存在する限りは暴君にはさせないよ。

だから王妃様を下に見ていた人達は頑張って仕事をしてください。たぶん放置したら愚王と側妃は暇つぶしで酷いことになると思うので。

「もう一つセルフィル様にお願いできますか？」

「できることなら」

王妃様この短時間でお肌がツヤツヤになっている。生きがいがあると人生は薔薇色になるよね。

「ではパートナーのアレスト女辺境伯をお借りしてよろしいでしょうか。これ以上生産されると困るので……」

ちらりと王妃様は愚王のある部分を見た。

ミノムシ状態で側妃と寄り添い二人でガタガタ震えている愚王達。

「グリエダさんお願いできますか？」

「その男のを潰せるのは喜んでするが叩く得物が……」

そういやＧ　Ｓ《ゴールデンスマッシュ》は廊下の床にめり込んだままだ。

グリエダさんが得物を探してみると、武器を持っている連中は必死に隠そうとしている。

これは男として愚王に同情しているのかな？　それとも武具がそういうことに使われるのが嫌なの？

「しょうがない、少し待っていてくれ」

「はいぃぃぃ？」

ため息を一つ吐いた彼女は俺の横から一瞬で消えた。

慌てて周囲を見回すと、なんとＧＳが刺さっている廊下にグリエダさんはいたよ。

あー完全に縮地をマスターしてますねグリエダさん。

覇王様の強さが跳ね上がってますね。

グリエダさんはその白魚のような細い指をＧＳにかけて。

「よいしょ」

柄の半ばまで壁に埋まっていたＧＳをあっさりと引き抜く。

「「「……」」」

見えなかったＧＳの投擲よりも貴族の皆さんには恐怖が刻み込まれたようだ。

俺？　超スゲェよ俺の婚約者は！　だね。

ショタは基本誰かの威を借る生き物なので強ければ強いほど惚れるのだよ。

そして縮地で戻ってくるグリエダさん。

王妃様の顔が引きつる引きつる。

こんな覇王様の情報を知らなかったことに恐怖しているのだろう。

「本当によろしいのですか？」

「ええお願いします」

グリエダさんが王妃様に確認する。

「お二人、今動いたら国への反逆罪にしますからね」

宰相と騎士団長が動こうとしたので最後の分かれ道となる言葉を掛けた。

どうもこの二人は愚王を諫めるふりして反発する貴族の溜飲を下げていたような気がする。

さっきから愚王だけは助けようとしていたからね。

これ以上愚王への忠誠は俺が許さないよ。

国の頂点に居座るゴミはもう見捨てるべきなのだ。

パンッと音が鳴り、生まれてからずっと我が儘を通してきた男は男の機能がなくなる。

宰相達は身じろいだだけで助けなかった。

「ひぐぅっ！」

「すまない慣れない得物なので当たってしまった」

なぜかグリエダさんのＧＳが側妃の鼻に当たって歪ませる。

ボタボタと血を流している側妃を冷たい目で見るグリエダさん。

それを見て嬉しそうな王妃様。

もう王妃様の過去が悲惨だったとわかってしまうので可哀想で堪らないです。

「だがこれでお前が私の領地にしたことは水に流そう。お前のせいで失った領民の命の代わりにしては安いものだろう？」

グリエダさんは貴族だ。

俺は愚王にくっつくナマモノにしか認識できていなかったが、彼女は貴族として当主として領地を困窮させた側妃に報復するタイミングを狙っていたようだ。

ちょっと自分が情けなくて反省。

もう少し貴族の感覚を覚えよう。

落ち込んだのがバレたのかな、グリエダさんがショタを抱きしめてくれる。

よしっ！　反省終わりっ、次からはきっちりと全部仕留めてあげようではないかっ。

「では貴族法２１４条の行使をこの時点で停止しますね！　いやー皆さんこんな子供にいろいろと処理させせないように。今度こういうことが僕の前で起きたら容赦なんてしませんからねっ」

だいたいは終わらせたから後は大人達で処理して欲しい。

ふうっ、ようやく肩から荷を下ろせたよ。

なんですか皆さんその顔は？

もっと酷いことができるのかよって表情を皆さんしていますね。

はっはっ、あと二、三個国盗り方法はありますけど面倒臭いのでやりません。

次からはその前にプチッと潰しますから。

＊

「フハハハ、人がゴミのようだ」

「こら、そういう汚いことを言うのはダメだよ」

しょぼくれて馬車に乗り込む貴族を頭上から見て笑ったら、グリエダさんにコツンと頭を叩かれた。

「え〜だって負け犬達ですよ。今王城から帰されるってことは要職につけないということなんですから」

「それでも死体に鞭打つようなことを言ってはいけない」

彼女が言うのなら仕方がないが止めてあげよう。でも鞭打つなんて優しいなグリエダさんは、俺なら熱した油をどばーだね。

俺と彼女は王城で一番良い部屋のバルコニーから正面階段を下りていく貴族達を眺めていた。

あの夜会で大体のことは終わらせたので、少し堕ち気味な王妃様と長兄達に後始末を任せて帰ろうとしたんだけど。

「あら今帰ると一矢報いようとする連中に狙われるわよ。辺境伯はお強いけれど死ぬ覚悟になった者達からあなたを完璧に守れるのかしら？」

十は若くなった感がある王妃様に小首を傾げながら脅された。

少し俺に対してやり返しているよね。

グリエダさんは大丈夫だと太鼓判を押してくれるけど、ドレスを汚すのは嫌なので甘えさせてもらうことにした。

何か裏があるだろうなとは思うけど、愚王というおもちゃを貫った恩ぐらいはあるだろうからたぶん大丈夫だろうと判断する。

俺を狙うより王妃様にとっては一番欲しかったものだろうしね。

そして用意されたのは最上級のお部屋。

うん愚王のお部屋です。

あの馬鹿、国民にお披露目するバルコニーの部屋を私室にしやがってるの。

他国の要人が見たらドン引きだぞ。

数日後には元の部屋に戻すらしく最後に使ってと言われた。

狂喜モードになっているけど思考はまともな王妃様、まず王城から手を付けていくみたい。

能力値は高いけど人格が先王に洗脳されている宰相達だけでは不安なので、長兄とセイレム公爵とその派閥貴族、そして味方になった派閥の事務方が王城に残ることになった。

やるな愚王の裏目魔法バックファイヤー。

事務方を多く呼んだのはこのためだったんだな。

ハイブルク家には地味にダメージになるのだけど、国政をちゃんと回してもらわないとのちのち大ダメージで返ってくるからしょうがない。

長兄はまた城に引きこもり生活か……とがっくりしてたけどアリシアさんが私もお傍にいますっ！　と奮起していたから大丈夫だろう。

義父付きだけど頑張れ長兄！　比率は政務関係三、アリシアさん二、義父五かな？

愚王の私室はムカつくことになかなかセンスが良かった。

ギンギラギンに金に輝いているかと思ったら調度品も美術品も高そうではあるが下品ではない。

少しだけマシなところが部屋のセンスというのが愚王らしい。

「よかったのかい？　男が求める一番の権力を放棄して」

俺の隣で一緒に外を眺めていたグリエダさんが聞いてくる。

「ん～別にいりませんよ。責任を負わないで権力だけ行使するのは心が痛みますし、責任を負えば損得では大損でしかないですしね」

あっさりと手に入れた権力を放棄したのに夜会にいた全員が驚いていた。

まだ国盗り方法があると言ったのに驚いたのではないたぶん。

「それにあれはあの場だけの夢みたいなものです。僕が私欲で動こうとしたら、愚王派連中だけではなくて公爵二家も簒奪王として敵対したと思いますよ」

愚王を正すためだけの正当性のために俺の手の一つを使ってしまった。

貴族法214条は実際は時間をかけて準備をして使うもので、あの場では本当に夜会の間しか効力がもたない。

おそらく王妃と長兄達が最初に話し合っているのは貴族法214条の抹消だろう。

残しておけば誰かが使う可能性があるし、俺なら手間をかければ何度でも発動可能だ。

実はハイブルク家が国盗りする用のものだったが惜しくはない。

長兄が王になる決心がついていたらいつでも実行しようと思ったけどね！

グリエダさんが俺の横にピタリとつく。

「これでも私は耳がいいんだが、君が愚王に話していたことは聞こえていたよ」

「おうふ」

イヤーッ！　あれを聞かれていたのーっ!?

顔にかかった銀の髪をかきあげて俺の顔を覗いてきた彼女。

切れ長の眼《まなこ》を弓のようにしならせ三日月を浮かべる口元、うん美女だ。

「じっくり見て初めて気づきましたが金色の目なんですね」

「ん？　ああこれは魔力を強めに使うとしばらくは色が変わるんだよね。話を変えようとしないでくれるかい」

銀の戦乙女の笑みは消えずに敵である俺を追い詰める。

「俺の婚約者」

うえっ。

「許せない」

うひょうっ。

「俺が塗りつぶしてやる」

誰？　誰なのそんな心のオッサンが仮想便器を作り出して顔を突っ込もうとするようなことを言ったの!?

「ほら顔を背けようとしない」

「顎クイは止めてください。それはグリエダさんには似合いますが、男の僕がされると地味に心が死にます」

グリエダさんの反対方向を向こうとしたら顎を掴まれて戻される。がっちり固定されて全然外れないよ。

仕方ないので身体ごと彼女の方を向く。

「えっとですね」

「うん」

「僕は……」

「待った。僕と俺、どっちが君の本当なんだい？」

「……慣れてしまっているのでもう口から出るのは僕ですが、内心は俺です」

「じゃあ今だけ俺で話してくれ」

「はい……」

なんだろう転生して赤ん坊の頃におしめを替えられた時より恥ずかしいの。最近は感情が揺さぶられた時ぐらいでしか使わないのに強制プレイ。

う〜んしょうがないなぁ。

「俺は国のためとか、愚王を正すために今回の権力の強奪をしたわけではありません」

天上に昇った月の光で光る銀髪の彼女は本当に美しい。

「自分が好意を抱いている女性のために簒奪者になりました」

許せるわけがないじゃないか。

惨たらしく殺してやりたかったけど、残念ながらこの身体は非力すぎた。

人の手を使っては意味がない。

だから彼女が受けるはずだった被害を体験してもらうことにした。

規模が大きくなったのはただ相手が王だったからだ。

「俺は大切なモノを奪う者には容赦しません。俺の大切なモノを傷つけられるのが許せません」

セルフィル＝ハイブルクは生まれ変わって決めたことがある。

それは自分の大切なモノのためにはどんな手段を使ってでも守るということだ。

今世《こんせい》の母はグリエダさんより若かった。

前公爵に弄ばれて生まれた俺を少女だった母が必死になって守ってくれたのだ。

愛されたのだ愛さなくてどうする。

だから前世のオッサンは愛する大切なモノを守るためにそれ以外を切り捨てる。

力がないから卑怯でも残酷でも力として認めた。

チートなんてないから博愛主義をできるほど余裕はない。

今はハイブルク家が背後にあるから小物なら少しは見逃すこともできるけど。

ううむ、もう少し後で言うつもりだったんだけどな。

本心聞かれているし、ここで止めるのもなんだし。

予定は大概臨機応変だっ！

一歩後ろに下がってグリエダさんの前で片膝をつく。

「グリエダ＝アレスト、今回のことで俺達の婚約はほとんど無意味なものになりました」

下を向いているので見える彼女の足がピクリと動いたような気がした。

自分の領地の困窮をどうにかしようとしていたグリエダさん。

だが今回の夜会で利益で結ばれたハイブルク、セイレムはアレストの領地を豊かにしていくだろう。

つまり前公爵の三男坊で元簒奪者の汚名を持っている俺はいなくてもいいのだ。

グリエダさんがいくら強くてもちゃんとした経歴の男が婚約を求めてくるだろう。

俺がいなくても長兄や前公爵夫人ヘルミーナ様はそこら辺はシビアだ。もしかするとちゃんとした婚約者候補を勧めるかもしれない。

「ですがセルフィル＝ハイブルクはあなたと共に生きていきたいのです」

手を彼女に向けて伸ばし、顔を上げる。

銀と金と深い紅の女神はジッと俺を見ていた。

「どうか婚約を続けてくださいませんか」

一世一代のプロポーズだ。

俺も最初は愚王の手から逃げるための婚約だった。

でも美青年だったグリエダさんが俺を抱きしめる時は年相応の少女の笑顔を見せたり、手を繋ぐだけで嬉しそうな顔を俺だけに見せてくれる。

一緒にいる間、彼女はずっと俺を知ろうとしてくれて一緒に楽しんでくれた。

俺だって彼女を知ろうとしたし、楽しんできた。

一目惚れではない。

だけど短い間でお互いを知った。

だから愛している彼女を愚王から簒奪したのだ。

大丈夫だと思っているけど手が震えている。

大丈夫大丈夫、可愛いものが好きなグリエダさんは手放さないよね？

いかん癖でうるうるしそうだ。

さすがにダメだぞ俺っ！　でも十三年もスキルとして使っていると反射的に出てくる。

もう出そうと限界を迎えかけたら、そっと手が俺の手の上に乗せられた。

……お？

おおおっ！　やったおぅわっ⁉

彼女の言葉を聞くまでは恰好つけていないといけないのだけど、心の中で喜びの叫びを上げようとした。

だがグリエダさんは俺の手をガシリと掴んで上に持ち上げる。

軽い体重のショタは勢いよく強制手を上げ直立状態に。

そして腰に腕を回されて引き寄せられた。

片手手つなぎ上げ腰抱き。

ショタが女性側なのはどうして？

「……君は私のものだ」

彼女の美しい顔がゆっくりと近づいてきた。

避けることはできる。

でも腰に回された手、引き上げられた重なる手から彼女の震えが伝わる。

しょうがないなー。女性側なのは諦めよう。

「ん」

夜会の前に額に触れたものが、俺の唇の上に落とされる。

積極的な彼女にしては拙い口づけは僅か数秒で離れていく。

グリエダさんはやり遂げた感のある顔になっていた。

「ではグリエダは僕のものです」

はい驚かせましたよ。

そして頬も染めてもらいました。

俺は顔真っ赤だろうね。だってすっごく熱いもの。

「では僕との婚約は継続ということでいいんですね」

「私はセルフィル＝ハイブルク以外を夫にするつもりはないよ」

俺を腰抱きで密着したまま、クルクル回り出すグリエダさん。

ああ、夜会で踊れなかったから、こっそり王妃に二人っきりでダンスができる場所にして欲しいとお願いして、このバルコニーにしてもらったのに全部彼女に最初を取られていく〜！

でも月明かりの中で俺を抱きしめ踊る笑顔の彼女は可愛かったから、しばらくなすがままになったよ。

……そのままお城にお泊まり。

どうして王城のメイドはぶかぶかの寝間着を俺に着せるのかな？

どうしてグリエダさんの寝間着は真っ赤で薄いのかな？

あ、グリエダさんの寝る準備をして出ていこうとしてるの変態三人メイドじゃねえか！

なんでお前らがいるんだよ！

親指をグッと立ててニカッと笑うな！　教えたの俺だけどさ。

脇にショタを抱えないでグリエダさんっ。

何もしてないからね。朝までグリエダさんの抱き枕状態のショタだったよ。

明るくなり始めた頃に気絶するように寝たね。

とにかく帰ったら変態三人メイドは説教だっ！

＊

朝。

心のオッサンは死にました。

今の僕はセルフィル＝ハイブルクじゅうさんさいです。

……。

ヤッベーの。グリエダさんは何かを抱き枕にしないと眠れない人だったみたい。

そしてけしからん人でした。

こうやわやわしたものがやわやわとショタを抱き枕にするからやわやわなの。

変態三人メイド達ありがとう。

そして侍女長説教フルコースで死んでもらう。雇用主で遊ぶとは不届き千万である。

次の日ドキドキして眠れず朝方に寝た俺は、ほぼ寝不足でむにゃむにゃしながら元の男装に戻ったグリエダさんにお姫様抱っこで城内の注目を浴びて馬車に乗り込んだそうな。

三人メイドのカルナが颯爽と寝間着姿のショタを抱きかかえるグリエダ王子様を描いた絵を見せながら自慢してきたからロンブル翁の監視三日のお仕事を命じた。

もう本当にグリエダさんにお婿に貰ってもらわなければショタは死んじゃうの。

絵はなかなか上手だったので額縁に入れて描いた本人に渡してやる。

鞭の後は飴だよね。

幕間　お残しはしない

やわやわ……あのざまぁの夜会から幾日か経ち。

俺は洗礼を受けてから一度も足を向けたことがない教会に来ていた。

少しずつ暑い季節になろうとしているのにその廊下は少し肌寒い。

それもそのはず、窓は換気のための小さいものが通常よりも数が少なく設置されているせいで薄暗くて空気が冷えているのだ。

石を積んで作られた壁は暗い通路の熱を奪い取っていく。

湿気がないぶん大分マシだろうか。

そんな廊下を二人で歩いている。

俺の前には少しくたびれた白の神官服を着た中年の男性が歩いていた。

彼は案内役で、王城の次に複雑なこの建物の中を何の迷いもなく道案内してくれる。

同じようにしか見えない角を数度曲がると通路の奥に重厚な、だが飾りのない扉があり、その前には年配の修道女とがっしりとした体格の神官が立っていた。

案内してくれた神官が二人に話しかける。

二人は彼にかしこまった態度を取るが、服装を見る限り位階では彼らの方が上にしか見えない。

「どうぞ、お話が終わったら扉を五回叩いてお声がけください。要望通りにお一人で入られることは許可されましたが、身の保障については教会は関知しません」

「僕の強引なお願いをお受けくださりありがとうございます」

扉に付けられた二つの錠前を扉の前にいた二人が開けている間に、案内役の彼が事前に聞いたことをもう一度説明してくれる。

その容貌には頭が下がるような風格があった。

「万が一何かあった時には叫んでください。並の物音では私達は一切開けませんし、開ける際もすぐに扉が開くことはありません。あなた様の声と合図の叩き方でない限り、扉は開きません」

扉が開く前に修道女が確認で教えてくれた。

ギッと重苦しい音を立てながら扉を神官が開けていく。

「少し前までは大人しかったのですが、最近は荒れておられます。お気を付けてください」

それはもう少し前に教えてもらいたかったよ神官さん。

半分まで開いたところで促されたので間からするりと室内に入る。

扉の中はこの世界ではそこそこ上の貴族の使用人部屋ぐらいの広さと綺麗さの部屋で、机一式とベッドと鉄格子が嵌められた窓が一つ。

そのベッドに一人の女が爪を噛みながら座っていた。

「やあ聖女様っ！　卒業パーティー以来だね」

よほど自分の殻に閉じこもっていたのか、俺が部屋に入ったことも気づいていなかったようなので明るく声を掛けてみる。

「……あ、あんたぁっ！」

「おっと」

声を掛けられてようやく俺を見た聖女様は、虚ろだった眼に意思を灯すと飛びかかってきた。

それをさっと避ける。

甘い。ハイブルク家の使用人達から十分は逃げ切れるのは伊達じゃないのだっ！　ただ十分後には逃亡罪という罪が増えて捕まることになるのだが、感情任せの女のタックルくらい余裕で躱せるのよ。

勢いがついていた聖女は俺が入ってきた扉にぶつかった。床で悶絶する姿を尻目に、たった一つだけ机と一緒にある椅子を聖女の方に向けて座った。

「さて日に日に待遇が悪くなっていく聖女様。あなたを助けてあげた僕が君の現状を教えに来たよ」

「は？　何言ってんのよっ！　あんたのせいで私が酷いことになっているんだから、さっさと私を外に出しなさいよっ」

「う～ん、さすがあんなことをやらかしただけはあるなぁ。聞く気ゼロで自分のお願いは全部通ると思っているって、僕には全然わからない考えだ」

肩を痛めたのか押さえながら、よろよろ起き上がりながらもクソ生意気な発言をする聖女。

少し気になることとある用事があって、王妃様に聖女に面談できるようにおねだりした。即席事務貴族《どれいきぞく》を作る方法か玩具《ぐおう》の遊び方十個のどちらかを交換条件にしたら、悩む王妃様に宰相が泣きついたのは面白かった。

あれで宰相は王妃様に逆らえないだろう。

こっそり別に遊び方も教えてあげた。権力には媚を売っておかないとね。

そしてようやく教会からの許可が下りて、今日聖女に会いに来たのだ。

「まあ落ち着いて話を聞きませんか？　僕に何かしてもこの部屋からは出られませんし、待遇はさらに悪くなるだけなので」

もう一度俺を捕まえようと構えたので、何をしても聖女の希望は叶えられないのを教える。

「あなたが成り上がるための道具だった男達の結末を知りたくありませんか？」

「……言いなさい」

そりゃ聞きたいはずだよね。

だって救ってくれる王子様達が何日もやって来ないせいでおかしくなりそうだったのだから。

椅子は俺が占領したのでベッドを示して座ってもらった。

長い話になるかは彼女次第だが、立たれたままだと首がしんどいので。

「さて何から話しますかね。僕もあなたにお聞きしたいことがありますが、まあ王子達の結末から教えましょうか。気になられているでしょうから」

婚約破棄の話から始めたらまた襲い掛かられそうだから、最初にその心をへし折ろうか。

「まずあなたを愛してくれた五人の内、四人はもうこの世にはいません」

「嘘よっ！」

ん～、どうして即否定されるのかな？

「だってマストがダレウスとエリオを連れて来て、私を王妃にしてくれるって約束してくれたものっ。そのためにダレウスの手も、毎日魔法を使わされて疲れているのに回復してあげたのよっ！」

あ、騎士団長の息子だった奴はダレウスって言うのか。じゃあエリオは宰相の息子か？　いまさらながら知ったね。たぶん数秒後には忘れるけど。……うん記憶にないな。

マストは元大司教だったアメント司祭の息子だ。

こちらは教会に来た時に教えてもらったので、もう少しは記憶しているだろう。教会を出るぐらいまでは。

しょうがない少し説明してあげようか。夜会での出来事は知らされていないだろうから、ずっと不安でおかしくなりそうだったのだろうし。

まあ王子を誑《たぶら》かして成り上がろうとする、雑なことしかできないお馬鹿だからな。

「二人が何を言ったのかは知りませんが、王子はあなたを側妃にしようとしていましたよ。国を混乱の渦にしてまで次代の王になろうとして失敗しましたが、何人かに聞いたので間違いないです」

あれ？　さらに混乱している顔になる聖女。

「そのダ、ダ騎士団長の息子ですが家族が責任を持って処理したそうです。宰相の息子もですね。処理というのはまあ地獄にでも落ちたという意味です」

ちゃんとハイブルクの方でも調べたので確定だ。

「は？」

唖然とする聖女様。

理解できないのかな？

「教会預かりになっている聖女様の逃亡の手助けをしようとしたのですよ。ただでさえ王子を止められなかった側近が自宅謹慎で沙汰を待つ身でそんなことしたら、処刑しかないじゃないですか」

もう少し現実を見ましょうよ聖女様。

「わかっています？　あなた達は婚約破棄でセイレム公爵家に王に弓を引かせようとしたのですよ。生かしてもらえるだけでも凄い温情なんです。それをわかっていないで再び国を亡国にしかねないことをすれば、どうなるかぐらいわかりますよね。ねえ傾国の女になりかけた聖女様」

わからないよね、わからないからこその現在の状況なのに。

「わ、私は聖女なのよっ！　王妃にならなきゃおかしいじゃないっ」

「本当にわかっていないか……。あなたの聖女という称号は、役に立つ回復魔法が使えるからというだけの教会が安全保障してくれるただの称号です。そこには国に関わるような権力はありませんよ」

「回復の奇跡が使え」

「奇跡ではありません。さっきご自分で言われたじゃないですか魔法だと。ただ回復魔法を使える者は貴重ですから国を跨いで保護できる教会が人に悪用されないようにしているだけです。ここに来るまでに聞きましたが、あなたはそのことを教えてもらっているのに自分は聖女だからと横暴なふるまいをしていたそうですね。甘やかしすぎたと嘆いておられましたよ」

うーん、お茶が欲しい、あと饅頭。

魔法使いは希少で回復魔法を使える者はさらに少ない。

だが国に一人か二人はいるのだ。

醜い権力争いに巻き込まれないために教会が聖女として保護しているだけらしい。結構まともな教会に驚きのショタでした。

「王妃が贅沢だけできる存在と思っていましたか？　そんなことありませんからね。ねえ、たいした力もない、聖女の称号に縋りついていたマリルさん」

これもさっき聞いたのだが彼女の聖女の称号は、王妃様から剥奪の要望が教会に届けられているらしい。

今の大司教が厳しかったら、そう遠くないうちに彼女は教会から見捨てられることになる。

以前と変わらない飼い殺しだけど、容赦はなくなるのだろう。

それを伝えるのは俺ではないので教えてやらない。

話がズレてきているな。本当前世の頃から饒舌になると話が違う方向に行ってしまう。

修正修正。

「あなたが王妃になるための助けはもう来ません。本当の王子様は廃嫡、去勢されて婚約破棄の時とは違う公爵令嬢と結婚した後に毒杯を賜るそうですよ」

……うん、いい絶望の顔だ。

それを見るためだけでもお話しに来た甲斐はあるよ。

俺はあの夜会で、グリエダさんを害する連中を泥沼の地獄に沈める決意をした。

そこには騎士団長の息子の手を治した聖女とその手助けをした元大司教の息子マストが含ま

れている。

「マストも目と耳を潰され鼻を削がれ、全ての指を切り落とされてから処刑されたそうです。あとあなたが誑《たら》し込んだ他の神官達は惑わされないように耳を潰されてから一番下の地位まで落とされたそうですよ」

怖いね宗教。

長い名前でいまだ覚えていないけど、聖職者が罪を犯した場合はかなり厳しい刑罰が与えられるそうな。信者には緩いが、それはその国の法に任せるスタンスらしい。

宗教として存続させるための措置なんだと。

何となくだが創始者は現代日本の転生者だと思う。

権力よりも存続なんて日本人らしい考えだ。

『日本語がわかるかなお嬢さん？』

久しぶりの日本語は変な発音になってしまった。

自分がいる教会が恐ろしいところと知って青褪めていた聖女が反応する。

『あ、あんた転生者なのね！』

『う～ん、ありがちなパターンだったからそうかもと思っていたが、大当たりとはな』

ネットで見ていたありがちな逆ハーだから転生したバカかなと思っていたら、本当に転生者だったみたい。

『俺も転生者だけど、どうして逆ハーなんてしたんだい？　大体はざまぁされて終わるじゃないか』

『助けなさいよっ！　同じ日本人なら私をこんな風にした責任を取りなさいよっ』

あ、ダメだ。

この女は超自分本位なだけのおバカさんだったか。

どうせ迷惑かけまくりのロクでもない人生で全部人のせいにして死んで、生き返ったらチート持ちで聖女になってヤッホウ！　目指せ自分勝手贅沢だったのだろう。

前世のオッサンの苦手なタイプです。

オッサンは心の草原の中心で布団を敷いてふて寝を決め込みましたよ。

こういうタイプは死んでも反省しないし、全く人の言うことを聞かないから精神的に地獄に落とせない。俺の長々としたお話は全部無駄だった可能性がある。

こう、どうしてこんなことしたんだっ！　だって実際にざまぁする奴が現れるなんてありえないじゃない！　とかしたかったのにな～。

もういいや、自業自得で地獄に勝手に行って……あ、まだあるな絶望させる方法。

『どうして俺が助けないといけないんだ？』

『はあ？　同じ日本人なら助けないといけないでしょうがっ』

『俺はお前のことなんて知らない。前世が同じ日本人なだけで罪人を助けるメリットはないんだよ』

『私が困っているのよっ』

『だからお前は誰なんだよ。あ〜あ、無駄な時間を費やしたな』

肩をすくめたら飛びかかってきたから、さっと避ける。

こういう輩は感情を揺さぶると予想通りに動くから読むのは簡単だ。ウチの侍女長は逆に動きを読んで捕獲してくるからねっ！

残った椅子にぶつかって壊して悶絶している。

『俺にはお前を助ける必要性は感じない。王子と側近のことを聞いても悲しまないで恐怖しか感じていない奴は、死ぬまで道具として生きてくれ』

扉の前に移動して五回ノックして合図を送った。

『ああ、ひとつ教えてやろう』

開くまでの少しの時間で自分本位な彼女を地獄に堕としてやる。

『魔法使いは魔力を外に出して消費している。毎回毎回疲労するまで使用するというのは無理に何かを消費して魔力を生成していることになるんだが、何を消費していると思う？』

椅子の破片で傷ついた身体を回復魔法で治しているね。

『おそらくその人自身が持つ命だ。戦争時に魔法使いが多く死んでいるが戦死じゃない、ほとんどが年齢よりも少し老いたように見える容姿で亡くなっていたそうだ』

限界を超えて動けばなんでも寿命は短くなるものだ。

戦争で余力なんてなかっただろう魔法使いは老衰に近い形で亡くなっている。いろんな書物を調べて、戦争経験者のロンブル翁達に聞いた上での俺の結論だがおそらく間違ってはいない。まだ公表されていないということは国の上層部が隠しているか、原因がわかっていないのだろう。だって魔力はこんこんと身体から溢れるものと世間では思われているし。

代償がない力なんてないのにね。

逆に内部で循環させる魔力使いは寿命が延びている。細胞をほんの少し回復させているのかもしれないが、魔力操作が天才的に上手くなければほとんど誤差の範囲だと思う。

今のところ身近にロンブル翁しかいないからわからない。

あのジジイいったい何歳まで生きるつもりだ？

『あなたはあと何年頑張れるか。今後の魔法使いのためになるので途中で自死なんて選ばないでくれよ』

教会はあなたのせいで何人もの神官が潰されました。

俺をここに連れて来たのはマストの父親のアメント元大司教だ。

そして今、聖女の周囲は潰された神官達に近しい者で固められているらしい。誰もかれもが彼女を憎悪しているので、逃すことも優しくすることもないだろう。

「聖女様、どうかそのお力で罪の分、救い続けて本当の聖女になってください」

扉が開き始めると同時に聖女に頭を下げる。

大丈夫、帰りの廊下でアメント元大司教に少し今のことをお喋りするだけだ。

どう考えてくれるかは教会に任せよう。

廊下に出て閉まっていく扉の間から絶望する悲鳴が上がった。

それでもああいうタイプは自分から死ぬことはしない。

死ぬまで俺を一番恨み続けるだろう。

嫌な気分に……別になりませんっ！

恨むだけなら害なんてないから気にならないよ。でもいつ死んだかぐらいは教えてもらえるようにしないと、貴重な実験になりそうだからね。

よしっ！　これで主な連中にはザマァできたな。

＊

「お帰り。聖女との逢瀬は楽しかったかい？」

俺から楽しいことを聞いて、見たくない類の笑みを浮かべるアメント元大司教に教会の応接室まで送り届けてもらったら、少し不機嫌そうなグリエダさんがいらっしゃいました。

あれ、どうしてここにおられるのですか？

今日は所用で少し遅れて学園に行くので一緒には行けないとウチの使用人を向かわせましたよね。

「君のメイドのセイトだったかな？　彼女が君の断りの連絡のすぐあとにやって来て、教会に向かったから迎えに行って欲しいと伝えてきてね」

セイトオォォオッ！

あの変態メイド何やってんのっ！

ちょっと裏取引もあるからグリエダさんには伏せてたのに！

主を売る家臣があるかっ。

「まずここに座ろうか」

「……はい」

GS《ゴールデンスマッシュ》を唸らせた時より怖い気配をさせているのは気のせいでしょう。

大人しく指定された覇王様のすぐ横に座る。

なぜ腕を肩に回して密着させるのでしょうか？　ここは教会ですよ？

「大丈夫だ。君を連れて来た神官がしばらくこの部屋の近くには誰も来させないようにしてくれるらしい」

「アメント元大司教ーっ！」

これはあれかっ！　ちょっとした嫌がらせだなっ。宰相といい、じゅうさんさいショタに嫌がらせをしやがってっ。

お前絶対に教会内の権力を保持しているだろう！　すれ違う神官達みんな頭を下げたから絶対だ！

「さて聖女とどんなお話をしたのか、納得する説明をしなかったら襲うよ」

「なにそれっ!?　僕、子供だよーっ！」

ようやく残っていたゴミを掃除したら、口先だけの威を借るショタの前にはその威の覇王様が真のボスとして立ちふさがってきたよ。

襲うのは冗談だったらしいけど、必死に言い訳をするショタを見て覇王様は楽しんだらしい。

もう婚約者をからかうなんてひどすぎですっ。

……本当に襲うのは冗談ですよね？

エピローグ　末っ子悪魔と乙女覇王様

そしてショタは覇王様とイチャイチャな学園ライフに戻っていきました。

おしまいおしまい。

「というのが普通ではないのですか」

「何を言っているんだ」

ボヤキに長兄が変なモノを見る目で俺を見るの。

「いえ不思議なんです。屋敷に帰ってからは最近は学園でグリエダさんとイチャコラしていたんですよ」

聖女へのざまぁも終わって学生の俺とグリエダさんは貴重な青春を過ごしていた。

あ〜んしたりして楽しんでいたんだよっ！

俺がグリエダさんに新作の生クリームのケーキをあ〜んしたんだけどね。

もち前世の記憶だ。

少し前から必死に思い出して最近なんとか生クリームが形になったので、心のオッサンが少女のグリエダさんに食べさせたかったのだ。

食べさせるのもショタになったけど。

美女でイケメンな王子様が少女のように嬉しそうに食べてくれるから満足だったけどね。

他にもいくつか開発したのでしばらくは学園イチャラブは楽しみにしていたのに。

なのに今日はいつものようにグリエダさんの愛馬白王で学園に着いたら、なぜか門の前に騎士団長が騎士を連れて立っていた。

両手を上げて降伏を示して。

その手が持っていた書状を渡されて読んだのを後悔したよ。

なぜか長兄を筆頭に王妃様、セイレム公爵、宰相、知らない侯爵や伯爵の署名が書かれていて、たぶん長兄が書いた一文。

『王城に来るか、私が帰るまでお前の嫌いな豆の塩スープが主食になるか選べ』と書いてあった。

嫌だったので拒否しようとしたら、もう一通。

ほとんど同じ内容でおかずが一品豆だけのサラダになるに変わっていた。

あと三通あって、豆オンリーな食事になるところで、苦笑なされる覇王様を引き連れ王城へ。

そしてそのまま広めの部屋で王妃様に宰相、長兄、セイレム公爵に知らないオッサン達と山のように積まれた書類のある大きめの部屋に叩き込まれたの。

そこから始まる長兄の隣での書類仕事。

すでに朝から昼過ぎまでぶっ続けです。

「酷くないですか可愛い弟をこき使うなんて。あ、この数字はおかしいです。去年は豊作だったのに冷夏の一昨年と同じ作物量になってますよ」

「その男爵は厳重注意で反省がなければ領地を半分隣のまともな子爵に移譲でお願いします」

長兄に話していたのに精査しろと渡された書類を指摘したら、なぜか王妃様が断罪発言。

ちなみにこれで五件目。

「なぜ僕はさっきからいくつもの貴族の人生を潰していくお手伝いをしているのでしょうか？」

「全てお前のせいで起きていることだ」

可愛い弟に冷めた視線を送る長兄。

一緒にくっきりと目の下に隈をつけてオッサン共が愛くるしいショタを冷たい目で見ている。

こわっ！

どこ？　ショタの守護神覇王様はいずこにーっ!?

「え～国の濃ゆい膿はある程度僕が解決したじゃないですか。貴族法２１４条の効力はなくなっても今は王妃様が認めれば大丈夫でしょう？」

俺が権力を手放した時にエルセレウム王国の最高権力者は王妃様になった。

側妃にはあと二人、王子と王女がいるらしいけど落ち目気味。

うん、俺が愚王以下主だったのを泥沼の地獄に落としたからね。雑魚をまとめて反乱を起こしたら首が晒されることになるだろう。

もうなっているのかな？

二公派閥に最高武力の女辺境伯、宰相、騎士団長が認めれば病に倒れた王の代行に王妃がなることは可能。ただし王家の血を持つ者がその血縁にいることが条件みたいだけど。

初代でもない限り、最高権力者になるには色々な手順が必要なようだ。

「その王妃様にお前は何を渡した……」

「ん？　渡した？」

王妃様に聞こえないように耳元で長兄が言ってくる。

はて何か渡したっけ。

……あ。

「代行のピアスですか？」

貴族法２１４条を停止させた後に、半泣きのマトモハリー嬢が俺にどうにかしてくれと広げたエプロンに代行ピアスを入た状態でやって来た。

うん忘れていたよね。

長兄やセイレム公爵、宰相のは俺が持っていたのでそのまま返したけど、マトモハリー嬢が持っていたのは味方、敵のピアスがごちゃ交ぜになっていた状態。

一人一人見つけ出して渡すのが時間がかかって面倒そうだったので、王妃様に返して頂戴とお願いしたの。

だってピアスのデザインで、どの貴族かわかるって言うからさ。

その時の王妃様は凄く良い笑顔だった。

愚王の愚王がパンッされた時ぐらい。

「私達の派閥の者達にはすぐに返却してくれた。だが王に味方した連中は……」

遠い目をしないで早く続きをお願い長兄。

「夜会から一晩かけてあの場でお前とグリエダ嬢が断罪した王達の処理は大体は決まった。だがなその後、そのまま代行ピアスを王妃様に握られた貴族達の大処断だ」

わおっ王妃様すっごーい！

代行ピアスは受け渡された本人しかその力の行使はできないけど複製できない唯一のもの。

俺って一番渡しちゃいけない人に渡しちゃったみたい。

今まで愚王の傍で実務をしていた王妃様を馬鹿にしていた連中は、貴族の命の半分以上を握られてしまったようだ。

そして味方になった貴族達も悪魔？　から取り返したのだから恩を返してくださいね、と脅してきたらしい。

先王、あなたはとんでもない化け物を生み出したようです。

解放したのは俺だけど。

悪魔って誰のことかな？　ショタは小悪魔なのは自覚しているけど進化した覚えはない。

なるほど今の俺ってその大処断のお手伝いなんだね。

うん、最後の最後にやらかしたから王妃様が魔王様になっちゃった。

長兄達が妙に煤けているのは政務プラス大処断もしているからか。

夜会からほとんど寝てないの？

でも王妃様のお肌は夜会の時よりさらに艶々に。

「あなたに貰ったおもちゃが面白いのよ」

あ、愚王《おもちゃ》で休憩時間に遊んでいるんですね、内容は教えてくれなくてもいいですよ王妃様。

教えないかわりに昼ドラのドロドロの遊び方を教えましょう。

革靴のステーキとか美味しそうじゃないですか？

あと長兄と二人でコソコソ話しているの聞こえていますか？　……その笑顔だけで十分です。

「でも長兄、僕そろそろ一度休憩に屋敷に帰りたいな～」

「城にお前の三人メイドを呼び寄せている」

逃げられねぇ。

わかるさ、これでも前世のおかげで事務能力はそこそこあるショタだから、書類から粗探しの苦行タイムが始まるんだよねっ！

しかしショタには逃げる手段があるのだっ！

「はっはっはっ！　僕には最強の婚約者のグリエダさんがいるのですよっ！　グリエダさーんっ僕を助けてくださーいっ」

「アレスト女辺境伯はヒルティ騎士団長が騎士団を指揮して実践訓練中だ。交代交代でハイブルク、セイレムの兵が挑むからしばらくはここには来られないよ」

息子のやらかし、愚王放置の自分のやらかしでツーアウトに追い込まれていた宰相がニヤニヤ笑いながら、俺の脱出装置覇王様が使用できないことを伝えてきた。

「宰相何してくれているんですかっ！　あれかっ！　息子の息子をパンッした恨みですねっ」

「ふ、ふふふ、そんなことで恨むものかっ！　あれだけのことをして君だけ女辺境伯と密着して楽しそうにしていたと、ハイブルク公爵の元に報告が伝えられた時の私達の気持ちがわかるかっ！」

「わかるかこの愚王製造機宰相っ！　帰せっ！　僕の仕事は終わったんだぞ、あとは大人の仕事だろうがっ！」

「いーやーでーすっ！　なあ諸君、私達を無限忙殺に堕とし入れたこの悪魔を許せるかっ⁉」

「「「許せんっ！」」」

悪魔じゃねえよっ！　小悪魔だっ！

「長兄とセイレム公爵も同意するなーっ！」

部屋にいる男共全員がショタに嫉妬してくる。

いかんこの場には味方が。

「私の味方をしてくれたら助けてあげるけど？」

「ノウっ！　この地獄を作った人は信じられません。ゆっくりでも間抜けな貴族なんて牙を抜いていけるのに、僕を嫉妬オッサン達の中に放り込んだくせにっ！　許しませんからね、ヘルミーナ様が王都に戻られたら王妃様に狙われたのー、て泣いて報告してやる！」

王妃様、あなたまだ俺を狙ってますね。

しょうがないあなたのお友達のヘルミーナ様を召喚してやろう。まだにわか女傑では長年女傑している前公爵夫人ヘルミーナ様には勝てませんよ。

慌てて止めてぇー！　と言われても止めるものか。

長兄に俺のイチャラブ学園生活が伝えられたと言ったな。

俺達のイチャラブを近くで見ていたのは一緒にいたベラ嬢、そしてダッシュ君だ。

あの野郎《ダッシュくん》、俺を売りやがったな。

ふ、彼女がいない奴は寂しいねと言ったけどそんなに恨むか？　まあ血涙流して恨むよね。

「グリエダさーんヘルプミー！」

叫んでも誰も助けに来ず。

泣く泣くオッサン達と逃げられないように長兄の隣で断罪事務処理。

寂しかったのでダッシュ君に恨みは返すためと、メイド服で王城にまだいたマトモハリー嬢を召喚。

二人には俺と心のオッサン二人分のストレス解消に事務仕事を叩き込んでやった。

ダッシュ君には鬼で、マトモハリー嬢には菩薩のように接して教えてあげたよ。

マトモハリー嬢の方が上になるように調整して。

婚約破棄からストレス溜まりまくりのマトモハリー嬢がダッシュ君にマウントを取っていたのが爆笑だった。

断罪地獄でおかしくなった貴族達も大爆笑。

ふ、これで少しは上位貴族で女性を見下すのが減少するだろう。

……考えてしたよ。うんした。

懐かしい前世の地獄《しごと》を思い出して楽しんでしまい、ハイになっていたのはしょうがない。

＊

グリエダさんと会えたのはそれから二日後だった。

知ってるかい俺の婚約者、二日で国家騎士団とハイブルク家とセイレム家の騎士と兵士を壊滅判定したんだぜ。

グリエダさんが俺の元に来た時に、俺を拘束した嫉妬まる出し大人は成敗されるはずだったが、メイドのマトモハリー嬢が断罪粗探し書類見つけ勝負で三対一で勝利して、胸張るメイドの前に教えてやった土下座をするダッシュ君に歓声を上げていたところに入ってこられたので、微妙な雰囲気になって成敗は免除になった。

チッ！

「ごめんよ。ハイブルク家が性格の悪い作戦ばかりしていてね。あれ君が教えただろう？」

少し俺のことを忘れて遊んでしまったらしい。

あ〜とにかく間接攻撃に徹しろと教えていたもんな、兵の損耗を抑える技術はかなり高いハイブルク家。その分正面対決は弱いけど。

「楽しめましたか？」

「愚王の寄こした騎士団よりよほど歯ごたえあったね。君の方も最初は嫌々そうだったが今は満足そうにしているな」

「まあそれなりにこっちも遊べましたから」

王家派側妃派の力の削ぎ方はだいたい実行できるような形になった。

宰相とは変な喧嘩友達になって息子さんのことで感謝された。

騎士団長の方はグリエダさんが受け取っている。

時々グリエダさんの身体を動かすための訓練相手を騎士団がしてくれるらしい。それって騎士団は今後地獄じゃないかな？

息子二人は家で処理したと一言だけ聞いた。それが貴族だからしょうがない。

アガタ公爵とランドリク伯爵は、貴族院を蔑ろにした愚王に付いた派閥のトップとして責任取らせて降爵させられるそうだ。どのくらい落ちるかはまだ未定らしい。

罪状が多いと処罰を下すまでに時間がかかるよね。

愚王と側妃はどうなっているのかわからない。

ただ王妃が休憩から帰ってくると肌が潤っていた。いったい何が起きているのだろう。

「これで大体は終わりですかね」

「婚約破棄から始まり愚王の愚行、一歩間違えれば国の滅亡だったかな」

白王に二人乗りで王城からご帰宅中。

二人揃って貴族としては少しボロボロだ。お風呂に入らせてもらえず書類とにらめっこしていた俺と、三日間戦闘訓練をしたグリエダさん。

長兄とオッサン達はまだまだ延長タイム続行だ。

でも知っているの。長兄は休憩の時にアリシアさんとイチャイチャしているの。でも羨ましくなかった。その後セイレム公爵に絡まれるから。

あの人長兄のこと好き過ぎる。

癒しの婚約者を超える義父はいらないね。

「何か凄いことになっていますが僕達だけに視点を変えると不思議な感じになります」

グリエダさんに抱きしめられながら愚王という単語で嫌になる気分を変えようと思った。

「どういう風にだい？」

「僕とグリエダさんにとっては婚約破棄のおかげで婚約者ができましたね」

「ははは、本当だ。それで婚約者ができるなんて不思議だね」

主語を足せば他人の婚約破棄のおかげで僕達は婚約者ができましたか。

グリエダさんと不思議な縁で結ばれた。

少しだけほんの少しだけだが便器に突っ込んで溺死した前世の俺に感謝したい。

俺はセルフィル＝ハイブルクとしてグリエダ＝アレストと幸せになるぞっ！

「君少し臭うな」

「え、」

「よし私も臭うだろうし、一緒に入ろうか」

「え、何にですか？」

「それは決まっているじゃないか。お風呂だよ」

「イヤーッ！」

僕の婚約者は積極的過ぎて困ります。

あとがき

　ＧＣＮ文庫一周年記念短い小説大賞を受賞させて頂いたデンセンと申します。

　あとがきが十ページもあったらショタと筆者の内容漫才感想会でも開こうと思っていましたが、残念ながら一ページだけしか無いので、それはまたの機会に。そちらも見てみたい読者様は、なろうのあとがきをお読みください。ノリノリで書いている筆者の痴態が見れます。

　実は作者はほとんどのキャラの名前を憶えていません。長兄が筆頭で、主役のセルフィルとグリエダのこともショタと覇王様という風に記憶しています。担当編集様との会話で一瞬詰まった時は脳内で変換しているんですよね。

　これはなろうのあとがきであだ名でコントを書いていた弊害です。決して最初から名前を覚える気が無かったわけではないですよ？　アリシアだけはあだ名が無いので覚えていますから！

　最後にごろー＊様、素敵すぎるイラストありがとうございます。担当編集者様、長兄の名前が覚えられません。ごめんなさい。そしてショタと覇王様のドタバタラブコメ本を手に取ってくださった皆様、一笑してもらえたら筆者は心の中で感謝の土下座をしますので、代わりにショタか長兄でご想像ください。

　この本が出るにあたり関わった方々、読者の皆様、本当にありがとうございます。

GC NOVELS

ハイブルク家《け》三《さん》男《なん》は小《こ》悪《あく》魔《ま》ショタです

1

2024年2月5日　初版発行

著者
デンセン

イラスト
ごろー＊

発行人
子安喜美子

編集
和田悠利

装丁
横尾清隆

印刷所
株式会社平河工業社

発行
株式会社マイクロマガジン社
〒104-0041　東京都中央区新富1-3-7　ヨドコウビル
[販売部]TEL 03-3206-1641／FAX 03-3551-1208
[編集部]TEL 03-3551-9563／FAX 03-3551-9565
https://micromagazine.co.jp/

ISBN978-4-86716-528-7　C0093

本書は小説投稿サイト「小説家になろう」(https://syosetu.com/)に掲載されていたものを、加筆の上書籍化したものです。